하이힐을 신고
달리는 여자 2

하이힐을 신고 달리는 여자

앨리슨 피어슨 장편소설
이세진 옮김

2

사람in
saram
in.com

|차례|

2권

1권

I don't know how she does it

사랑, 거짓말 그리고 상처

사랑하는 사람의 배신은 냄새가 나는 걸까? 리처드는 그런 냄새를 맡을 수 있는 게 분명하다. 뉴저지 출장에서 돌아온 후부터 리처드의 낌새가 계속 그렇다. 여독을 풀려고 욕조에 몸을 담그고 있는데 욕조 가장자리에 앉아서 등을 씻어주겠다고 하질 않나, 3년간 한 번도 바뀌지 않은 머리모양을 예쁘다고 하질 않나. 게다가 왜 이렇게 사람을 쳐다보는 건지, 범죄의 증거를 찾으려는 사람처럼 눈에 불을 켜고 사람을 보다가 나와 눈이 마주치면 재빨리 시선을 피해버린다. 우리 부부 사이에 수줍음이 비집고 들어오기는 처음이다. 7월말이면 결혼 7주년이 되는 부부가 파티에 초대받은 손님들처럼 서로에게 예의를 차리고 있다.

리치가 아래층에서 문단속을 하는 동안 나는 섹스로 재결합하지 않으려고 침대에 뛰어들어 곯아떨어진 척한다. 남편 옆에 눈을 감고 누워 있자니 죄책감, 직장 일, 욕망, 사야 할 물건 생각이 뒤범벅되어 눈앞에 어른거린다. 빵, 라이스케이크, 잭의 미소, 참치 캔, 펀드들의 현금보유 수준, 사과주스, 알파벳 포테이토라는 것(폴라에게 뭔지 물어봐야지), 스프레드시트, 미국식 영어로 말하는 '키스'라는 단어, 오이, 토끼 모양 블랑망주 틀, 풀 모양을 만들 초록색 젤리.

동이 틀 무렵, 이층에서 아이들이 침대에서 뒤척대고 부스럭대기 시작하지만 결국 남편과 섹스를 하고 만다. 오늘 남편은 유난히 충동적이고 소유욕에 불타는 것 같다. 마치 나에게 깃발을 꽂고 자기 영토라고 주장하는 듯한 섹스다. 그리고 어떤 면에서는 그렇게 나를 자기 것이라고 붙잡아주는 남편이 고맙다. 낯선 땅에서 기묘한 관습이나 알지 못했던 상징에 당혹해하는 것보다는 훨씬 안심이 된다.

남편이 아직 내 몸 위에 쓰러져 있는데 아이들이 소리를 지르며 침실로 들이닥친다. 에밀리는 출장에서 돌아온 엄마를 보고 처음에는 순수하게 좋아하지만 이내 아내의 부정을 의심하는 남편처럼 복잡한 눈빛이 된다. 벤은 너무 좋아서 울음을 터뜨릴 뻔하다가 폭신한 기저귀를 방석 삼아 털썩 주저앉는다. 우리 아기는 조그마한 몸으로 감당할 수 없을 만큼 벅찬 기쁨을 느꼈던 것이다. 두 아이가 침대에 올라와 에밀리는 아빠 가슴팍에 걸터앉고 벤은 남편이 내 벗은 몸에 남긴 축축한

흔적 위에 그대로 누워버린다. 벤은 나와 눈높이를 맞추고 엄마의 이목구비를 하나하나 손가락으로 가리킨다.

"느은."

"그래, 눈이야. 우리 착한 아기."

"커어."

"그래, 코. 우리 벤 참 잘하네. 엄마 없는 동안 말을 이렇게 많이 배웠어요?"

연필처럼 가느다란 집게손가락이 내 가슴 사이 고랑에 머문다.

"그건 말이지, 우리 아들."

리처드가 몸을 기대고는 벤의 손가락을 천천히 떼어내며 말한다.

"여자 가슴이란다. 엄마 가슴은 여자 가슴 중에서도 참 예쁜 편이지."

"엄마랑 나랑 닮지 않았어요?"

에밀리가 그렇게 물어보면서 벤을 내 아랫배 쪽으로 밀어내고 자기가 나한테 타고 올라온다. 동그랗게 부푼 내 아랫배는 아직도 이 두 아이를 품고 있었던 그때의 기억을 간직하고 있다. 벤이 "나!"라며 좋아라 달려든다. 두 아이가 서로 "나요, 나요, 나요!"를 외치며 달려드는 와중에 엄마는 아이들에게 파묻혀 보이지 않게 된다.

아이가 있는 여자는 이미 일종의 불륜을 저지르고 있는 셈이라고 생각한다. 가정이라는 둥지에 등장한 이 새로운 애인은 아주 욕심꾸러기이기 때문에 기존의 애인은 굴러온 돌이 박힌 돌을 빼내지 않기만을 바라며 끈기 있게 기다리는 수밖에 없다. 둘째가 생기면 어른들의 사랑은 더욱더 설 자리가 없어진다. 그럼에도 열정이 살아 있다는 게 기적이지만, 그러한 열정은 새벽같이 일어나야 하는 고된 세월에 종종 너무 빨리 죽어버린다.

출장에서 돌아온 후 몇 시간, 며칠 동안은 다시는 아이들을 떼어놓지 않겠노라 다짐한다. 하지만 곧 내가 생각하는 나의 인생사—일은 내가 선택한 것 중 하나일 뿐이고 그 일이 우리 아이들에게 영향을 주는 일은 없을 것이다—가 순전히 희망사항일 뿐 현실과 얼마나 동떨어져 있는지 깨닫는다. 에밀리와 벤에게는 내가 필요하다. 우리 아이들이 원하는 것은 엄마다. 물론 아이들은 아빠를 우러르고 좋아한다. 하지만 아빠는 아이들의 놀이친구, 모험의 동반자일 뿐이다. 엄마 역할은 정반대다. 아빠가 바다라면 엄마는 항구다. 엄마가 안전하게 쉴 수 있는 피난처가 되어주어야 아이들은 매번 더 먼 곳까지 모험을 떠날 수 있는 용기를 얻는다. 그러나 지금의 나는 항구가 되지 못하고 있다. 때때로 일이 정말 골치 아프게 돌아갈 때면 이렇게 누워서 생각하곤 한다. 나는 밤바다를 여행하는 배이고 우리 아이들은 내가 지나갈 때마다 큰소리로 울어대는 갈매기들이라고.

그래서 나는 다시 한 번 계산기를 꺼내서 열심히 두드려본다. 직장을 그만두면 이 집을 팔 수 있다. 집을 팔면 주택담보대출과 집수리 대출도 정리할 수 있다. 집에 습기가 너무 많이 차고 내려앉은 부분이 있어서 집수리 비용이 어마어마하게 들었다(건축업자가 보더니 "버팀목을 보강해야겠네요."라고 했고, 열 받지만 실제로 그렇게 되었다). 런던을 벗어나 괜찮은 정원이 딸린 집을 사고, 리처드가 건축 일을 좀 더 많이 받기를 바라고, 나는 시간제 일거리를 찾고…… 그렇게 되면 이제 해외여행은 꿈도 못 꾸고, 모든 물건을 '알뜰상품'으로 구입해야 할 것이며, 구두 한 켤레를 완전히 망가질 때까지 신어야 할 것이다.

가끔 나도 근검절약하는 야무진 전업주부가 될 수 있다고 상상하면 감격하다 못해 눈물이 핑 돈다. 그러나 지금처럼 넉넉한 수입 없이 살아야 한다고 생각하면 더럭 겁이 난다. 폐 없이는 숨을 쉴 수 없듯이, 내가 버는 내 돈 없이는 살 수 없다(필리스 아주머니는 내 얼굴을 손수건으로 닦아주시면서 그런 말씀을 하셨다. "가엾은 너희 어미는 '허투루 쓰는 돈'이라는 게 뭔지도 모르는 사람이지.") 게다가 나 혼자 애들을 하루 종일 본다고? 아이들의 욕구는 끝이 없다. 사랑과 인내를 한없이 쏟아 부으면 이제 됐다고 할 때가 오기나 할까? 아니, 결코 그런 때는 오지 않는다. 애들을 돌보는 데 기한이 있을 수는 없다. 그리고 자신을 버리고 애들을 챙기려면 자기 안의 그 무엇을 억눌러야만 한다. 그렇게 할 수 있는 여성을 존경하지만 내가 그래야 한다면 생각만 해도 두렵다 못해 병이 날 것 같다. 다른 사람에겐 이렇게 말하지 않겠지만 솔직히 일을 포기하면 나란 사람이 없어진다고 생각한다. 가정 속으로 자취를 감춘 실종여성 중 한 명이 되는 것이다. 영국 경찰서의 실종자 명단은 아이들 때문에 자신을 잃고 다시는 모습을 보이지 않는 수많은 여성들의 이름으로 가득 차야 할 것이다. 그래서 두 아이가 내 몸에 들러붙어 치대며 "나요, 나요."를 외칠 때 내 안의 목소리도 똑같이 "나, 나, 나."라고 내처 외치고 있었다.

∞∞∞

오전 7시 42분 출근을 하려다 생지옥을 겪었다. 에밀리는 내가 세 번이나 옷을 새로 골라주었지만 전부 퇴짜를 놓는다. 이제 노란색이 에밀리가 가장 좋아하는 색깔이 되었나 보다.

"하지만 네 옷은 전부 다 분홍색이잖아."

"분홍색은 촌스러워요."

"자, 엄마 말 듣자. 에밀리, 엄마가 이 치마 입혀줄게. 정말 예쁜 치마인데?"

에밀리는 냅다 뿌리친다.

"분홍색 싫다니까요. 분홍색 진짜 미워."

"에밀리 새톡, 엄마에게 그런 식으로 말하지 마. 이제 곧 여섯 번째 생일인데 두 살짜리 아기처럼 징징대기야?"

"엄마, 엄마도 그런 식으로 말하지 마세요."

말도 안 되는 말썽꾸러기에서 예리한 논객으로 홱 돌변해 엄마의 허점을 파고드는 아이는 어떻게 다루어야 하는 걸까? 문을 나서면서 보이지도 않는 남편에게 오늘 식기세척기 애프터서비스 좀 받아달라고 큰소리로 부탁을 한다. 폴라에게 내가 가진 현금을 탈탈 털어주고 필요한 물건 목록을 넘기면서 '미안하지만 부탁해.' 소리를 네 번이나 한다. 드디어 문을 열고 나가려는데 에밀리가 계단 발치에 죽을상을 하고 있다. 문간에서 멀찍이 바라본 내 딸은 이제 분노의 화신보다는 그저 속상한 어린 소녀처럼 보일 뿐이다. 아이에게 화를 냈던 것이 후회가 된다. 콧물이 묻지 않게 재킷을 벗은 다음 에밀리에게 가서 꼭 안아주고 달래준다.

"엄마, 에그파이스네이크 빌딩 가봤어요?"

"뭐?"

"나 엄마랑 에그파이스네이크 빌딩 가고 싶어요. 미국에 있대요."

"아, 엠파이어스테이트빌딩. 그래, 에밀리. 엄마가 언제 꼭 데려가줄게. 네가 조금 더 크면."

"일곱 살 되면 갈 수 있어요?"

"응, 일곱 살 되면 가자."

에밀리의 얼굴이 폭풍이 휩쓸고 간 하늘처럼 맑게 개었다.

보내는 사람: 잭 아벨해머

받는 사람: 케이트 레디

5월에 이곳 뉴욕에서 대규모 컨설턴트 회의가 있음. 스톱.

대단하신 영국 펀드매니저의 참석을 긴급히 촉구함. 스톱.

그랜드센트럴 역에 괜찮은 오이스터 바 발견. 스톱.

굴 열두 개를 동시에 삼킬 수 있어요? 난 못합니다. 스톱.

오후 2시 30분 요크에서 강연이 있기 때문에 킹스크로스 역에서 기차를 탄다. 잭에 대한 생각은 한 시간에 딱 두 번만 하기로 마음먹는다. 그러나 기차가 역을 벗어나기도 전에 이 할당량이 바닥나면서 나의 꿋꿋한 금욕적 다짐이 위협 당한다. 시나트라 인에서 내가 그에게 먼저 키스하고 그가 나에게 다시 키스하던 그 순간을 떠올리자 마음이 녹아내린다. 내 속이 황금빛으로 가득 찬 것 같다.

기차가 요동치더니 기적을 토하며 떠나고 나는 테이블에 내 물건들을 꺼내놓는다. 겨우 편안히 앉아 신문이라도 읽을 시간이 생긴 것이다. 2면의 헤드라인이 '왜 둘째가 생기면 일을 그만두는가?'다. 읽어볼 것도 없다. 에밀리를 낳은 후로 이런 부류의 취재기사를 한 달에 한 번꼴로 보았다고 맹세할 수 있다. 육아 때문에 일이 무너지거나, 아니면 더 비통하게는 일 때문에 아이의 장래가 망가지는 사례를 자료만 그때그때 바꿔서 입증하는 기사 말이다. 어느 쪽이든 엄마가 욕먹기는 마찬가지다.

그 기사 대신 여성 섹션을 펼치고 스트레스 퀴즈라는 것을 풀기 시작한다.

다음 중 어느 하나라도 겪고 있습니까?

a) 잠이 오지 않는다.

b) 쉽게 짜증이 난다.

맙소사, 지금 이게 뭐하자는 거야? 빌어먹을 핸드폰. 부장이 회사에서 전화를 걸었다.

"케이티, 무무에게 최종 프레젠테이션 잘해냈다는 소식 들었소."

"무무가 아니라 모모예요."

"응, 그렇지. 여자 둘이 잘 맞아서 하는 말인데 앞으로도 윤리연기금 쪽으로 같이 일하면 좋을 것 같아요."

부장은 샐린저 파일에 접속해야 한다고 한다. 하지만 내 컴퓨터에 들어갈 수 없으니 비밀번호를 가르쳐달란다.

"벤 팸퍼스를 치세요."

"팜파스? 케이티가 아르헨티나 초원에 관심이 있는 줄을 몰랐구려."

"뭐라고요?"

"팜파스라면서요. 남미의 대초원 말하는 거잖소?"

"아니에요. P, A, M, P, E, R, S. 일종의 음, 화장품 같은 거예요."

마지막으로 책을 읽은 때는 언제입니까?

a) 한 달 이내

b) 언제인지…….

핸드폰이 또 울린다. 엄마다.

"엄마가 바쁠 때 걸었니, 우리 딸?"

"아뇨. 괜찮아요, 엄마."

나는 목받침에 머리를 기대며 장시간 통화에 대비한다. 바쁘다는 말
의 의미가 엄마가 아는 의미에서 많이 달라졌다는 점을 이해시키기란
쉽지 않다. 오늘날에는 아이들을 학교에서 데려오기 전에 오전 내내 세
탁기를 돌리고 치즈와 피클을 넣은 샌드위치를 만드는 정도로 바쁘다
고 하지 않는다. 내가 어렸을 때에 비해 바쁘다는 말은 정말 바빠졌다.
아주 포괄적으로 바빠졌다.

우리 엄마는 자동응답기에 메시지를 남기고 24시간 이내로 나한테
전화가 오지 않으면 무슨 일이 생긴 줄 안다. 하지만 무소식이 희소식
이라고 설명하기란 쉽지가 않다. 늘 정신없이 사는 데 익숙하다 보니

마음은 놀라우리만치 평온하달까.

엄마는 단짝친구 엘라가 다른 유치원으로 옮겼는데도 에밀리가 그 유치원에서 잘 지내고 있는지 궁금해서 전화를 걸었다고 한다.

이럴 수가. 나는 엘라가 유치원을 그만둔 줄도 모르고 있었다. 최종 프레젠테이션 준비에 주력하느라 아이 유치원이고 뭐고 안중에도 없었다.

"아, 그, 그럼요. 에밀리는 정말 잘 지내요. 요즘 발레도 얼마나 잘하는지 몰라요."

기차가 터널에 진입한다. 통화가 끊긴다.

장이 꼬이듯 배가 뻣뻣해지면서 스트레스 퀴즈에 집중하기가 힘들다. 난 언제부터 엄마에게 거짓말을 했더라? 딸이 엄마에게 어차피 하게 되어 있는 빤한 거짓말들은 제외하고 말이다─늦어도 11시까지는 와요, 절대 안 그랬어요, 콜라만 세 잔 마셨어요, 다른 애들도 다 입고 다녀요, 그 남자애는 바닥에서 잤어요, 그럼요, 걔는 데브라 친구예요, 절대 돈 많이 안 썼어요, 세일에서 산 거예요, 그럼요, 엄청 싸게 건졌어요, 참 좋아요, 마음에 쏙 들어요 등등.

아무렴, 그런 거짓말들은 서로를 보호하는 방편일 뿐이다. 우리가 어릴 때에는 엄마들이 우리는 세상을 이해하기에 너무 어리다고 생각해서 감싸고돈다. 그러다 엄마들이 늙으면 딸들이 엄마를 보호하려고 한다. 딸들의 세상을 이해하기에는 엄마가 너무 연로하다고 생각하기에, 혹은 더 알아봤자 상처만 입을지 모르기에. 인생이라는 그래프는 '알고 싶다.', '알고 있다.', '알고 싶지 않다.' 라는 순서를 따라 곡선을 그린다.

내가 하고 싶은 말은, 내가 우리 엄마에게 엄마로서의 내 모습에 대해서 거짓말을 했다는 것이다. 에밀리가 단짝친구랑 이별하고도 꿋꿋하게 잘 지내노라 말했지만 난 그러한 이별조차 모르고 있었다. 애들과 이토록 소원해졌다는 사실을 우리 엄마에게 들키느니 차라리 회사에서 일을 제대로 못하고 있다고 말하는 편이 골백번 낫다. 엄마는 내가 야무지게 두 가지 일을 다 해낸다고 얼마나 기뻐하시는지 모른다. 엄마에게 말할 수 없다. 어떻게 말하겠는가? 우리 엄마가 받게 될 충격은 신데렐라가 왕자님의 궁전에 가서도 죽어라 난로 청소를 해야 한다는 사실을 알았을 때의 충격과 맞먹을 텐데.

오후 7시 47분 요크, 클로이스터 호텔. 엄마에게 다시 전화를 건다. 요즘 엄마 숨소리가 몹시 거칠다. 슬쩍슬쩍 캐물었더니 요즘 몸이 좋지 않다고 인정을 하신다. 엄마가 이렇게 인정을 할 정도라면 사지에서 기력이 다 빠지고 중요한 신체기관에 문제가 생겼다는 뜻이다. 오, 하느님.

나는 수화기를 내려놓을 틈도 없이 곧바로 줄리네 집에 전화를 건다. 줄리는 엄마와 아직도 한 동네에 산다. 큰조카 스티븐이 전화를 받는다. 엄마가 「더 스트리트 」를 시청하는 중이지만 바꿔주겠다고 한다.

줄리의 말투를 들을 때마다 흠칫흠칫 놀란다. 사랑스럽고 애교 넘치는 내 여동생의 말투는 최근 몇 년 사이에 어색하고 떨떠름하게 변해버렸다. 요즘은 나랑 통화를 할 때마다 딱히 이름 붙이기에도 구차한 불만을 두고 줄리가 작정하고 덤빈다는 인상을 받는다.

나는 도망쳤지만 줄리는 그러지 못했다. 줄리는 스물한 살 때 임신하고 바로 결혼해서 스물여덟 살에는 이미 세 아이의 엄마였지만 난 그때까지 단 한 명의 아이도 낳지 않았다. 줄리의 남편은 전기공이고 내 남편은 건축가다. 줄리는 엄마와 가까운 곳에 살며 이틀에 한 번은 찾아뵈려고 노력하지만 난 그러지 못한다. 줄리는 손재주가 좋아서 인형의 집을 만드는 공장에 들어가는 가구나 커튼 미니어처를 만드는 일로 부업을 한다. 나는 머리가 좋지만 그런 일은 못한다(사실 나는 고객의 돈을 극동아시아의 저임금노동력에 간접투자함으로써 줄리네 공장을 도산위기로 몰고 있는지도 모른다). 줄리는 지금까지 딱 한 번 해외여행을 해봤다. 이탈리아의 리미니로 갔었는데 그나마 날씨가 도와주지 않았다. 반면에 나는 한 주에도 두 번씩 해외로 나가는 게 일상이 되어버렸다. 이중 그 무엇도 누가 잘못해서 일어난 결과가 아니다. 그러나 지금 나와 동생 사이에는 죄의식과 비난의 분위기가 감돌고 있다.

줄리에게 엄마를 모시고 병원에 가봐야 하지 않느냐고 했더니 줄리는 페나인산맥도 무너뜨리고 나무들을 싹쓸이할 기세로 들으라는 듯이 한숨을 쉰다.

"엄마가 내 말을 듣는 줄 알아? 그렇게까지 마음이 쓰이면 언니가 직접 와서 말하면 되잖아?"

내가 그럴 수 있는 스케줄이 아니라고 설명을 하는데 줄리가 말을 자르고 쏘아붙인다.

"어쨌거나 몸이 편찮으신 게 아니야. 아파트까지 찾아와서 괴롭히는 사람들이 있어서 그래. 아빠 빚쟁이들이 엄마한테 찾아왔었대."

"왜 나한테 말하지 않았어?"

줄리네 거실에서 「코로네이션 스트리트」의 애달픈 주제가 울려 퍼지는 소리를 들을 수 있다. 우리 둘 다 어렸을 때 이 드라마를 참 좋아했다. 한때는 검은 곱슬머리 기계공으로 나오던 레이 랭턴이 서로 자기 거라고 싸우기도 했다. 레이 랭턴은 결국 자기 차에 깔려서 죽었지만 말이다. 그 후 20년 동안 나는 한 번도 이 드라마를 보지 못했다.

"언니, 자동응답기에 메시지 여러 번 남겼어. 하지만 계속 집에 없었잖아?"

오후 8시 16분 오늘 강연은 닷컴기업들, 혹은 그 기업들의 유산에 대한 것이었다. 닷컴창업자들은 미래를 읽을 수 있다면서 런던 금융가를 설득했지만 결국 차라리 마법의 수정구슬을 믿는 편이 나았을 것이다. 디자이너 브랜드의 인터넷쇼핑몰 창업에 얼마나 많은 모험자본이 투입됐는지 안다면 아마 믿기지도 않을 것이다. 도대체 뭔 생각들인지? 디자이너 브랜드라면 당연히 직접 매장에 가서 입어보고 사고 싶지 않겠는가? 여자 펀드매니저들은 이러한 용광로에 화상을 입는 확률이 훨씬 적다. 여자들은 위험과 보상을 평가하는 데 훨씬 뛰어나기 때문에 남자 펀드매니저들처럼 검증되지 않은 주식에는 좀체 투자하지 않는다. 우리가 운이 좋았을 뿐이라는 말도 듣는다. 그 말에 동의할 수 없다. 이건 선천적 성향의 문제다. 여자들은 찬장에 중요한 품목들은 늘 쟁여놓는다. 호랑이가 날카로운 이를 드러내고 동굴 앞에서 버티고 기다릴 때에도 새끼들에게는 먹을 것을 주어야 하기 때문이다.

저녁을 먹으러 내려가기 전에 여행가방을 여는데 커다란 봉투가 보인다. 리처드의 글씨로 '일요일까지 열어보지 마세요!' 라고 쓰여 있다. 봉투를 열어보니 어머니날 카드다. 하나는 빨간 잉크로 벤의 핸드프린트가 찍혀 있다. 미소가 절로 나면서도 이걸 만드느라 얼마나 난장판을 만들었을까 생각하니 인상이 찡그려진다. 에밀리는 카드에 엄마를 그렸다. 왕관을 쓰고 초록색 고양이를 안은 엄마는 그 옆의 궁전보다 훨씬 더 크다. 안에는 철자법이니 소문자, 대문자를 무시하고 쓴 에밀리의 메시지가 있다.

"나는 엄마를 사랑해요. 사랑은 아주 특뻐래서 내 마으믈 행복으로 반짝반짝 빛나게 합니다."

믿을 수가 없다. 어머님날까지 잊어버리고 있었던 거야? 우리 엄마는 절대로 용서하지 않을 거다. 호텔 프런트에 전화를 건다.

"꽃배달집 전화번호 좀 알 수 있을까요?"

보내는 사람: 잭 아벨해머

받는 사람: 케이트 레디

뉴욕에 올 건가요? 아니면 내가 가야 하나요? 스톱.

당신 생각을 하고 있어요. 스톱.

보내는 사람: 케이트 레디

받는 사람: 잭 아벨해머

그러지 말아요. 스톱.

꼭 기억할 것 식기세척기 수리. 계단 카펫? 펀드 트랜지션 조율(바보 같은 실수는 사절!). 질 쿠퍼클락에게 전화. 벤 유아원 지원서? 에밀리 초등학교 **당장** 알아볼 것! 발레학원비. 리처드에게 도우미 줄 현금 찾아오라고 할 것. 후아니타 아줌마 돈 드리기! 컴퓨터 비밀번호 교체. 폴라 생일—BMW라도 뽑아줘야 하나? 조지 마이클 콘서트 티켓? 스파 예약, 아로마 릴랙싱 베개 구입. 아빠에게 전화에서 빚 문제 따질 것. 시간 내서 엄마한테 가볼 것. 시나트라 음반 구입. 기억력을 향상시켜 준다는 인삼이나 은행잎 추출성분 건강보조제라도 먹을까?

I don't know how she does it

우리가 걸어온 길

오전 3시 39분 초인종 소리에 잠에서 깼다. 세 집 아래 사는 이웃 남자 롭이다. 시끄러운 소리가 나고 웬 남자애들이 우리 차 옆에서 어슬렁거리기에 크게 고함을 질렀더니 아이들은 바로 내뺐다는 것이다. 리처드가 피해를 확인하러 나갔다 왔다. 옆 차창은 완전히 박살났고 뒤 차창도 벼락을 맞은 듯 쩍 하고 금이 갔다. 평소에는 고양이가 숨만 쉬어도 울리던 자동차 알람은 실제로 도난사고가 일어나니까 쥐죽은 듯 조용했다.

리치는 유리창이 부서져 내리지 않게 테이프라도 붙인다고 나가고 나는 프론토글라스 24시간 콜센터에 전화를 건다.

"죄송합니다. 지금은 통화량이 많습니다. 다른 고객과 상담 중이오니 연결될 때까지 기다려주세요."

뭐? 다른 고객과 상담 중이라고? 지금은 새벽 4시란 말이야.

"연결을 원하시는 구내번호를 아신다면 1번, 상담원과 통화하시려면 2번을 눌러주세요."

2번을 누른다.

"연결이 될 때까지 잠시만 기다려주세요. 즉시 연결해드리겠습니다. 프론토글라스를 선택해주셔서 고맙습니다! 상담원과 통화하시려면 3번을 눌러주세요."

3번을 누른다.

"죄송합니다, 지금은 전화를 받을 수 없습니다. 나중에 다시 걸어주세요!"

이 따위 대기메시지가 앵앵대는 걸 듣기 위해 매일같이 수화기를 붙들고 버려야 했던 시간들을 생각해본다. 지옥은 타인이 아니다. 타인과 연결되기 위해서 팬파이프로 연주되는 비발디를 7분이나 들어야 하는 게 지옥이다. 나는 아예 옷을 갈아입고 일을 좀 처리하기로 작정한다. 도쿄에 전화하기에는 안성맞춤인 시각이니까. 그러나 내가 아직도 컴컴한 침실에서 블라우스 단추를 붙잡고 있는 동안 위층에서 고함소리가 들린다. 얼른 올라가보니 벤이 아기침대에 서서 자신을 잠에서 끌어낸 괴물과 싸우고 있다. 벤은 보이지 않는 침입자를 향해 마구 삿대질을 하는 중이다.

"그래, 그래. 우리 아기, 알아. 우릴 일찍 깨우는 나쁜 사람들이 있지."

벤은 잠이 완전히 달아나서 다시 눈을 붙이지 못한다. 나는 아기침대 옆 소파베드에 벤을 안고 함께 드러눕는다.

"루."

벤이 칭얼댄다.

"루."

일어나서 꾀죄죄한 캥거루 인형을 찾아다가 아기 팔에 끼워준다.

아기들의 미간에는 마법 같은 자리가 있다. 손가락으로 그 자리를 문지르다가 콧날을 따라 쭉 내려가면 사람인가 자동블라인드인가 싶을 만큼 저절로 아기의 눈이 감긴다. 우리 아들은 잠자기를 싫어한다. 잠은 재미있는 삶에서 자기를 떼어놓기 때문이다. 하지만 쪽빛 눈동자에서 초점이 사라지며 스르르 잠에 빠져들기 시작한다. 나는 가만히 누워 천장을 본다. 전등 주변에 금이 가서 석고가루가 떨어지려고 한다. 우리 집 천장도 나처럼 스트레스성 습진을 앓는 걸까. 나는 누군가의 손가락이 나의 미간도 어루만져주는 상상을 하면서 옷이 다 구겨지든 말든 심란한 꿈속으로 빠져든다.

오전 6시 7분 리처드는 내가 출근 준비를 할 수 있도록 벤의 방으로 와준다. 아이는 강아지처럼 배를 깔고 엎드려 세상 모르고 잔다. 우리는 벤이 깨지 않도록 속삭이듯 대화를 나눈다.

"케이트, 내가 볼보 사지 말자고 그랬잖아."

"머리에 피도 안 마른 불량배들이 우리 차를 망가뜨린 것도 내 잘못이야?"

"그게 아니야. 다만, 이 동네에서 볼보는 도발적이랄 만큼 튄다고. 그렇잖아?"

"리치, 그런 말은 하지도 마. 요즘은 골수좌파도 사유재산제를 무너뜨려야 한다는 생각은 안 해."

리처드가 웃는다.

"범죄가 정의롭지 못한 사회에 대한 응징이라고 했던 사람이 누구더라?"

"난 그런 말 한 적 없어. 내가 언제 그랬는데?"

"당신이 처음으로 폭스바겐 골프 오픈카를 사면서 그러셨지요, 엥겔스 부인."

이번엔 내가 웃을 차례다. 남편은 내 웃음에 용기가 났는지 내 머리칼에 키스를 하고 블라우스 앞섶을 더듬기 시작한다. 전혀 그럴 마음이 없는데도 젖꼭지가 금세 사탕처럼 단단해진다. 남편이 위니 더 푸 양탄자로 나를 쓰러뜨리는 순간 벤이 벌떡 일어나더니 '어떻게 이럴 수가 있냐'는 눈으로 우리를 바라보고 자기를 손가락으로 가리킨다(아이들이 섹스 혐오론자라고 말한 적 있었던가? 자기들을 세상에 존재하게 한 그 행위에 아이들이 향수를 품고 있을 거라고 생각하는가? 천만의 말씀이다. 아이들에게는 라이벌의 위협을 감지할 수 있는 특수장치가 있는 모양이다. 엄마의 브래지어 후크와 연결되어 있어서 작은 신호에도 민감하게 반응하는 장치가). 리치는 아들을 달래서 때 이른 아침을 먹이려고 데리고 내려간다.

나는 다시 선잠이라도 자려고 해보지만 남편과 내가 참 많이도 변했다는 생각에 눈을 붙일 수 없다. 우리는 15년 전에 대학에서 처음 만났다. 나는 바클레이즈 은행 앞에서 피켓시위를 하고 있었고 그는 그 은행에 계좌를 만들고 있었다. 나는 남아프리카에 대해서 뭐라고 떠들면서 어떻게 그런 야만적인 은행에 돈을 맡길 수가 있느냐고 고함을 질렀고, 리처드는 정의에 불타는 우리 쪽으로 걸어왔다. 내가 전단지를 건넸더니 그는 꼼꼼하게 읽어보았다.

"세상에, 정말 이래선 안 되지요."

그는 그렇게 말하고는 나에게 커피를 한 잔 같이 하자고 했다.

리처드 섀톡은 내가 만나본 모든 남자들 중에서 가장 고상했다. 입을 열었다 하면 우아한 중산층 남성 전문배우와 셰익스피어 전문배우를 합쳐놓은 것 같은 발음과 어휘가 쏟아져 나왔다. 그때까지만 해도 나는 사립학교 출신 남자들은 정서적으로 미성숙한 애송이들이라는 생각으로 똘똘 뭉쳐 있었다. 그래서 그 남자가 내가 아는 그 어떤 남자보다 애정이 깊다는 사실을 뚜렷이 깨달았을 때에는 어찌해야 할지 알 수 없었다. 리처드는 나의 이상주의자 친구들처럼 세상을 변화시키겠다는 열정은 없었다. 하지만 그는 자기 삶으로 세상을 더 살 만한 곳으로 만드는 사람이었다.

엿새 후 그가 다니는 칼리지의 어느 방 차양 밑에서 우리는 처음으로 사랑을 나누었다. 햇살이 창을 통해 금빛 기둥처럼 비치고 그 안에서 먼지들이 반짝반짝 빛나고 있었다. 그는 '핵폭탄에 반대하는 자전거 시위자' 배지를 내 옷에서 엄숙하게 떼어내면서 말했다.

"케이트, 네가 자전거면허를 땄다는 걸 알면 러시아 사람들도 두 발 뻗고 잘 수 있을 거야."

그 전에 내가 그렇게 웃어본 적이 있었을까? 분명히 그 웃음소리는 아무 쓸모도 없이 막혀 있던 샘물이 다시 살아나며 콸콸 흐르는 소리와 같았을 것이다. 리처드는 내 웃음소리를 '본빌 초콜릿 같다.'고 표현하곤 했다.

"어둡고 씁쓰레하면서 북부지방을 떠올리게 하고 너를 먹고 싶게 만들거든."

지금도 나는 그때의 웃음소리를 가장 좋아한다. 우리가 우리 본연일 때에만 나올 수 있는 웃음소리니까.

그의 몸을 얼마나 좋아했는지, 내 몸이 그의 몸과 닿을 때의 그 느낌은 얼마나 더 황홀했는지 기억한다. 직선에서 곡선으로 이어지는 곳곳을 사랑했다. 그의 등을 타고 내려오는 척추는 쾌락의 동굴로 걸어 들어가는 돌계단 같았다. 낮에는 둘이 자전거를 타고 영국 동부를 여행하면서 조금만 경사진 데가 나와도 "언덕이다!" 라고 소리를 질렀다. 하지만 밤에 우리는 또 다른 대지를 탐색하곤 했다.

한 이불을 쓰게 되면서—섹스가 아니라 진짜로 한 이불을 쓰면서부터—리치와 나는 침대 한가운데에서 꼭 껴안고 얼굴을 마주한 채 잤다. 밤새도록 서로의 따뜻한 숨결을 느낄 수 있을 만큼 둘이 딱 달라붙어서 잤다. 나의 가슴은 그이의 가슴에 눌렸고 내 다리는—지금도 어떻게 그럴 수 있었나 모르지만—인어공주의 꼬리처럼 그의 다리 사이에 엇갈려 보이지 않았다. 그 당시 우리 둘이 잠자던 모습을 떠올려 보면 한 마리 해마와 비슷했던 것 같다.

시간이 흐르면서 우리는 서로 얼굴을 돌리고 자기 시작했다. 우리의 첫 번째 분리가 이루어진 시점은 80년대 말에 힐즈 백화점에서 킹사이즈 침대를 샀던 때이지 싶다. 그 후 얼마 지나지 않아 에밀리가 태어났고 우리의 수면투쟁이 시작되었다. 침대는 풍덩 뛰어드는 곳이 아니라 의식을 잃고 하염없이 가라앉는 곳으로 변했다. 예전에는 잠드는 것도, 잠에서 깨는 것도 쉬웠고 서로의 마음을 확인하기도 쉬웠다. 그러나 이제 우리는 자신의 휴식공간을 침해당하지 않으려고 기를 썼다. 내 몸이 그나마 남은 힘을 앗아가려고 위협하는 모든 것에 대해 얼마나 뾰족하게 신경을 곤두세우는지 보면서 나 자신도 충격을 받았다. 무릎이나 팔꿈치가 조금 스치는 정도로도 영토분쟁이 일어나기에 충분했다. 그 무렵부터 남편이 코고는 소리가 얼마나 시끄럽고 괴상하게 들리는지 알아차렸다. 하아아아, 추! 그러고서 또 하아아아, 추!

우리 둘 다 학생일 때 기차로 유럽여행을 함께 했다. 하루는 뮌헨의 조그만 호텔에 묵었는데 그 호텔 침대를 보고 둘이 발작적으로 데굴데 굴 구르며 웃었다. 언뜻 봐서는 더블침대처럼 생겼는데 이불을 들춰보 니 가운데 얇은 나무 판이 있고 양쪽에 좁은 매트리스가 각각 한 장씩 들어가 있었다. 자연스럽게 두 사람이 가운데에서 몸을 붙이고 잘 수가 없게 설계된 침대였다. 정말 게르만 민족답다는 생각이 들었다.

"자기는 동독이고 나는 서독이야."

거리의 불빛이 새어 들어오는 방에서 그렇게 분리된 침대 반쪽씩 을 차지하고 누워서 내가 리처드에게 그렇게 말했던 기억이 난다. 우 린 그때 웃었지만 이윽고 그 뮌헨의 침대야말로 진정한 부부의 침대 가 아닐까 하는 의문이 들었다. 열정을 배제한 실용적인 침대. 하느 님이 묶은 것을 잘 분리해주는 침대야말로 부부에게 필요한 침대 아 닐까.

오전 7시 41분 아침을 먹고 난 벤은 턱받이를 한 액션페인팅 아티스 트처럼 온몸이 끈적끈적하다. 폴라가 벤을 나에게서 간신히 떼어내는 데 마침 윈스턴이 도착했다.

"자, 괜찮아요. 우리 아기, 다 괜찮아요."

문을 닫고 나오는데 폴라가 그렇게 벤을 달래는 소리가 들린다.

페가수스 뒷좌석에 앉아 프레젠테이션에 참고할 겸 『파이낸셜 타임즈』를 읽는데 도무지 집중을 할 수가 없다. 카오디오에서 흘러나오는 음악이 아무래도 내가 잘 아는 노래의 재즈피아노 버전인 것 같다. 「나를 지켜줄 누군가」이던가? 피아니스트가 선율을 수천 개로 분해해서 허공에 내던지고는 그 조각들이 어떻게 퍼지는가 실험이라도 하는 듯한 편곡이다. 후렴부는 한 상자의 카드를 촤르르르 섞는 소리처럼 들린다. 윈스턴은 콧노래를 흥얼대며 주선율을 따라가다가 피아니스트의 기교가 두드러진 대목에서는 탄성까지 내뱉는다. 오늘 아침, 내 콜택시 운전수의 유유자적한 기쁨은 나에 대한 모욕처럼 신경에 몹시 거슬린다. 제발 이러지 말아줬으면 좋겠다.

"윈스턴, 뉴 노스 신호구간을 피해서 뒤로 돌아가면 어떨까요? 이쪽이 제일 빠른 길은 아니잖아요."

윈스턴은 잠시 대답 없이 음악이 끝나기를 기다린다. 그 후, 마지막 화음의 여운이 아직 물러나기 전에 입을 연다.

"손님, 제가 경험한 바로는 서두르다 도리어 시간을 잡아먹을 수도 있습니다."

"케이트, 내 이름은 케이트예요."

"저도 손님 이름은 알아요. 어쨌거나 제가 보기에 바쁘게 부산을 떠는 게 더 시간 낭비예요. 너무 빨리 나는 새는 자기 둥지를 지나치는 법이지요."

내 웃음소리가 평소보다 우울하다.

"글쎄요, 그건 여유 넘치는 콜택시 운전수의 견해가 아닐까 염려스러운데……."

윈스턴은 나의 빈정거림에 곧바로 응수하지 않는다. 그저 백미러를 통해 나를 지그시 바라보며 침착하게 말할 뿐이다.

"제가 손님처럼 되고 싶어 할까요? 손님 스스로도 지금과 같은 삶은 원치 않을 텐데요."

더는 못 참는다.

"이봐요, 당신에게 심리상담 부탁한 적 없어요. 나는 가능한 한 빨리 브로드게이트에 데려다달라고 택시비를 내는 거예요. 하지만 그쪽이 할 수 있는 일이 아닌 것 같네요. 여기서 내리겠어요. 걸어가는 편이 더 빠르겠네요."

20파운드짜리 지폐를 건네자 윈스턴은 잔돈을 찾으려고 주머니를 뒤지며 노래를 흥얼대기 시작한다.

"애타게 보고 싶은 사람이 있지 / 나 간절히 소망하네 / 그 사람, 나를 지켜줄 누군가이기를."

오전 8시 33분 엘리베이터에서 내리자마자 셀리아 함스워스와 마주친다.

"재킷에 뭐가 묻었잖아요?"

인사과 과장이 의뭉스럽게 웃으며 지적한다.

"그럴 리가요, 세탁소에서 찾아와서 바로 입었는데요."

옷매무새를 살피다 보니 어깨에 끈끈한 것이 왕창 묻어 있다. 벤의 바나나 이유식이 어깨장식처럼 확 눈에 띈다. 말도 안 돼. 세상에, 어쩌면 네가 엄마한테 이럴 수 있니?

"캐서린이 이 일을 해내고 있는 걸 보면 정말 놀라워요."

셀리아가 쿡쿡댄다. 내가 이 일을 제대로 하지 못한다는 증거를 하나 더 발견하고 기뻐하는 기색이 역력하다.

(셀리아는 한때 이 업계의 홍일점으로 추앙받던 노처녀. 그건 나 같은 여자들이 들어와서 그녀의 희소가치를 무너뜨리기 전까지는 자기 외모에 자신감을 가져도 좋다는 일종의 면허증이었다.)

"또 그 많은 애들하고 씨름깨나 했나 봐요."

셀리아가 괜히 이해하는 척한다.

"캐서린이 뭐더라…… 그래요, 중간휴가라고 하죠? 하여간 휴가차 나오지 않았을 때에도 로빈 쿠퍼클락 국장과 그런 얘길 했답니다. 캐서린이 어떻게 다 해내고 있는지 모르겠다고요."

"둘인데요."

"네?"

"둘이라고요. 그 많은 애들이라뇨. 전 아이가 둘뿐이에요. 로빈 국장님은 애들이 셋인데요, 뭘."

획 돌아서서 내 자리로 돌아온다. 얼룩진 재킷은 벗어서 맨 아래 서랍에 아무렇게나 쑤셔 넣는다. 지난번 그 비둘기들이 아예 이리로 이사를 오기로 작정했나 보다. 수컷은 입에 나뭇가지를 물고 바보처럼 맹한 표정을 짓고 있다. 내가 익히 아는 표정이다. 내가 DIY 선반세트를 사가지고 갔을 때에도 리처드가 저런 표정을 지었었다. 한편, 암컷은 작은 나뭇가지들을 접시 크기의 뗏목 같은 구조물에 부지런히 끼워 넣느라 바쁘다. 아, 정말 대단하군. 아예 여기에 둥지를 짓고 계시구먼.

"가이, 지방자치단체에 전화해서 매 부리는 사람 언제 오는지 물어봤어요? 빌어먹을 비둘기들이 여기서 아예 가족계획을 세우고 있다고요."

핸드백 거울로 벤이 깨문 자국이 없는지 목을 살핀다. 오케이, 깨끗하군. 산뜻하게 로빈 쿠퍼클락과 다른 중역들이 있는 회의실로 프레젠테이션을 하러 들어간다. 프레젠테이션은 끝내주게 잘 풀린다. 모든 참석자의 시선이, 특히 악당 같은 크리스 번스의 시선이 나에게 착 달라붙어 있다. 드디어 나도 남자들에게 진심 어린 존중을 요구해도 되려나 보다. 남자처럼 행동하기, 아이들 얘기는 절대 금물 등의 전략이 드디어 그 진가를 발휘하는 것이다.

슬라이드에서 오버헤드 프로젝터로 넘어가는 순간, 갑자기 이 회의실에서 고추가 달리지 않은 사람은 나 한 명뿐이라는 생각이 머리를 스친다. 지금 그런 생각을 할 때가 아니야, 케이트. 그런데 열일곱 명이나 되는 남자 틈에서 거시기 생각을 하지 않을 수가 있을까? 뭔가 있어, 저 사람들이 이렇게 나를 뚫어져라 바라볼 때에는 이유가 있는 거라고. 시선을 아래로 옮겨본다. 베일처럼 속이 다 비치는 하얀 블라우스에 가슴 컵이 턱없이 작은 빨간색 아장 프로보카퇴르 브래지어라니! 어슴푸레한 새벽 4시 30분에 서랍에서 손에 잡히는 대로 꺼내 입었나 보다. 오, 하느님. 파멜라 앤더슨이 오스카 시상식에 참석했을 때 모습 같다.

오전 11시 37분 여자화장실에 앉아서 시뻘게진 얼굴을 화장실 칸막이벽에 기대고 있다. 이곳 화장실 벽은 하얀 별 무늬가 있는 검은 대리석판으로 되어 있어서 우주에 와 있는 기분이 든다. 이미 컴컴한 우주로 빨려 들어가는 기분이지만 실제로 그렇게 된다면 얼마나 좋을까. 블랙홀에 들어갔다가 수천 년 후 공개적 망신의 기억이 죄다 사라진 후에 다시 나올 수 있다면? 일이 꼬일 때면 여기 앉아서 담배를 피우곤 했다. 담배를 끊은 후로는 나지막한 소리로 노래를 부르곤 한다. "나는 강인해. 나는 끄떡없어. 나는 여자란 말이야."라고.

내가 학교 다닐 때 배운 헬렌 레디의 노래다. 이 여가수와 같은 성姓을 쓴다는 게 자랑스러웠고 그녀의 노래에서 여자들은 아무리 골치 아픈 팔자라도 이겨낼 수 있다는 자신감이 넘쳐났기에 더욱더 좋았다. 칼리지 시절, 데브라와 외박이라도 하는 날에는 밤새도록 이 노래 음반을 돌려놓고 한껏 기분을 내곤 했다. 방에서 춤도 추고, 데브라의 액션 맨과 캐치볼을 하기도 했다(그 남자친구가 다리가 부러졌을 때 데브라는 "어차피 놈팽이들은 쓸모가 없어."라며 이제 '인액션 맨'이라고 불러야겠다고 농담을 했다).

아, 그래, 나는 지혜로워.
아픔이 낳은 지혜지만.
그래, 나는 대가를 치렀지.
그 이상의 것을 얻었지만!
나는 강인해, 나는 끄, 떡, 없, 어,
나는 여자란 말이야.

나는 남녀평등을 믿는가? 잘 모르겠다. 한때는 믿었다. 모든 것을 절대적인 것으로 알았기에 결과적으로 아무것도 몰랐던 젊은날에는 남녀평등에 열정적인 신념을 바치기도 했다. 평등이라니, 얼마나 근사한가. 평등이 고결하고 정의롭다는 데 이견은 있을 수 없다. 하지만 빌어먹을 평등이 현실에서 어떤 식으로 나타나는가? 여자도 괜찮은 직업에 종사하며 출산휴가도 가질 수 있다. 그러나 남자가 화장지가 다 떨어진 것을 여자 책임으로 인식하게끔 생겨먹은 이상, 그 계획은 실패하게 되어 있다. 여자들은 머릿속에 늘 가정이라는 퍼즐을 챙겨 다닌다. 여자들은 그냥 그렇게 생겨먹었다. 런던의 금융가에서 집으로 돌아가는 퇴근길에 나는 매일 저녁 누르스름한 가로등 불빛 아래서 한 손에는 서류가방, 다른 손에는 쇼핑백을 들고 겨우겨우 걸어가는 여자들을 보았다. 혹은 버스정류장에서 발을 동동 구르다 못해 태엽이 너무 많이 감긴 인형처럼 경련을 일으키는 여자들을 보았다.

얼마 전에 필리파라는 친구가 남편과 함께 유언장을 작성했다는 얘기를 했다. 필리파는 혹시 자기가 죽게 되면 남편이 잊지 않고 아이들 손톱을 깎아주어야 한다는 조항을 집어넣자고 했단다. 남편은 필리파가 농담을 한다고 생각했다. 하지만 그녀는 절대로 농담으로 한 말이 아니었다.

작년 하반기, 어느 토요일이었을 게다. 보스턴 출장에서 돌아왔더니 현관에 리처드가 애들 둘을 데리고 파티에 갈 채비를 하고 있었다. 에밀리는 머리도 빗지 않은 채 한쪽 뺨에 상처를 달고 있었고(알고 보니 점심 먹다가 묻은 케첩이었지만), 벤은 살구색 점박이 무늬가 들어간 아주 작은 옷을 입고 있었다. 자세히 보니 에밀리의 인형 옷을 애한테 입혀놓은 게 아닌가.

남편에게 우리 애들을 보니 지하철 앵벌이가 따로 없다고 했다가 그렇게 까다롭게 굴 거면 애들 옷은 직접 챙겨 입히라는 핀잔만 들었다.

난 까다롭게 굴고 싶었다. 누구는 뭐 직접 챙기고 싶지 않은 줄 아나?

보내는 사람: 케이트 레디

받는 사람: 캔디 스트래턴

오늘은 그야말로 끝장이었어. 실수로 투자국 국장과 그 일당들에게 가슴을 드러내고 말았어. 크리스 번스가 나중에 나한테 와서 그러더라.

"그쪽으론 진짜 프로더군요, 케이트. 틀림없어요." 그러고는 하수구 빠지는 소리를 내며 웃는 거야. 뭐, 나를 자기 웹사이트에 올리느니 어쩌느니 하더라. 웬 웹사이트?

게다가 아벨해머는 뉴욕에서 만나자고 그러더라.

왜 남자들은 하나같이 저질들이지?

보내는 사람: 캔디 스트래턴

받는 사람: 케이트 레디

자기야, 걱정 마. 자기 젖통은 최고니까. 남근선망은 한물갔어. 이제 유방선망이 대세야!

번스는 원래 개똥같은 놈이야. 그 자식 웹사이트는 딸딸이치기본부, 뭐 그쯤 될 거다.

뉴욕에 가서 해머맨 만나지 그러냐. 그 남자 괜찮은 것 같은데.

내숭덩어리 영국여자처럼 굴면 미워할 거야.

칸디다 아구창. xxx.

오후 1시 11분 로빈 쿠퍼클락 국장과 신규고객 제러미 브라우닝을 타르튀프에서 만나 함께 점심을 먹는다. 이 식당은 런던증권거래소가 내려다보이는 꼭대기 층에 있다. 이 식당에는 수도원이 아닌 이상 돈으로만 살 수 있는 고요함이 흐른다. 아마도 금과 같은 침묵이라고 해야 할까. 야트막한 좌석은 토피 가죽으로 되어 있고 웨이터들은 양념병들을 들고 온다. 이곳의 메뉴는 내가 가장 내켜하지 않는 종류다. 여성의 미각을 조금도 고려하지 않는 두툼한 고기요리들. 웨이터에게 샐러드가 있는지 물었더니 "물론입니다, 손님."이라고 프랑스어로 대답하면서 '게지에gésier'를 곁들인 뭐시기라는 요리를 권한다.

자신없이 고개를 끄덕이는데 로빈이 헛기침을 하더니 "새의 식도 부위를 구운 걸 거야."라고 일러준다. 아니, 어떻게 식도를 먹어 치울 수 있단 말이지? 나는 샐러드는 좋지만 식도는 먹고 싶지 않다고 말한다. 로빈 국장은 알렉 기네스처럼 보일 듯 말 듯한 미소를 띠지만 웨이터는 별로 재미있지 않은 모양이다. 육식은 남자들에게 공통된 취향이다.

"워스터셔의 레디 가家와 친척관계이십니까?"

국장이 와인리스트를 보는 동안 제러미가 묻는다. 우리의 신규고객은 자기가 몸매 관리를 잘했다는 점을 의식하고 있다. 스키장에서 그을린 얼굴 피부, 헬스로 다져진 어깨, 성공한 사람 티가 뚝뚝 떨어진다.

"아뇨, 아닐 거예요. 전 훨씬 더 북부 출신이거든요."

"잉글랜드와 스코틀랜드 경계 쪽인가요?"

"아뇨, 더비셔와 요크셔 쪽이죠. 여기저기 이사를 많이 했지만."

"아, 그렇군요."

신규고객은 내가 알 필요도 없는 사람, 더 알아볼 인맥도 없는 사람으로 판명나자 무시해도 괜찮다고 생각하나 보다. 우리나라는 오랜 세월에 걸쳐 계급 없는 사회로 거듭났지만 아직 이 나라의 주인인 국민들에게는 그 소식이 미처 도달하지 못한 것 같다. 제러미 같은 사람들은 여전히 하이드파크까지만 잉글랜드다. 그 너머의 스코틀랜드는 8월에 사냥이나 하러 가는 곳이다. SW1과 에딘버러 사이의 광활한 땅은 그냥 비행기를 타고 지나가거나 급행열차의 침대칸에 몸을 싣고 지나가는 것으로 족하기에 외국만큼이나 낯설다. 제러미 브라우닝의 선조들은 인도를 정복했을지 모르지만 영국 내에서는 잉글랜드 북서쪽 끄트머리의 위건보다 멀리 가는 법이 없을 것이다.

로빈 국장은 절대로 제러미처럼 나를 대하지 않을 것이며, 그러지도 못할 것이다. 지난 20년을 질처럼 괜찮은 여자와 살지 않았는가. 질은 속물들에게 코웃음치고 모든 면에서 여성들의 능력을 믿어 의심치 않는 사람이다. 이런 상황에서 나의 상사가 어떻게 나오는지 지켜보는 게 정말 즐겁다. 활기차고 사교적인데다가 굳이 의식하지 않아도 고객들보다 훨씬 똑똑하면서 자연스럽게 고객을 우승팀의 주장처럼 띄워주기까지 한다. 국장은 브라우닝이 나를 아주 젖혀놓은 것을 보고는 온화하지만 꿋꿋하게 나를 대화에 끌어들인다.

"자, 케이트가 브라우닝 씨 펀드의 수석매니저가 될 겁니다. 펀드의 포트폴리오 구성이나 그 밖의 문제는 케이트와 상의하시면 됩니다. 연방준비은행의 꿍꿍이를 알 수 없는 몇 가지 정책들에 대해서도 케이트는 설명해드릴 수 있을 겁니다."

잠시 후, 우리 고객께서 새끼비둘기고기요리를 한 입 가득 우물거릴 때에도 국장은 이렇게 말한다.

"제러미, 사실은요. 케이트가 운용하는 펀드는 지난 6개월간 우리 회사에서 최고수익을 올렸답니다. 어느 기준으로 봐도 주식시장이 상당히 고전한 시기였는데 말이죠. 그렇지 않아요, 케이트?"

내가 이래서 국장을 좋아한다만, 그래봤자 소용없다. 언제나 여자보다는 남자하고만 거래를 하려고 하는 남자들이 있는데 제러미 브라우닝이 그중 한 사람이기 때문이다. 나를 어떻게 대해야 할지 몰라서 쩔쩔매는 모습이 다 보인다. 난 저 사람 부인이 아니다. 저 사람 엄마는 더욱더 아니다. 저 사람 여동생의 학교 동창도 아니다. 저런 사람과 내가 정분이 날 일은 추호도 없을 것이다. 그럼 뭔가? 저 사람은 비둘기고기를 씹으며 스스로에게 묻고 있을 것이다. 저 여자가 여기서 뭐하는 거야? 뭐하러 여기 앉아 있는 거지?

이런 꼴을 10년이 넘도록 보아왔지만 아직도 내가 제대로 이해하고 있는지 모르겠다. 모르는 존재는 두렵다 이건가? 어쨌거나 제러미는 일곱 살부터 남자들만 다니는 사립학교에 다녔을 것이고 남성 전용 칼리지가 존재하던 시대에 대학교육을 받은 마지막 세대일 것이다. 부인인 애너벨은 장남과 다른 아이들을 돌보느라 집에만 있을 것이다. 저 사람은 아마 개인적으로는 그러한 범주에서 벗어나는 모든 것을 자연의 질서를 거스르는 범죄인 양 질색할 것이다.

"미안하지만 내 와인 잔을 가까이 당겨도 괜찮겠지요?"

제러미가 내 소매를 톡톡 치며 묻는다. 그제야 내가 그 사람의 와인 잔을 식탁 중앙 쪽으로 계속 치우고 있었다는 사실을 깨닫는다. 에밀리, 벤과 식사를 하다 보니 행여 잔이 엎어질까 해서 반사적으로 이런 행동을 하게 됐다.

"세상에, 정말로 죄송합니다. 애들이 있다 보니 늘 뭔가를 엎지를까 봐 조심을 하게 되네요."

"아, 자녀분들이 있으시군요."

"네, 둘 있습니다."

"더 이상은 계획에 없으시길 바랍니다."

이 말이 애매하게 신경을 건드린다. 내가 애를 갖고 말고도 자기 소관이라는 건가? 자기 돈을 받으면 자기 일만 해야 하지, 다른 남자 아이를 가져서도 안 된다는 건가? 나는 이 인사치레를 되갚아주고 싶다. 식탁 밑으로 힘차게 발길질을 날려서 이 남자야말로 다시는 애를 못 갖게 해줄까 싶다. 하지만 '고환 파열'이라는 문구가 고객보고서에 오르는 일은 없어야 하지 않을까.

"당연히, 브라우닝 씨가 저한테는 더 우선순위가 높으시지요."

나는 양상추를 삼켜 목구멍을 씻어 내리고 그렇게 말한다.

보내는 사람: 잭 아벨해머

받는 사람: 케이트 레디

대출한도에 대한 당신의 글을 읽고 나서 '융자'에 대한 몇 가지 생각을 첨부합니다. 진짜 내 생각은 아니지만 내 펀드를 관리하는 사람에 대해서 생각했던 바와 대단히 비슷해서 말이지요.

난 거저 주는 게 아니에요.

빌려줄 수밖에 없지요.

그래도 빌려주는 사람을 뭐라 하진 마세요.

빌려주는 게 어딘가요.

오, 어차피 죽을 인생이 빌려준다면

어차피 죽을 인생이 빌릴 수도 있잖아요.

당장 오늘내일은 아니어도

언젠가 죽는 건 확실하잖아요.

죽음과 세월이 더욱 강할지라도

사랑 역시 만만치 않을걸요.

세상은 오래오래 남겠지만

사랑 역시 만만찮게 남을걸요.

보내는 사람: 케이트 레디

받는 사람: 잭 아벨해머

융자에 대한 고객님의 배려에 깊은 감사드립니다. 당신의 펀드매니저로서 당신의 투자가치는 떨어질 수도 있고 올라갈 수도 있다고 말씀드리고 싶군요. 현재 시장은 침체 국면이지만 조만간 미국에 가서 노출 수위를 높이는 문제에 대해 말해볼 수 있을 겁니다.

아름다운 시네요.

K. xxxxx.

오전 3시 44분 잠든 아이들만 집에 두고 사무실에 몰래 나왔다. 할 일이 있다. 꾸물댈 겨를이 없다. 오래 걸리진 않겠지. 20분, 길어도 40분은 넘기지 않을 거다. 아이들은 엄마가 몰래 나간 줄도 모를 것이다.

사무실은 기계들이 희미한 불빛 아래 서로 사랑을 나누며 일으키는 마찰음과 한숨소리를 빼면 더없이 적막하다. 방해요소가 없으니 능률이 착착 올라간다. 내 손 아래서 개미군단이 소대별로 집합하듯 숫자들이 모여든다. 분기별 펀드보고서를 저장하고 모니터를 끈 후에 살짝 회사 사옥에서 빠져나온다. 런던의 금융가가 핵전쟁 다음날 맞는 새벽처럼 황량하다. 뜨뜻미지근한 바람, 여기저기 날리는 휴지조각, 소스팬 색깔처럼 우중충한 하늘. 지평선에 흐릿하니 번져 보이는 노란 불빛으로 택시를 알아본다. 택시로 다가가면서 손을 흔든다. 그 차는 서지 않는다. 그다음엔 다른 택시가 영구차처럼 나를 쌩하니 무시하고 지나간다. 이제 초조해 죽겠다. 세 번째 택시가 다가온다. 택시를 잡으려고 도로에 뛰어든다. 택시가 끽 소리를 내며 급커브를 하고 운전수가 구멍 나고 넙데데한 버섯 같은 얼굴을 차창 밖으로 내밀고 고함을 지른다.

"이 정신 나간 아줌마야, 눈은 폼으로 달고 다녀?"

나 자신이 가엾고 힘이 빠져 보도 연석에 주저앉아 울고 있는데 소방차 한 대가 사이렌을 기세 좋게 울리며 거리에 나타난다. 소방차가 멈추고 소방관들이 나보고 빨리 타라고 한다. 나는 태워준다는 말에 너무 좋아서 목적지를 말하는 것도 잊어버렸다. 그런데도 소방차는 너무나 낯익은 거리를 지나 우리 집 쪽으로 곧장 달려가는 게 아닌가. 우리 집에 거의 다 왔더니 집 밖에 서서 웅성대는 인파가 보인다.

침실 창문에서 연기가 마구 솟아오르고 있다. 에밀리의 침실이다.

"뒤로 물러나 계세요. 우리가 알아서 하겠습니다."

소방관 한 사람이 말한다.

나는 미친 듯이 현관문을 두드리고 있다. 아이들의 이름을 목이 터져라 불러보지만 사이렌 소리 때문에 들리지도 않는다. 내 고함소리조차 들리지 않는다. 제발 사이렌을 꺼줘. 제발, 누가 저 빌어먹을 사이렌을 꺼달라고요…….

"케이트! 케이트! 일어나! 괜찮아, 괜찮다고."

"응?"

"괜찮아, 여보. 당신 나쁜 꿈을 꿨나 봐."

일어나 앉는다. 잠옷이 땀으로 흥건하다. 갈비뼈 안쪽이 새 한 마리
가 빠져나오려고 발버둥을 치는 것처럼 욱신거린다.

"내가 애들만 남겨놓고 나갔어, 리치. 그런데 불이 났어."

"괜찮아. 정말로 이젠 괜찮아."

"아냐, 내가 애들만 남겨놓고 나갔어. 그러고서 회사에 갔어. 내가
애들을 버렸던 거야."

"아니야, 아니야. 당신은 아이들을 버리지 않았어. 잘 들어, 저건 벤
이 우는 소리야. 정신 차려, 케이트."

정말이다. 위층에서 사이렌 소리가 들린다. 젖니 때문에 몸살을 앓
는 단 한 명의 소방대원이 저토록 기세 좋게 사이렌을 울렸던 것이다.

I don't know how she does it

일요일

안식의 날, 그러나 한편으로는 끝없는 육체노동의 날로도 알려져 있는 일요일이다. 냉장고에 보충해야 할 즉석식품들을 확인하는 걸로 하루를 시작한다(셰릴 형님 말마따나 '즉석식품ready-meals'은 '레디 가의 식사Reddy's meals'라고 해도 과언이 아니다). 뭔지는 모르지만 유리 선반에 들러붙은 해조류 같은 것을 닦아낸다. 폐가 냄새가 나기 시작하는 파르메산 치즈는 버린다. 구역질나는 신기한 모양 치킨 너겟도 버린다. 폴라는 우리 애들에게 이 치킨 너겟을 먹이고 쓰레기봉투 밑에다 숨겨놓았다. 애들은 민감하기 때문에 나는 방목 사육한 닭고기만 먹이고 있다. 도대체 폴라에게 몇 번을 얘기해야 내 말을 들을까?

세탁기를 세 번 돌리고 세 번 빨래를 넌다. 후아니타 아줌마는 (3년

48

반째) 고질적인 허리디스크를 앓고 있어서 무거운 빨랫감을 들고 다니지 못한다. 어른 빨래는 육아도우미가 해야 할 일이 아니지만 폴라는 이따금 꼭 손으로 빨아야 하는 내 스웨터를 세탁기에 집어넣는 등 원칙을 종종 무시하곤 한다(난 항상 이 문제를 짚고 넘어가야겠다고 생각해왔다. 하지만 결국은 얘기도 못 꺼내고 '폴라에 대한 불만' 제3권에 끼워 넣는다).

오늘 커스티와 사이먼을 '스트레스도 풀 겸' 점심식사에 초대했다. 친구들을 만나고 인생에 일 말고도 다른 중요한 부분이 있음을 기억하는 건 중요한 일이다. 공동체의식이라든가, 뭐 그런 부분을 강화하는 사회적 교류를 맺어야 한다. 또한 아이들에게 엄마가 허구한 날 검정색 정장 차림으로 뭐해놓아라, 뭐해놓아라 고함을 지르며 뛰쳐나가기만 하는 사람이 아니라 가정에서도 편안하게 지낼 수 있는 사람이라고 보여줘야 한다. 그래야 아름다운 유년기의 기억도 생기고 그러지 않겠는가.

모든 것이 순풍에 돛단 듯 진행 중이다. 요리책은 깨끗한 플라스틱 독서대에 성경처럼 펼쳐져 있고 재료는 보기 좋게 준비되어 있다. 시에나 실크리본을 묶은 깜찍한 올리브오일병도 있다. 나는 빈티지 스타일 꽃무늬가 프린트된 예쁜 캐스 키드슨 앞치마를 둘렀다. 이 앞치마는 1950년대 가정주부 역할을 연상시키면서도 우리 엄마 같은 여성들의 끔찍한 가사노동과는 전혀 차원이 달라 보인다. 뭐, 내 생각엔 그렇다.

손님들이 도착하기 직전에는 집 주인여자의 편안한 주말용 복장으로 갈아입을 계획이다. 얼 진스에 도나 캐런 핑크 캐시미어를 받쳐 입으면 되겠지. 지금 요리책을 따라 하면서 서양우엉, 골파, 블루치즈 필로타르트를 만드는 중이다. 벤이 깎지 않은 손톱을 아이젠 삼아 내 다리를 타고 올라오기 때문에 거치적거린다. 내가 벤을 내려놓을 때마다 요 녀석은 소방차 사이렌처럼 냅다 소리를 지른다.

세상에는 파이반죽도 손수 만드는 사람들이 있지만 어차피 나한테 그런 사람들은 침실에서 변태행위를 즐기는 사람들이나 마찬가지다. 정성과 테크닉에는 경의를 표하지만 내가 그러고 싶은 마음은 추호도 없다는 얘기다. 파이반죽을 포장지에서 꺼내고 한쪽 면에 녹인 버터를 바른다. 그 위에 또 한 장을 겹쳐놓는다. 평화로운 시간이어라. 그때 에밀리가 아랫입술을 삐죽하니 내밀고 나타난다.

"폴라 아줌마 어디 있어요?"

"오늘은 일요일이잖아. 폴라 아줌마는 오늘 오지 않는단다. 엄마랑 에밀리랑 예쁜 쿠키를 함께 만들어볼까?"

"싫어요. 난 폴라 아줌마가 좋다고요."

에밀리 입에서 이 말을 처음 들었을 때에는 가슴에 대못이 박힌 줄 알았다. 지금까지도 자기가 처음 낳은 새끼의 배신만큼 아픈 것은 세상에 둘도 없다고 생각한다.

"음, 에밀리가 엄마 비스킷 만드는 거 도와주면 정말 좋겠는데. 참 재미있겠지?"

에밀리는 영특한 회색 눈동자로 자기 엄마가 엄마 놀이를 하는 광경을 평가해본다.

"아빠가 「러그래츠」 비디오 봐도 된다고 했어요."

"좋아, 커스티 아줌마랑 사이면 아저씨 오시기 전에 파란색 원피스로 갈아입는다면 「러그래츠」 비디오 봐도 좋아."

오전 11시 47분 모든 것이 계획대로다. 요리책으로 돌아간다.

"레몬즙과 블루치즈를 차가운 베샤멜 소스에 넣고 저어준다."

베샤멜 소스가 뭔데? 책장을 넘긴다.

"베샤멜 소스 만드는 법은 74쪽을 보세요."

뭐라고? 이제 와서 이러면 어떡해? 핸드폰이 울린다. 로드 태스크 부장이다.

"전화 받기 힘든 거 아니오, 케이티?"

"어머, 전혀요. 전화 괜찮아요. 윽! 벤, 그러면 안 돼. 아, 죄송해요. 로드, 계속 말씀하세요."

"내일 회의에 필요한 세부사항들을 팩스로 보내니까 케이티가 성과, 배당, 귀속, 전략 전망 쪽을 맡아요. 당신이 그런 쪽은 꽉 잡고 있으니까. 가이 그 친구가 금요일 밤에 당신 칭찬을 입에 달고 다니더군요. 참 작하건대, 얼마나 잘하고 있는지 모른다고."

"뭘 참작해서요?"

"아, 남자들이 커리 먹으면서 나누는 얘기야 빤하잖소."

빤하긴 뭐가 빤한데. 부장과 팀 전체가 금요일 밤 인도요리 식당으로 회식을 하러 갔을 때 난 정말 참석하고 싶었다. 가이가 내 자리를 넘보지 못하게 저지하기 위해서라도 그 자리에 가고 싶었다. 하지만 난 『해리 포터』를 읽어주러 집에 돌아와야만 했다.

갑자기 오븐에서 불길한 냄새가 난다.

"걱정 마세요, 로드. 모든 게 착착 굴러가고 있으니까요. 내일 봐요."

"편히 쉬어요, 케이티!"

오븐을 열어 참사를 확인한다. 파이반죽으로 만든 틀이 돌덩이처럼 딱딱해졌다. 당황하지 말자. 정신 차려, 케이트. 생각을 하자. 결국 이래라 저래라 고함을 지르며 현관문을 박차고 나선다. 리처드, 벤 옷 좀 입혀줘. 그리고 부엌 청소도 해줄 수 있을까?

오후 12시 31분 마트에서 돌아온다. 벤은 옷을 입고 있지만 부엌은 「디즈니 드레스덴에 가다」의 한 장면처럼 아수라장이 되어 있다.

"리처드, 내가 부엌 좀 치워달라고 했잖아?"

리처드는 읽고 있던 신문에서 고개를 들고 놀라는 표정을 지어 보인다.

"여태까지 계속 치웠단 말이야. CD도 알파벳 순으로 다 정리했다고."

장난감 열차 선로는 소파 밑에 발로 차 넣고 나머지 장난감들은 죄다 다용도실에 밀어 넣고 문을 닫는다. 빨래건조대로 문짝이 열리지 않게 고정한다. 서양우엉과 그뤼예르 치즈의 참혹한 사태는 M&S의 시금치 키슈로 대체한다. 이제 드레싱을 만들어야 한다. 깜찍한 올리브오일 병은 진홍색 밀랍으로 막아놓은 마개가 꼼짝을 안 한다. 병따개로 열어보려다가 샐러드용 베이비채소에 붉은 밀랍조각들만 떨어뜨린다. 이빨로 열어본다. 소용없다. 망할, 망할. 예리한 칼로 마개를 공략한다. 병을 놓치는 바람에 내 손등만 베였다. 술 취한 자살미수자가 따로 없군. 구급약 서랍을 뒤진다. 일회용 반창고도 하나밖에 없다. 부딪히기 선수 아들내미가 다 썼군. 이층으로 뛰어올라가 재빨리 여유 넘치는 집 주인 여자의 주말복으로 갈아입는다. 새 청바지에 다리를 꿰었지만 도나 캐런 핑크 캐시미어 점퍼는 어디 있는지 짐작도 못하겠다. 왜 이 집구석에는 제자리에 있는 물건이 하나도 없지?

오후 12시 58분 핑크 점퍼를 찾았다. 폴라가 세탁물 건조 선반 뒤에 내 옷을 쑤셔넣은 게 틀림없다. 말이 좋아 내 옷이지, 애들 옷과 함께 빨아버려서 예전의 내 옷이 아니다. 이제 그 옷은 바짝 오그라들어서 동화 속의 생쥐 아줌마나 말라깽이 앨리 맥빌이 아니면 입을 수 없다. 아래층으로 내려가니 벤이 남아 있던 블루치즈를 비디오에 처덕처덕 칠하고 있다. 에밀리는 「러그래츠」 비디오가 안 돌아간다고 빽빽 소리를 지른다. 리처드는 코빼기도 보이지 않는데, 초인종이 울린다.

커스티 빙과 사이먼 빙 부부는 리처드의 동료 건축가들이다. 우리 부부와 나이가 같지만 애를 낳지 않고 일본 도자기에서 홀연히 빠져나온 연기처럼 근사한 청회색 고양이만 한 마리 기르고 있다. 빙 부부네 집을 방문할 때마다 벤이 난간 없는 계단에 올라가서 그 밑의 심연을 실실 웃으며 바라보기 때문에 나는 "벤, 안 돼. 안 돼요." 하고 소리만 지르다 돌아오는 기분이 든다. 아이 없는 부부와 애를 떠받들고 사는 부부 사이에는 보이지 않는 압박감이 존재한다. 에밀리를 낳기 전에 이들 부부와 시에나 외곽의 빌라를 한 채 빌려서 지냈던 적이 있다. 그때 햇살 아래 한 주를 함께 보냈던 따뜻했던 기억이 소원해지려는 관계를 그나마 붙잡아준다. 요즘은 남편이나 나나 우리처럼 자녀를 키우고 있는 부부들과 만나는 게 편하다. 애 있는 사람들은 다 이해할 수 있으니까. 급하게 피자나 데워서 내고, 급하게 휴지를 찾고, 때로는 그 두 가지를 동시에 들이밀어야 한다는 것도 다 이해할 수 있다. 느닷없는 구린내와 낮잠은 또 어떻고. 막무가내로 밀고 들어오는 변덕도 우린 다 이해할 수 있다.

커스티와 사이먼은 우리를 볼 때마다 반가워하지만 솔직히 작별인사를 할 즈음에는 유난히 과장해서 섭섭한 척하는 것 같다. 우리 집에서 벗어나 콧물 따위가 묻지 않은 깨끗한 자기네 집 소파로 돌아갈 때의 안도감이 벌써부터 엿보인다고 할까. 어쨌든 오늘 그들 부부가 우리 집에 왔다. 우리 집은 기본적으로 모든 가구가 거대한 손수건이다. 부엌도 평소 상태에 비하면 양반이지만 커스티는 바닥에 딱 하나 널려 있는 장난감을 보고서도 이해한다는 듯한 미소를 짓는다. 상당히 말이 안 되는 소리지만, 왠지 커스티의 빰을 때려주고 싶다.

점심식사는 그럭저럭 흘러간다. 나는 M&S에서 사온 타르트가 맛있다는 칭찬을 부끄럼 없이 받아들인다. 뭐, 그걸 사오기까지 엄청난 수고를 들였던 건 사실이잖아? 빙 부부는 대화의 화제가 풍부한 사람들이다. 이를테면 '대영박물관 야간개방이 정말로 괜찮은 아이디어였을까?'라는 주제를 던지는 식이다. 사이먼은 '실패한 실험'이라고 일축한다. 내가 대영박물관이 어디 있는지도 잊어버렸다고 말하면 저 사람은 뒤로 나자빠지겠지.

그다음에는 최근 영화의 부진에 대한 이야기로 옮겨간다. 커스티와 사이먼은 공장에서 일하는 두 소녀를 다룬 프랑스 영화를 봤는데 완전 감동의 도가니였단다. 리처드가 자기도 그 영화를 봤다고 고백한다. 아니, 언제 그럴 시간이 있었지?

"케이트도 공장에서 일해봤어. 그렇지, 여보?"

"아, 굉장하군요."

사이먼이 말한다.

"굉장하긴요. 분무 캔에 덮는 플라스틱 뚜껑을 만드는 공장이었죠. 정말 지루하고, 냄새는 고약하고, 월급은 쥐꼬리만 했어요."

살짝 어색한 침묵이 흘렀지만 커스티가 화제를 돌려준다. 그녀는 발랄하게 묻는다.

"음, 케이트는 어때요? 요즘 재미있는 영화 본 것 있어요?"

"아, 웅크린 호랑이와……."

한참이나 뜸을 들인다.

"……웅크린 용을 재미있게 봤네요."

"숨어 있는이야."

리치가 속삭인다.

"숨어 있는 호랑이요. 거기 나오는…… 음…… 중국적인 부분이 좋더라고요. 마이크 리는 훌륭한 감독이에요, 그렇죠?"

"앙 리야."

리치가 또 속삭인다.

"나는「메리 포핀스」가 좋은데."

에밀리가 끼어든다.

맙소사, 신이시여. 저 아이를 좀 어떻게 해주세요. 에밀리는 부엌 저쪽에서 벌거벗은 채 초록색 인어꼬리만 다리에 끼우고 있다.

"제인과 마이클은 아빠가 일하는 은행에 따라간대요. 엄마 회사 근처에 있는 은행인데 그 동네에는 비둘기가 엄청 많다면서요?"

에밀리는 어린아이 특유의 두려움 없이 말간 얼굴로 음도 맞지 않는 노래를 신나게 불러 젖힌다.

"새들에게 모이를 주세요. 한 봉지 2펜스, 2펜스요. 한 봉지에 2펜스 랍니다. 엄마, 엄마도 새들에게 모이를 줘요?"

아니. 사람을 불러서 새들을 처치해달라고 하지.

"그럼. 당연하지, 우리 딸."

"나도 엄마 회사 가면 안 돼요?"

"그건 물론 안 돼."

커스티와 사이먼이 예의바르게 웃는다. 커스티는 자기 포크에 묻어 있던 오렌지색 고무찰흙 조각을 떼어내면서 집에 돌아가겠다고 할까 말까 망설이는 듯하다.

기억할 것 깨끗한 옷과 세간이 필요한 친목모임은 피할 것. 유로디즈니 갈 때 챙길 짐 목록. 빵? 우유. 계단 카펫. 아빠에게 전화. 벤 유아원 신청서. 질 쿠퍼클 락에게 전화 꼭! 오리모양 초콜릿!

얼마면 돼?

수요일, 오후 10시 35분 데브라가 집으로 전화를 한다. 얼굴도 못 보고 이메일 왕래만 하는 형편이니 왠지 조짐이 좋지 않다. 목소리를 듣자마자 문제가 생겼다는 감이 온다. 그래서 물었다. 어떻게 된 거야? 데브라가 땅이 꺼져라 한숨을 쉬고는 이렇게 말한다. 아, 그냥 늘 그렇지, 뭐. 짐은 거래를 마무리하러 부활절 휴가에 출장을 가야 하고, 데브라 혼자 애들을 데리고 서포크의 친정에 가야 한단다. 얼마 전에 친정 아빠가 쓰러지셨는데 친정 엄마는 괜찮다고 말은 하지만 사실은 그렇지 못하다. 중요한 일을 하느라 늘 바쁜 딸에게 부담을 줄까 봐 부모님들은 내색도 못하시는 것이다. 부모님을 도와드리고 싶은 마음은 굴뚝같지만 데브라가 무진장 바쁜 것도 사실이다. 데브라

네 로펌에서는 아직도 그녀를 파트너급 변호사로 대우해주지 않고 있다. 필벗이라는 개자식이 "데브라의 회사에 대한 충성도에 의문의 여지가 있다."고 했단다. 데브라는 그놈의 파트너 직급을 위해서 열심히 일했다. 게다가 데브라 아들 펠릭스가 돌 때부터 그 집에서 일한 육아 도우미 앙카가 데브라의 물건을 훔치고 있단다. 데브라가 언제 그런 얘기를 했던가?

아니, 난 처음 듣는 얘기다.

그래, 솔직히 말해서 작년 여름부터 뭐가 자꾸 없어지는 것 같다고 의심스러워했단다. 하지만 데브라는 알려고 하지 않았고 알고 싶지도 않았다. 처음은 아주 소액의 현금이 사라지곤 했다. 데브라는 집 어디에 흘렸겠거니 생각했단다. 그다음에는 다른 물건들도 사라지기 시작했다. 워크맨, 은으로 된 액자, 짐이 싱가포르에서 사온 깜찍한 디지털 카메라. 그래서 온 식구가 우리 집엔 손버릇 나쁜 요정이 사나 보다 농담을 했고 데브라는 문의 잠금장치를 더 튼튼한 것으로 바꿨다. 혹시 몰라서 조심한다고 한 일이었다. 그러다 작년 크리스마스 직전에 아기는 가죽 재킷을 잃어버렸다. 니콜 파히 브랜드의 아주 귀엽고 보들보들한 재킷이었다. 데브라도 큰 맘 먹고 산 옷이었으므로 맹세코 아무렇게나 팽개쳐두지 않았다. 그 옷을 입고 갔던 식당들에 다 전화를 해보고, 옷장을 한 번 뒤집어엎다시피 했다. 옷은 나오지 않았다. 앙카에게 벌써부터 치매에 걸린 것 같다고 쓸쓸하게 말했더니 앙카는 설탕을 세 조각이나 넣은 차를 가져다주면서—슬로바키아 사람들의 치아가 엉망인 데에는 이유가 있다—따뜻하게 위로해줬다.

"그냥 좀 피곤하신 것뿐이에요. 머리가 어떻게 된 건 아니라고요."

데브라는 아무것도 모른 채 넘어갈 수도 있었다. 어느 날 고객 미팅 사이에 시간이 좀 남아서 집에 들러보지 않았더라면 그랬을 것이다. 데브라는 현관문에 열쇠를 끼우고 돌리다가 무심코 고개를 돌렸다. 앙카가 문제의 가죽 재킷을 입고 유모차에 루비를 태운 채 어딘가로 걸어가고 있었다. 데브라는 힘이 쭉 빠져서 움직일 수도 없었단다. 그래도 앙카 눈에 띄면 안 된다는 생각에 간신히 쓰레기통 뒤에 숨었다고 했다.

그리하여 지난 토요일, 앙카가 없을 때 도우미 방에 들어가봤단다. 자기 집을 터는 도둑처럼 살금살금. 벽장에 가죽 재킷과 데브라가 가장 아끼는 스웨터 두 벌이 있었다. 뒤쪽에 숨겨놓을 생각도 없었는지 아주 떡하니 놓여 있더란다. 서랍장에서는 디지털카메라와 할머니가 물려주신 시계, 분침에 은빛 물고기가 달린 그 시계가 있었다.

"그래서 도우미한테 뭐라고 했어?"

"아무 말도 안 했어."

"데브, 하지만 이건 얘기를 해야 할 문제야."

"앙카는 우리랑 4년을 함께 살았어. 내가 루비를 낳았을 때 병원으로 펠릭스를 데려온 사람도 남편이 아니라 앙카였어. 이제 앙카는 우리 가족이나 다름없잖아."

"가족이나 다름없어서 네 물건을 훔치고 너를 이해하는 척했다니?"

나는 데브라의 담담한 목소리에 충격 받았다. 투지라고는 눈곱만큼도 남지 않은 목소리다.

"나도 많이 고민했어, 케이트. 하지만 지금도 펠릭스는 엄마가 곁에 있어주지 않아서 스트레스가 장난 아니야. 피부 습진도 점점 심해지고 있고……. 그런데 펠릭스가 앙카를 좋아해. 정말 좋아한단 말이야."

"그런 소리 집어치워. 걔는 도둑이고 넌 개 고용주야. 직장에서 그런 일이 생겼으면 단 1분이라도 참을 수 있겠어?"

"케이트, 난 앙카가 내 물건을 훔치는 꼴은 볼 수 있지만 우리 애들이 불행해지는 꼴은 못 봐. 어쨌거나 내 얘긴 할 만큼 했어. 넌 어떻게 지내?"

나는 숨을 크게 들이쉬었지만 입에서 나오려던 말을 닫아버린다.

"잘 지내."

데브라는 전화를 끊는다. 그래도 지키지도 못할 점심약속을 잡기는 했다. 그러니 어쨌든 다이어리에 데브라의 이름을 적어둔다. 그 옆에 웃는 얼굴 하나를 그려본다. 1983년에 유럽 역사를 배울 때 스탈린 이름이 나오면 데브라는 항상 그 옆 여백에 이런 얼굴을 그리곤 했다. 그때 우린 둘이서 한 노트를 썼다(한 명은 늦잠을 자느라 땡땡이치고 다른 한 명만 수업에 들어가곤 했다).

다른 사람이 내 아이들의 엄마 노릇을 한다면 대가를 얼마나 치러야 할까? 누가 계산해보기나 했을까? 꼭 돈만 얘기하는 건 아니다. 돈이야 당연히 엄청 깨지지. 하지만 돈 아닌 다른 것들은?

목요일, 오후 4시 5분 에밀리가 잠이 안 온다면서 나를 깨운다. 꼭 엄마까지 잠을 설쳐야 하는 건지. 이마를 손으로 짚어보니 약간의 열이 있긴 하지만 파리 디즈니랜드에 간다는 흥분이 원인이다. 오늘 내가 근무시간 내에 모든 업무를 마무리한다면 퇴근하면서 가족들과 파리로 떠날 예정이다. 에밀리는 디즈니 비디오 맨 끝에 나오는 잠자는 숲속의 공주 성이 디즈니랜드에 진짜로 있다는 사실을 알게 된 후부터 계속 거기 가자고 졸랐다.

지금 에밀리는 침대에 올라와 내 옆에 찰싹 달라붙어 속삭인다.

"미니마우스가 내 이름을 알까요, 엄마?"

난 당연히 알 거라고 대답한다. 우리 딸은 내 허리의 잘록한 부분에 캥거루처럼 파고들더니 스르르 잠이 든다. 반면에 나는 누워 있지만 잠이 완전히 달아난 탓에, 내가 챙겨야 할 것들을 하나하나 떠올린다. 여권, 승차권, 돈, 비옷(아무렴, 휴일에는 당연히 비가 오겠지), 지그소 퍼즐, 크레용, 종이(도버해협 해저터널에서 발이 묶일 경우를 대비해서), 영양가 있는 간식으로는 건살구, 떼쓰지 말라고 달랠 때는 젤리, 완전히 구워삶아야 할 때는 초콜릿이다.

팽크허스트 부인은 여성이 남성의 시중을 드는 계급에서 벗어나야 한다고 말하지 않았던가? 글쎄요, 우린 노력했답니다. 에믈린 팽크허스트 부인. 아, 정녕 노력했다고요. 이제 여성들도 남성들과 똑같은 일을, 조금도 꿀리지 않고 해낸다고요. 하지만 그러면서도 여성들은 오만 가지 정보를 수집하고 이고 다녀야 해요. 워킹맘의 머릿속에선 하루하루가 게트윅 공항 같다고요. MMR(홍역·볼거리·풍진) 예방주사(접종을 해야 하나, 말아야 하나), 읽기교재, 애들 신발 사이즈, 휴가 때 짐 꾸리기, 육아 등등이 시도 때도 없이 그 공항으로 긴급 착륙을 하려 든다. 그 모든 고민거리들이 관제탑의 지시를 기다리며 공항 상공에서 빙빙 돌며 이제나 저제나 기다리고 있다. 만약 여자들이 그 고민거리들을 안전하게 착륙시키지 않으면 세상은 박살날 것이다. 그렇지 않겠는가?

오후 12시 27분 비둘기 암컷이 알을 두 개 낳았다. 타원형의 하얀 알에 희미하게 푸른빛이 돈다. 암컷과 수컷은 번갈아가며 알을 품는다. 그 모습을 보고 있노라니 애들이 아플 때 나와 남편이 교대로 병수발을 들던 기억이 떠오른다.

오늘 퇴근 전까지 고객보고서를 4부 작성하고, 어마어마한 양의 주식을 팔고(경기가 좋지 않을 때에는 현금보유를 늘리는 것이 회사 정책이다), 손턴 사의 오리모양 초콜릿을 사놓아야 한다. 게다가 모모와 나는 이탈리아에서 또 다른 윤리기금 유치를 진행하는 중이다. 아침부터 지금까지 잭에게선 소식이 없다. 컴퓨터 모니터 오른쪽 상단에 편지봉투 표시가 뜨기만을 바라고 있다. 내가 그를 생각하는 만큼, 그도 미국에서 나를 생각하고 있음을 확인하고 싶다.

(전에는 어땠지? 전에도 나는 그의 메시지를 기다렸다. 그냥 하염없이 기다렸다. 무작정 기다리거나, 잭이 마지막으로 보낸 메시지를 읽거나, 답장을 쓰고서 또 기다렸다. 이제 삶 자체가 끝없는 기다림으로 변했다. 배고픔처럼 맹렬한 조바심으로, 나는 기다린다. 모니터를 바라보며 말들이 나타나기를 기다린다. 그가 입을 열기를 기다린다.)

> **보내는 사람: 케이트 레디**
>
> **받는 사람: 잭 아벨해머**
>
> 잭, 거기 있나요?

> **보내는 사람: 케이트 레디**
>
> **받는 사람: 잭 아벨해머**
>
> 무슨 생각 중이에요? 말 좀 하라고요!!

> **보내는 사람: 케이트 레디**
>
> **받는 사람: 잭 아벨해머**
>
> 내가 뭐 잘못 말했어요?

보내는 사람: 케이트 레디

받는 사람: 잭 아벨해머

여보세요?

보내는 사람: 케이트 레디

받는 사람: 잭 아벨해머

도대체 나랑 말하는 것보다 더 중요한 일을 할 수가 있나요?

xxxxxxxxxxx.

보내는 사람: 잭 아벨해머

받는 사람: 케이트 레디

저는 당신의 노예이오니

당신이 원하시면 언제나 머리를 조아리지 않겠나이까?

당신께서 원하실 때까지는

소중한 시간도, 해야 할 일도 없나이다.

보내는 사람: 케이트 레디

받는 사람: 잭 아벨해머

좋아요, 용서해주죠. 근사하네요.

빌 게이츠피어*의 소네트Sonnet** 맞죠? 한 가지는 분명히 해두죠. 이제 그렇게 오래 입 다물기 없어요. 그러면 아주 큰 곤경을 겪게 될 거예요. 아니, 죽었구나 생각하세요.

허튼소리 아니랍니다. xxxxx.

보내는 사람: 잭 아벨해머

받는 사람: 케이트 레디

빌 게이츠피어는 어떤 상황과도 호환되는 정서적 소프트웨어를 지녔다고 보는데요…….

캐서린, 당신에 관해서라면 난 이미 큰 곤경에 처해 있어요. 죽었구나 생각하라는 말이 나의 펀드매니저께서 친히 와주신다는 뜻이라면 난 남자답게 죽을 준비를 하겠어요.

당신이 애들이랑 디즈니랜드에 가는 걸 아니까, 그 준비만으로도 바쁠 것 같아서 일부러 메시지를 보내지 않았어요. 나 없이도 행복할 당신을 생각하면서, 괜히 그런 생각에 내가 우울해지지 않으려고 애쓰고 있지요.

어찌 감히 저 같은 것이 질투에 불타

당신이 어디에 계시며 무엇을 하실지 여쭙겠나이까.

그러나 그대 어디 계신지, 그들과 얼마나 즐거우신지,

---

* 빌 게이츠와 셰익스피어를 조합한 말장난.
**14행의 짧은 시로 이루어진 서양 시가. 셰익스피어·밀턴·스펜서 등의 작품이 유명하다.

서러운 노예처럼 그 생각밖에 할 수 없나이다.

당신은 아이들 얘기를 참 재미있게 써요. 에밀리의 읽기라든가, 벤이 엄마한테 말하려고 애쓰는 방식이라든가. 당신이 좋은 엄마란 걸 알 수 있어요. 당신은 애들에 대해 많은 것을 알죠. 우리 엄마는 전업주부였지만 친구들과 브리지게임 하고 보드카 마티니를 마시기에 바빴어요. 하루 종일 집에 있긴 했지만 정말로 우리 세 남매와 함께했다고 보긴 어려웠죠. 그러니 집에 있어주는 엄마를 너무 이상화하진 말아요. 엄마 구실 못하기는 엄마가 집에 있느냐 직장에 다니느냐와 상관없으니까.

당신은 늘 내 머릿속에 있기 때문에 휴대하기가 좋아요. 난 항상 당신에게 말하고 있다는 거 알아요? 문제는 이제 정말 당신이 내 말을 듣고 있다는 착각이 들곤 한다는 거예요.

잭. xxxxxx.

보내는 사람: 케이트 레디

받는 사람: 잭 아벨해머

난 들을 수 있어요.

67

I don't know how she does it

부활절

토요일 점심, 파리 디즈니랜드 토드 홀 식당.

키가 크고 거무스레한 낯선 이가 열정적으로 껴안고 프렌치키스를 해준다. 그 남자의 이름이 구피라서 아쉬울 뿐이다. 에밀리는 자기가 제일 좋아하는 만화 캐릭터들을 만나자 부끄럼쟁이가 되어 "안녕" 소리도 못 하고 엄마 다리 뒤에 숨기 바쁘다.

잠시 후, 폴라가 모두 들으라는 듯이 큰소리로 씩씩대며 식당에 나타난다. 폴라는 영국이 인도를 반환할 때만큼이나 마지못해서 우리와 함께 디즈니랜드에 오기로 '동의' 했다. 폴라가 동행하면 내가 좀 애들에게 덜 치일 거라는 계산에 단기적으로는 안심했지만 장기적 손해를 고려하건대 현명한 처사는 아니었다.

내가 어쩔 수도 없는 일로 계속 미안해해야 하는 기분이다. 간밤에 벤이 코를 골아서 잠을 설치게 한 것도 내가 미안해해야 하고, 룸서비스가 느려 터진 것도 내가 미안해해야 하고, 프랑스 사람들이 영어를 쓰지 않는 것도 내가 미안해해야 한다. 아 참, 비가 와서 미안하다는 말도 해야 하는데. 날씨에 대해서는 정말 안타깝게 생각한다.

어쨌거나 폴라는 의자에 등을 기대고 앉아 나의 양육기술을 지켜보는 중이다. 운전할 줄 안다고 우기면서 엉뚱하게 차를 조작하는 학생을 지켜보는 거만하고 뚱뚱한 운전학원 교관 같은 모습으로.

토드 홀에서 점심을 먹으려고 15분 정도 줄을 선다. 입구에 회색 폴리스티렌 가고일들과 두꺼비 남작이 서 있는 건물이다. 드디어 우리 차례가 됐는데 폴라가 카운터에서 에밀리와 벤 그리고 자기는 치킨 너겟을 먹겠다는 게 아닌가. 항생제 먹인 닭의 살코기에 빵가루를 입혀서 튀겨낸 음식이라고 볼 때, 먹지 못하게 해야겠다는 생각이 든다. 자연식품을 원료로 썼을 확률을 고려해서 아이들은 키슈를 먹이는 게 더 나을 것 같다고 했더니 폴라도 순순히 "그렇게 하세요."라고 한다.

자리에 앉아서 벤에게 키슈를 주었더니 작고 새침한 입술이 슬픔으로 뒤틀린다. 숨을 충분히 쉬지 않은 탓에 딸꾹질까지 해가며 훌쩍거린다. 주위의 프랑스인 가족들은 감색이나 회색 리넨 옷을 차려 입은 아이들과 똑바른 자세로 앉아서 '아리코 베르(깍지콩)'를 먹다가 야만스러운 영국인 가족을 구경난 듯 쳐다본다. 에밀리가 키슈는 달걀 맛이

나서 싫다고 선언한다. 자기는 치킨 너겟이 좋단다. 폴라는 '제가 그랬잖아요.' 라는 말은 하지 않는다. 그 대신, 벤을 특유의 과장된 몸짓으로 달래고 안아주며 자기 접시의 감자튀김을 먹여준다.

(폴라와 우리 애들과 함께 있으면 학창시절에 나만 빼놓고 하룻밤 사이에 단짝이 됐던 세 친구들이 종종 생각난다. 내가 어떻게 그 일을 잊을까? 원래 나는 예쁘고 근사한 제럴딘과 늘 팔짱을 끼고 다닐 만큼 친했다. 제럴딘은 여배우 같은 금발에 가슴도 끝내줬고, 발찌까지 하고 다닐 정도의 멋쟁이였다. 그런데 어느 날 갑자기 그 라인에서 밀려나서 헬가라는 키만 멀대같은 안경잡이 오스트리아 여자애랑 같이 다니게 됐다. 여전히 그 애들과 친하긴 했지만 나는 핵심 멤버가 아니었다. 그 애들이 킥킥댈 때마다 나를 비웃는 것 같아서 마음이 아팠다.)

"에밀리, 제발 그만해?"

에밀리는 스틱형 설탕봉지를 뜯어서 식탁에 쏟아 붓는다. 우리는 거래를 한다. 에밀리가 자기 몫의 키슈와 깍지콩 세 개를 다 먹으면 식탁에 설탕산을 만들고 미니마우스 열쇠고리로 스키 놀이를 해도 좋다고 말이다. 아니, 깍지콩 다섯 개로 하자. 오케이?

긴장을 풀고 마음 편하게 있고 싶다. 하지만 머릿속에서 내가 뭔가를 잊어버렸다는 경보음이 울린다. 뭘 또 잊었지? 이번에 또 뭐야?

오후 7시 16분 잠잘 시간이지만 흥분이 가시지 않은 에밀리는 부활절 이야기를 한 번 더 해달라고 조른다. 에밀리는 크리스마스 때 캐럴을 불러 탄생을 기렸던 아기예수가 자라서 십자가에 못 박힌 바로 그 사람이 됐다는 사실을 지난주에야 파악했다. 그때부터 시도 때도 없이 예수님 이야기를 해달라고 조르는 것이다. 이럴 때마다 버튼을 누르면 척척박사 요정님이 '짠' 하고 나타나 지혜의 지팡이를 흔들며 나 대신 아이에게 설명을 해줬으면 좋겠다는 바람이 간절하다.

"엄마, 예수님은 왜 죽었어요?"

아, 못살겠다.

"음, 왜냐하면 말이지…… 예수님의 말을 듣기 싫어한 사람들이 예수님의 입을 막고 싶어서 그런 거야."

에밀리가 머릿속으로 자기가 상상할 수 있는 가장 큰 죄를 떠올리고 있다는 것을 알 수 있다. 마침내, 아이가 입을 연다.

"그 사람들은 가진 것을 나누려 하지 않았어요?"

"어떤 면에선 그렇다고 할 수 있지. 그들은 나누기를 싫어했어."

"예수님은 죽었다가 더 세져서 하늘로 올라갔지요?"

"그래, 맞아."

"예수님은 십자가가 됐을 때 몇 살이었어요?"

"십자가에 못 박혔을 때라고 해야지. 서른세 살이었단다."

"엄마는 몇 살이에요."

"서른다섯 살."

"어떤 사람들은 백 살도 넘게 살 수 있지요, 엄마?"

"그럼, 그럴 수 있지."

"그래도 나중엔 죽는 거죠?"

"응."

(아이는 엄마가 죽지 않는다는 말을 듣기 원한다. 나는 아이가 원하는 대답을 안다. 하지만 그렇게 말할 수는 없다.)

"죽는 건 슬퍼요. 친구들도 못 만나잖아요."

"그래, 슬픈 일이지. 에밀리, 죽는다는 건 매우 슬프지만 그래도 널 사랑하는 사람들은 늘 있을 거야."

"천국에는 사람이 많겠지요, 엄마? 엄청 많이 있겠지요?"

"그래, 우리 딸."

우리 부부는 일요일에는 늦잠을 자야 한다는 종교 회의론자로서 아이가 생기더라도 내세가 꼭 있다는 생각 따위는 심어주지 말자고 다짐했었다. 천사니, 대천사니, 천상의 음악이니, 대학에서 봤으면 질색했을 이상한 신발을 신은 광신도들로 가득한 낙원이니, 그런 허무맹랑한 믿음은 심어주지 말자고. 아, 그 결심이 우리 딸 입에서 '죽음'이 튀어나오기 무섭게 허물어졌구나. 내가 어떻게 아이에게 죽음이란 우리가 알고 사랑하는 모든 이들을 깡그리 사라지게 하는 것이라고 말할 수 있단 말인가? 로알드 달의 동화조차도 너무 잔인하다고 못 읽게 하는 내가 어떻게 그런 말을 하겠는가?

"천국에는 부활절 토끼도 있어요?"

"아니, 부활절 토끼는 없어. 그건 확실히 없어."

"그래도 잠자는 숲속의 공주는 있겠죠?"

"아니, 잠자는 숲속의 공주는 자기 성 안에 있어. 우린 내일 그 성에 공주를 만나러 갈 거야."

⁂

에밀리의 질문에 깜짝깜짝 놀라곤 한다. 하지만 그런 질문에 내 마음 가는 대로 대답하는 나 자신이 더 놀랍다. 나는 에밀리에게 하느님이 있다고 할 수도 있고, 없다고 할 수도 있다. 오아시스가 블러보다 더 낫다고 말할 수도 있다. 물론 에밀리가 음반을 살 정도로 컸을 때에는 이 밴드들의 음반은 남아 있지도 않을 것이요, 마돈나는 하이든 급이 될 테지만 말이다. 나는 아이에게 캐리 그랜트가 윌리엄 셰익스피어와 막상막하로 위대한 영국인이라고 말할 수도 있을 것이다. 축구팀을 응원해보라고 할 수도 있지만 스포츠란 한없이 따분한 짓거리라고 말할 수도 있다. 첫 섹스에는 가급적 신중하라고 충고할 수도 있지만 아예 어릴 때부터 딱 부러지게 피임법을 가르칠 수도 있다. 가급적 어릴 때부터 인덱스연금펀드에 가입해서 연 수입의 4분의 1을 부으라고 조언할 수도 있지만 돈은 나중 문제요, 사랑에 답이 있다고 말할 수도 있다.

나는 에밀리에게 뭐든지 내 맘대로 말할 수 있다. 그 자유가 신기하면서도 소름 끼치도록 두렵다.

바야흐로 6년 전, 병원은 나와 갓 태어난 에밀리를 집으로 보내면서 '인생의 의미 찾기' 매뉴얼도 챙겨줬어야 했다. 리처드가 에밀리를 커다란 손잡이가 달린 작은 아기용 시트에 싣고 차에서 내리고는 바람에 날아갈세라 조심스레 거실 바닥에 내려놓던 기억이 눈에 선하다(그때만 해도 우린 아기가 깨지기라도 하면 어떡하나 생각했다. 사실은 아기가 우리를 깨뜨릴 확률이 더 높다는 걸 몰랐다). 리처드와 나는 아기를 바라보고 이어서 서로를 바라보며 생각했다. '이제 어쩐다?'

차를 몰려면 면허를 먼저 따야 한다. 하지만 아기 키우기는 같이 부딪히고 살아가며 요령을 배우는 수밖에 없다. 부모가 된다는 것은 망망대해에서 허우적대면서 배를 만드는 거나 마찬가지다.

병원에서 챙겨준 것은 파란색 플라스틱 바인더에 페이지마다 만화가 들어가 있는 얇은 책자뿐이었다. 그 만화에는 아빠 엄마가 막대기처럼 간략한 선으로 그려져 있었다. 막대기 아빠 엄마는 직각의 팔꿈치를 목욕물에 담가서 온도를 재기도 하고, 막대기 같은 손등에 우유병을 얹어 적당한 온도를 가늠하기도 했다. 수유시간표, 분유 타는 법, 흔히 일어날 수 있는 상황이나 그 대처법도 책자에 나와 있었다. 그러나 부모의 죽음에 대한 마음의 준비를 시키려면 아이에게 어떤 말을 해야 하는지는 나와 있지 않았다.

에밀리의 얼굴을 가만히 내려다본다. 환하게 빛나면서도 당황하고 있는 그 얼굴을. 나는 엄마가 되고서부터 자주 느끼게 되는 감정, 나보다 앞서 수억 명의 어머니들이 겪었을 그 감정에 가슴이 벅차 숨도 못 쉬겠다. 아이가 던진 세상 그 무엇보다 원초적인 질문 앞에서 나는 눈물을 보이지 않으려고 이를 악문다.

"엄마도 죽어요?"

"언젠가는 그렇게 되겠지. 하지만 아주 오래오래 있다가 그렇게 될 거야."

"얼마나 오래 있다가요?"

"네가 엄마가 필요하지 않을 때까지 있을 거야."

"그게 언젠데요?"

"에밀리도 엄마가 될 때까지겠지. 이제 그만, 에밀리. 눈 감고 코 자야지."

"엄마?"

"잘 자라, 우리 딸. 지금 자야 내일 재미있게 놀지."

글쎄, 내가 제대로 답한 걸까? 엄마라면 이렇게 말하는 게 맞나? 그런가?

일요일, 오후 3시 14분 에밀리와 함께 서커스 롤러코스터를 타고 배에 총 맞은 사람들처럼 죽어라 비명을 질렀다. 눈을 감고 이 장면을 찍어서 기억 속에 고이 저장한다. 사랑스러운 내 아이와 즐거운 시간을 보내는 바로 이 장면을. 에밀리는 바람에 머리를 흩날리며 내 손을 꼭 잡고 있다. 하지만 여기서조차 난 도망칠 수 없다. 이 놀이기구를 보니까 '일'과 관련된 뭔가가 생각나는 것이다. 주식시장은 올라가고, 올라가고, 올라가고, 그러다 신나게 곤두박질한다. 갑자기 배에서 싸한 기운이 느껴진다.

오, 케이트. 바보, 바보, 바보……. 머리를 어디다 두고 다니는 거니? ……이 별 수 없는 여자야…… 하느님, 이럴 수는 없어요……. 목요일에 주식 파는 걸 잊어버렸다. 난 펀드의 5퍼센트를 팔아야만 했다. 우리 회사 정책상 주식시장이 불황일수록 현금보유를 늘리게 되어 있기 때문이다. 롤러코스터가 높은 곳으로 전진하면서 프랑스 북부의 풍광이 한눈에 들어오는 동시에 내 앞날도 뚜렷하게 그려진다. 우리 회사는 이미 채용 동결 상태다. 다음 단계는 정리해고다. 그럼 누가 정리해고 1순위가 될까? 빌어먹을 손턴 오리모양 초콜릿을 산답시고 고객의 주식을 파는 것도 잊어버린 펀드매니저가 1순위 아니겠는가.

"난 해고야."

"뭐?"

리처드는 작은 열차에서 기어 나오는 우리를 맞으러 왔다가 깜짝 놀란다.

"난 잘렸어. 잊고 말았어. 아무것도 잊지 않으려고 노력했지만 결국 잊어버렸어."

"케이티, 진정해. 차근차근 말해봐."

"아빠, 엄마 왜 울어요?"

"엄마는 우는 게 아니야."

폴라가 군중 틈에서 나타나 에밀리를 안아든다.

"너무너무 즐거운 시간을 보내면서 크게 웃었더니 자기도 모르게 눈물이 찔끔 난 거야. 자, 크레이프 먹고 싶은 사람? 잼 바른 거, 레몬 넣은 거? 난 잼으로 해야지."

폴라는 그렇게 둘러대고는 나에게 재빨리 물어본다.

"자, 케이트. 애들 데려가도 돼죠?"

난 말이 나오지 않아서 고개만 끄덕끄덕한다. 폴라는 벤이 탄 유모차를 밀고 에밀리를 챙겨서 저만치 간다. 폴라가 없었으면 어떡할 뻔했나?

오후 4시 40분 많이 진정이 됐다. 이미 사형선고를 받은 여자의 담담함이랄까. 어차피 할 수 있는 일도 없다. 은행들도 노는 날이고, 화요일까지는 아무것도 못 판다. 여행의 남은 시간을 망칠 필요는 없다. '미친 모자장수의 춤추는 찻잔'이라는 놀이기구에서 기어 나오는데 줄서 있는 인파 중에서 한 남자가 눈에 띈다. 옛날에 나랑 사귀던 마틴이다. 옛날 남자친구를 우연히 만날 때의 그 기묘한 기분을 아시는지? 지금 내 기분이 그렇다. 열정의 유령, 심장에서 실크 손수건을 끄집어내는 기분…… 나는 얼른 눈을 돌리고 이미 단단하게 매여 있는 벤의 유모차 벨트를 공연히 다시 확인한다.

맨 처음 든 생각─옛날 남자친구 눈에 띄고 싶지 않은 이유

a) 지금 디즈니랜드 유니버설 스토어에서 산 노란색 비닐우비를 입고 있으므로. 미키마우스 로고가 찍혀 있고 냄새는 아직 쓰지 않은 콘돔이랑 좀 비슷함.

b) 아침에 모기 우는 소리가 나는 호텔 드라이어로 머리를 말렸더니 머리 모양이 가관이다. 은퇴하고 집에서만 지내는 할머니들이 머리에 눌러쓰는 모자처럼 머리카락이 머리통에 착 달라붙어버림.

c) 현재 해고 대기 중. 고로, 우리가 헤어지고도 내가 눈꼴시게 잘 살아왔다는 것을 보여줄 수가 없음.

그 다음에 든 생각

a) 마틴은 날 알아보지 못한다. 아예 알아보지도 못하다니! 내가 그렇게 추악하게 변했단 말인가? 한때 성적으로 나에게 집착하던 남자조차 날 더 이상 매력적으로

보지 않다니.

파스텔 색조의 회전 찻잔들이 뱅글뱅글 돌아가는 동안, 그 남자와 눈이 마주친다. 남자는 나를 보고 미소 짓는다. 마틴이 아니었다.

오후 8시 58분 런던행 유로스타를 탄다. 벤은 나에게 등을 기댄 채 잠들어 있다. 속눈썹이 길고 손은 아기 손답게 여전히 토실토실하다. 마디만 쏙 들어가고 포동포동한 손가락이 꼭 부풀어 오른 밀가루반죽 같다. 벤이 다 크면 이 아이의 손을 얼마나 좋아했는지 말할 수 없겠지. 아니, 어쩌면 나조차도 기억하지 못할 테지. 노트북 컴퓨터를 켜려고 손을 뻗자 벤이 몸을 뒤척이며 깨려고 한다. 어차피 지금은 이메일을 확인하고픈 마음도 없다. 보나마나 부장의 핵폭탄, 아니면 속으로는 고소해 죽으려 하면서 괜히 위로하는 척하는 가이의 메시지밖에 더 있겠는가. 이제 내 마음대로 굴릴 수 있는 돈 한 푼 없이 싸구려 브랜드나 걸치고 속죄하는 전업주부 팔자에 대비해야겠구나. 「거미가 줄을 타고 올라갑니다」의 가사도 열심히 외워둬야겠구나.

이러한 사정으로 나는 부장이 보낸 이메일을 그날 저녁에 확인하지 않았다. 아무 문제없다는 이메일, 아니 문제없는 정도가 아니라 크게 한 방을 터뜨렸다는 이메일이었는데도.

보내는 사람: 로드 태스크

받는 사람: 케이트 레디

케이트, 도대체 어디 있는 거요? 연방은행이 또 금리를 인하했소. 다른 팀원들은 모두 주식을 어마어마하게 팔아버렸소. 주식을 팔지 않은 팀원은 당신뿐이오. 대단해요, 비결이 뭐요? 그린스펀이랑 잠이라도 잤소?

노인네 밀쳐내고 빨리 돌아오시오. 맥주 한 잔 살 테니.

수고. 로드.

I don't know how she does it

승리의 케이트

에드윈 모건 포스터 사무실.

화요일, 오전 9시 27분 할렐루야! 나의 기막힌 시장타이밍은 잠시나마 나를 회사에서 여신의 반열에 올려놓았다. 달리 표현하자면, 주식 매도를 깜박 잊었다가 갑작스러운 금리 하락으로 겨우 살아났다고 해야겠지만 말이다. 나는 커피자판기 옆에서 동료들의 부러움과 경외심에서 우러나는 찬사를 받느라 바쁘다.

댄드러브 개빈이 감탄한다.

"연방은행이 금리를 인하하고 시장이 다시 살아날 거라고 예상한 사람은 케이트뿐일 거예요."

나는 겸손하면서도 조용한 자부심을 보여줄 수 있는 표정을 지으려고 애쓴다.

발그레한 얼굴의 이언이 투덜거린다.

"젠장, 난 현금이 6퍼센트였어요. 그럼 몇 베이스 포인트가 손해람? 게다가 브라이언은 현금 비중이 15퍼센트나 됐어요. 그것 때문에 완전히 결정타를 먹었죠. 그 친구 진짜 어떡하지."

나는 정말 안타깝다는 듯이 고개를 끄덕이고 아무렇지도 않은 척 말한다.

"사실 난 현금 비중이 1퍼센트에 불과했죠."

성공의 맛, 샴페인의 톡 쏘는 풍미를 내 혀끝에서 느낀다.

크리스 번스가 우리 쪽을 지나 남자화장실로 가는데 나하고는 거의 눈도 마주치지 않는다. 모모가 와서 내 뺨에 가벼운 키스를 하는 동안 가이는 내 등에 적의에 찬 눈빛을 꽂는다. 저쪽에서 로빈 쿠퍼클락 국장이 운 좋은 젊은 보좌신부를 격려하는 주교님이라도 된 듯 기특하다는 미소를 지으며 걸어오고 있다.

"사흘 만에 그 여인은 다시 살아나셨도다. 잘했어요, 잘했어요, 레디 양. 이제 부활절의 의미가 사라졌다고 말할 사람은 아무도 없을 거요."

로빈은 알고 있다. 그는 다 안다. 아, 그래. 너무나도 잘 알고 있다. 로빈 쿠퍼클락은 태양계에서 제일 영리한 사람이니까.

"억세게 운이 좋았죠, 국장님. 앨런 그린스펀이 무덤을 막은 돌을 굴려줘서 제가 살아났네요."

"케이트, 정말 운이 좋았소. 그리고 당신은 좋은 사람이야. 좋은 사람에겐 좋은 운이 따라줘야지. 그나저나, 로드가 프랑크푸르트 출장 건 말하던가요?"

내 자리에 앉는데 정말이지 기분이 방방 떠서 의자가 따로 필요 없겠다. 환율을 확인하고, 시장동향을 파악한 후에 이메일 확인으로 넘어간다. 받은편지함 맨 위에 나와 가장 가까운 두 친구의 이름이 보인다.

보내는 사람: 데브라 리처드슨

받는 사람: 케이트 레디

새 도우미를 구하느라 진땀을 흘리는 중이야. 앙카는 훔친 물건들을 코앞에 들이밀었더니 폭풍처럼 뛰쳐나가버렸어. 지금은 시어머님이 오셔서 애들을 봐주시고 있지만 금요일에는 내려가셔야 해. 도와줘!!! 무슨 수가 없을까? 대부분의 지원자들이 차량 제공을 요구할 기세야. 그렇지 않은 나머지는 본인들도 만삭의 임신부들 같아. 게다가 『보그』에디터와 맞먹는 월급을 요구하는 성격장애자들이지.

직장에 다녀봤자 남는 것도 없어! 직장을 다니는 데 돈이 너무 많이 들어서! 우리는 언제쯤 인생을 좀 즐길 수 있을까? 지난번에 네가 말했던 것처럼 "아, 그래도 내가 고생하고 아파하면서 잘 버텼기에 이만큼이라도 사는구나!"라고 말할 날이 오기는 오는 거니?

목요일에 점심 가능해????

추신: 인생을 좀 더 긍정적으로 보려고 노력하자. 너무 가난해서 신발도 없이 사는 사람들이 세상엔 아직도 많으니까.

보내는 사람: 케이트 레디

받는 사람: 데브라 리처드슨

음, 앙카가 그만뒀다니 내 속이 다 시원하다. 분명하게 짚고 넘어간 건 잘한 일이야. 좋은 도우미 금방 찾을 수 있을 거야, 너무 조바심내지 않아도 돼! 오스트레일리아 여자들이 괜찮다더라. 내가 도우미알선업체 전화번호 보내고 폴라한테도 소개할 만한 사람 없는지 물어볼게. 나 오늘 회사에서 아주 콧대 세우고 있어. 엄청난 행운이 굴러 떨어졌거든.

그대가 승리와 재앙을 모두 만날 수 있다면,

두 번째도 첫 번째처럼 대처할 수 있다면,

그렇다면 여자라는 이름이 부끄럽지 않으리, 나의 동지여!

보상은 뭐냐고? 특가항공권으로 독일에 날아가는 거지. 항공사 이름은 고, 아니면 슬로, 아니면 노로 시작할걸.

아우프 비더젠Auf Wiedersehen*, 친구야. 점심 약속은 미뤄도 될까?

미안. 사랑을 가득 담아 K. xxxxx.

---

*독일어 인사말.

보내는 사람: 캔디 스트래턴

받는 사람: 케이트 레디

제기랄, 나 임신했다.

즉각적으로 눈이 캔디 쪽으로 돌아간다. 캔디는 내 시선을 느꼈는지 고개를 들고 나에게 손을 흔들어 보인다. 어린 아이의 손짓처럼 우습기도 하고 슬퍼 보이기도 한다.

⊛

캔디가 임신했다. 생리가 늦는 게 아니라 임신이 맞다. 어제 윔폴 가의 산부인과에 갔었는데 최소한 4개월 반은 됐을 거라고 했단다. 요 몇 년간 캔디의 생리주기는 매우 불규칙했다. 아마 약물 때문이었을 것이다. 아무튼 캔디는 체중이 좀 늘고 가슴이 풍만해졌다고 생각했을 뿐, 임신일 거라고는 꿈에도 생각 못했다. 최근에 스키 타러 갔다가 재무부에서 일하고 스키를 선수급으로 잘 타는 대런이라는 남자를 만나서 화끈하게 재미를 봤는데, 아무래도 그때 애가 들어선 모양이다.

"지우려고."

"그래."

코니 앤드 바로의 높은 스탠드 의자에 앉아 있으니 겨울이면 아이스

링크가 되는 운동장이 내려다보인다. 캔디는 샴페인을, 나는 에비앙 생수를 마시고 있다.

"케이트, 마음에 없는 동의는 하지 말아줄래?"

"난 그냥 네가 어떤 결정을 내리든 지지하겠다는 뜻이야."

"결정? 결정하고 말고가 어디 있어? 끔찍한 재앙이 떨어졌는데."

"난 그냥…… 음, 지우기에는 아슬아슬한 시기야. 장난 아니겠지."

"20년간 싱글맘으로 사는 것도 장난 아닐 텐데?"

"불가능한 일은 아니야. 넌 서른여섯 살이야."

"사실, 오는 화요일이면 서른일곱 살이 돼지."

"그래, 남은 시간이 별로 없어."

"난 지울 거야."

"그래."

"뭐야?"

"아무것도 아냐."

"아무것도 아닌 게 아니잖아, 케이트."

"네가 심하게 후회할 수도 있다고 생각해. 그뿐이야."

캔디는 담배를 짓이겨 끄고는 새 담배에 불을 붙인다.

"해머스미스에 그런 일을 해주는 곳이 있대. 돈은 좀 요구하지만 아무것도 묻지 않고 낙태시기를 놓친 경우도 받아준대."

"좋아, 내가 같이 가줄게."

"싫어."

"너 혼자 보낼 순 없어."

"출산축하파티라도 하는 줄 알아? 난 애를 떼러 가는 거야."

나는 캔디의 얼굴을 찬찬히 들여다본다.

"아기가 울면 어떡해?"

"케이트, 너 뭐야? 너 낙태반대론자였냐?"

"임신하고 넉 달 반이나 지났으면 태아는 진짜 울 수 있어. 네가 강한 여자라는 건 알아, 하지만 나 같으면 그런 일 절대 못 견뎌."

"여기 한 잔 더 줄래요?"

캔디가 바텐더에게 손짓을 한다.

"좋아, 계속해봐. 나한테 설명해봐."

"뭘?"

"애들에 대해서."

"난 못해. 그건 네가 느껴야 하는 거야."

"제발, 케이트. 넌 누구든 말로 구워삶을 수 있는 애잖아. 나도 한 번 구워삶아봐."

친구의 얼굴에 떠오른 저 표정. 도전적이면서도 크게 데인 듯한, 그야말로 캔디다운 표정이다. 나무에 올라가지 말라는데도 기어이 올라갔다 떨어져서는 죽도록 아픈데도 자존심 때문에 울지도 못하는 일곱살 꼬마의 표정. 캔디의 어깨에 팔을 두르고 싶지만 캔디는 자신에게 꼭 필요한 그 팔마저 뿌리쳐버리겠지. 지금 캔디를 설득할 유일한 방법은, 거절하면 바보가 될 정도로 좋은 기회라고 일깨워주는 것밖에 없다.

"내가 아이들을 낳던 날들을 기억해?"

캔디가 고개를 끄덕인다.

"그래, 내 인생에서 가장 중요한 두 날을 꼽으라면 그날들을 꼽을 거야."

"왜?"

"경이로워서."

"경이로워?"

캔디는 시답잖은 소리를 들었을 때 특유의 웃음을 터뜨린다.

"술도 못 마셔, 담배도 못 피워, 밤에 놀러 나가지도 못해, 가슴은 죽은 쥐처럼 말라비틀어지고, 거시기는 다 늘어나서 홀랜드 터널보다 더 넓어진 주제에 나한테 경이로우니까 한 번 해보라는 거야? 세상에. 그 밖에 또 일러주실 건 없나요, 엄마님?"

거래 종료.

"나 가봐야 돼, 캔디. 이메일로 날짜랑 시간 알려줘. 거기서 보자."

"난 지울 거야."

"그래."

I don't know how she does it

유치원 재방문

오전 8시 1분 "됐다, 에밀리. 가자, 엄마 늦겠어. 도시락은? 그래, 잘 했어. 도서관 책은? 안 챙겼다고? 안 돼, 머리 땋아줄 시간은 없어. 안 된다면 안 되는 거야. 양치질은? 뭐, 양치질도 안 했다고? 빨리 이 좀 닦아. 서둘러. 입에 있는 토스트부터 어떻게 해야 이를 닦을 거 아냐. 토스트가 아니야? 어휴, 누가 부활절 달걀 먹으라고 했어······ 아빠가 허락하지 말았어야 했는데. 엄마가 너무하긴 뭐가 너무해? 그래, 이제 가자."

부활절 휴가 후 첫 등교일이라 그런지 애들이 대회를 앞둔 말들처럼 잔뜩 들떠서 통 협조를 안 해준다. 에밀리는 내가 출장을 가야 하거나 대충 갈 때쯤이 됐다 싶으면 도로 아기가 되어 징징거린다. 짜증이 나서 돌아버리겠다.

"엄마, 「커다란 푸른 집의 곰」에서 누가 제일 좋아요?"

"몰라. 음, 투터?"

"난 오조가 제일 좋단 말이에요."

에밀리는 나의 배신을 믿을 수 없다는 듯이 비틀거린다.

"에밀리, 모두가 똑같은 걸 좋아할 필요는 없어. 서로 다른 걸 좋아
해도 괜찮아. 예를 들어 아빠는 아침에 어린이프로그램 진행하는 맹한
조 언니를 좋아하지만 엄마는 그 언니 정말 밥맛없어."

남편은 텔레비전에서 눈도 안 떼고 대꾸한다.

"조가 아니라 클로이인데. 좀 더 정보를 제공하자면 클로이는 인류
학 전공자라고."

"그래서 상반신을 거의 벗고 다니나 봐?"

"엄마, 그런데 왜 오조를 싫어해요?"

"엄마도 오조가 좋아, 에밀리. 귀여운 사내아이 곰이잖아."

"클로이는 벗고 다니지 않아. 가만히 있어도 탱탱한 가슴이 눈에 띌
뿐이지."

"엄마, 오조는 사내아이 곰 아니에요. 여자아이 곰이라고요."

오전 8시 32분 에밀리를 재촉해서 나오는데 티셔츠에 트렁크팬티만
입은 리처드가 현관으로 어슬렁어슬렁 나오더니 닷새짜리 부르고뉴 와

인시음코스를 언제 가면 좋을까 묻는다.

부르고뉴? 닷새? 주식시장이 디즈니랜드 롤러코스터처럼 가파른 등락을 반복하는 이 시점에서, 나한테 애들을 떠맡기고 어딜 가겠다는 거야?

"지금 그런 걸 물어보다니 믿을 수가 없어. 어떻게 그런 생각을 한 거야?"

"당신 때문이잖아. 당신이 크리스마스 선물로 시음권을 줬잖아. 나한테 준 선물도 잊었어?"

오, 그래. 전부 다 내 탓이고 내가 죽일 년이지. 죄책감에 찌들어 있다가 선심 쓰는 척 통 크게 선물했지. 즉흥적인 충동을 억누르는 법을 배워야겠다. 나는 리처드에게 생각해보겠다고 말하고 미소를 짓는다. 그러나 이 건은 즉시 '잊어도 괜찮음' 폴더로 쑤셔 넣는다.

에밀리는 괜히 부루퉁해서 계속 자동차 시트 등받이를 발로 찬다. 그만두라고 해봤자 소용없다. 에밀리는 자기가 뭘 하고 있는지도 모를 거다. 다섯 살 아이는 때때로 몸을 가누지 못할 정도로 격한 감정에 휩싸인다.

"엄마, 좋은 생각이 있어요."

"뭔데, 우리 딸?"

"주말이 평일이 되고 평일이 주말이 되면 어때요?"

신호가 바뀌기를 기다리는 동안 심장에서 새 한 마리가 발버둥을 치며 빠져나가려는지 가슴이 후벼 판 것처럼 아프다.

"그럼 세상 모든 아빠 엄마가 아이들과 더 오래오래 있을 수 있어요."

"에밀리, 알면서 왜 그러니. 넌 이제 아기가 아니잖아."

나는 백미러를 통해 에밀리의 눈을 보고는 얼른 시선을 피한다.

"엄마, 나 배가 아파요. 엄마, 오늘은 엄마가 재워줄 거죠? 엄마가 침대에서 안고 재워주기예요."

"그래, 엄마가 재워줄게."

༼৩৩৩

내가 도대체 무슨 생각으로 극성엄마계의 대표주자 알렉산드라 로에게 사친회 명단에 내 이름을 올려달라고 했는지 모르겠다. 아니, 이건 진실이 아니다. 내가 왜 그랬는지는 정확하게 안다. 어두컴컴하고 난방이 지나친 교실에 한 시간 정도만 앉아 있으면 나도 다른 엄마들과 똑같이 보일 수 있을 거라고 생각했던 것이다. 진행자가 불참자 이름을 입에 올릴 때 남들처럼 '그럼 그렇지.'라는 미소를 지어보고 싶었다. 여름 축제 얘기가 나오면—벌써 또 그럴 때가 됐다!—괜히 끙 하고 신음소리도 내보고, 이 숨 막히도록 친밀한 분위기에 동참해보고 싶었다. 나중에 컴퓨터시설 추가 비용과 체육시설 개선안을 표결에 붙일 때쯤 되면 오렌지색 탄산음료가 든 하얀 플라스틱 컵을 들어보고 싶었다. 허리를 의미심장하게 토닥토닥하면서 우아하게 비스킷을 사양해보고 싶었다. 그러고는 살찌기 쉬운 초콜릿 비스킷을 어떻게 제정신으로 먹을 수가 있느냐는 듯이 "어머, 이러면 안 되는데."라고 말해볼 테다.

그러나 현실적으로 내가 수요일 오후 6시 30분에 유치원 모임에 간다는 게 가당키나 한가? 알렉산드라는 오후 6시 30분이라서 '퇴근 후에도' 참석가능하다고 했지만 도대체 요즘 누가 그렇게 팔자좋게 직장생활을 하는데? 교사들이야 가능하겠지. 하지만 교사들도 검사하고 고쳐줘야 할 숙제가 산더미다. 우리가 어릴 때에는 아버지들이 집에 돌아와서 저녁을 먹었다. 아버지들은 여름에 해가 비치는 동안 풀을 베고 땅거미가 질 무렵 꽃에 물을 주었다. 하지만 그때는 일하기 위해 사는 것이 아니라 살기 위해 일하던 시절이다. 간호사들이 소형차를 타고 이 동네 저 동네를 돌면서 환자들을 돌보던 시절, 텔레비전이 불씨처럼 빛나던 시절만큼 까마득한 얘기다.

이건 정말 아니다. 참석자 명단에 이름을 올려달라고 말한 건 현실을 망각한 짓이었다. 그리하여 이름만 올려놓고 석 달이 지났는데 한 번도 참석을 못했다. 그래서 에밀리를 유치원까지 태워줄 때마다 알렉산드라 로와 마주치지 않으려고 조심한다. 하지만 말이 쉽지, 어디 그렇게 되던가. 알렉산드라를 안 보고 살기가 냇웨스트 타워를 안 보고 살기보다 더 어려울걸.

"어머, 케이트. 오셨네요."

알렉산드라가 저쪽에서부터 나를 보고 다가온다. 오늘 아침에는 안락의자 커버를 뒤집어쓴 것 같은 화려한 꽃무늬 옷을 입고 있다.

"그렇잖아도 사람을 보내서 찾아야 하나 생각했답니다. 하, 하, 하! 여전히 풀타임 근무예요? 세상에, 난 정말 어떻게 그렇게 할 수 있는지 모르겠어요. 어머, 다이앤. 우리는 정말 케이트처럼 살지는 못할 거라고 말하는 중이에요. 그렇잖아요?"

다이앤 퍼시벌은 에밀리와 같은 반 친구 올리버의 엄마다. 그녀가 가느다랗고 잘 그을린 손을 내밀며 악수를 청한다. 집게손가락의 사파이어 반지가 꽤 묵직해 보인다. 한 눈에 어떤 부류의 엄마인지 알겠다. 시위를 잡아당긴 활처럼 늘 팽팽한 긴장 속에 살면서 남편을 위해 풀타임으로 몸매관리에 힘쓰는 여자. 운동도 열심히 하고, 일주일에 두 번씩 머리를 매만지고, 테니스 치러 갈 때도 완벽한 화장을 하고, 그 정도로 안 되겠다 싶으면 기꺼이 성형외과를 찾는다. "돈 많은 전업주부들은 평생 조깅만 할 것 같아." 전에 데브라가 했던 말이다. 정말 그렇다. 이런 여자들은 사랑이 아니라 두려움 속에서 살아간다. 언젠가 남편의 애정이 식을지 모른다는 두려움, 자기와 클론처럼 똑 닮았지만 나이는 훨씬 더 어린 여자에게 남편을 빼앗길지도 모른다는 두려움.

그들도 나처럼 자산경영을 한다. 그러나 나의 자산이 전 세계의 재화라면 이런 여자들의 자산은 자기 자신이다. 그들 자신은 근사한 상품이지만 수익률이 자꾸 떨어져서 걱정인 것이다. 내 말을 오해하지 말았으면 한다. 나도 때가 되면 목주름을 귀 뒤로 잡아당기는 수술을 받을지 모른다. 다이앤 같은 주부들처럼 나 역시 그런 일도 불사할 수 있다. 차이가 있다면 난 나 자신을 위해서만 그런 짓을 한다는 거다. 내가 아무리 내 인생에 넌더리가 날지언정 다이앤처럼 살고 싶은 마음은 손톱의 때만큼도 없다.

사실 다이앤 퍼시벌과 얘기를 해본 적도 없다. 하지만 이 여자를 생각만 해도 마음이 싸해지니 어쩔 수 없다. 다이앤은 허구한 날 카드를 보내는 여자다. 아이를 자기네 집에서 놀게 해달라고 카드를 보내고, 아이를 보내줘서 고맙다고 또 카드를 보낸다(솔직히 별 일도 아니잖아). 지난주에는 정말 허를 찌르는 카드까지 받아봤다. 올리버에게 간식을 먹으러 오라고 말해줘서 고맙다는 카드를 보낸 것이다. 아니, 도대체 이 여자는 어떻게 살기에 과자나 먹으러 오라는 중요하지도 않은 말에, 그것도 아직 일어나지도 않은 일에 카드를 보낼 수 있는 걸까? 에밀리네 유치원 엄마들 중 상당수는 직장에서의 위계서열을 모른다. 그래서 자기들끼리 어떤 엄마들이 잘나고 어떤 엄마들이 못하는가를 가리는 의미 없는 테스트를 만들어냈나 보다.

"감사카드 잘 받았어요. 제 카드 잘 받았다는 확인증을 받을 수 있을까요? 고맙습니다, 이제 그만 가주시죠."

오후 8시 19분 프랑크푸르트 노발리스 호텔. 결국 오늘도 에밀리를 직접 재워주지 못한다. 독일 고객과의 만남이 생각보다 앞당겨져서 바로 다음 비행기를 찾아 몸을 실었다. 고객과의 만남은 예상대로 잘 진행되었다. 갖은 요령을 다 부려 설득한 결과, 자금 회수를 몇 달 미룰 수 있을 것 같다. 그때쯤이면 우리 회사 펀드 실적도 상당 부분 개선되겠지.

호텔로 돌아와서 음료수를 목구멍에 들이붓고 목욕을 하려는데 전화벨이 울린다. 세상에, 이게 뭐야? 욕실에 달린 전화기로 통화하는 건 난생 처음이다. 수건걸이 옆에 크림색 전화기가 걸려 있지 않은가. 전화한 사람은 리처드다. 그런데 그이의 목소리가 예사롭지 않다.

"여보, 슬픈 소식이라서 좀 그런데…… 로빈이 방금 전화를 했었어."

한 어머니의 죽음

질 쿠퍼클락이 월요일 새벽에 집에서 평화로운 임종을 맞았다. 고인의 나이는 47세였다. 작년 여름에 아이들이 방학을 맞아 집에 돌아왔을 무렵, 이미 암세포가 산불처럼 그녀의 몸에 번졌다는 진단을 받았다. 암을 떼어내는 수술을 먼저 받았고 약물요법, 방사선요법, 꺼져가는 불꽃을 살리기 위해 의료진이 할 수 있는 건 다 해봤다. 그러나 가슴, 폐, 췌장까지 파고드는 암세포를 잡을 수는 없었다. 질은 내가 만난 사람 중에서 가장 에너지가 넘치는 사람이었다. 그러한 에너지가 되레 그녀를 무너뜨린 것 같았다. 마치 생명 그 자체가 강탈당해 죽음이라는 무시무시한 목표에 역으로 이용되듯이. 내가 질을 마지막으로 본 때는 회사 주최 파티에서다. 회사는 진짜 모래와 성질난 낙타까지 동원해서 아라비아라는 파티 주제를 연출하는 데 생돈을 퍼부었다. 질은 듬성듬성 빠진 머리를 감추기 위해 터번을 두르고 와서 평소처럼 나에게 웃음을 주었다.

"칼로 베고 불로 태우는 거야. 케이트는 암 치료라는 게 얼마나 원시적인지 믿기지 않을 거야. 개미 한 마리 살 수 없을 만큼 철저하게 약탈당한 중세의 마을이 된 기분이야. 암 학자들에게 약탈당하느니 바이킹들에게 약탈당하는 게 나을지도 몰라. 자기는 상상이 안 가지?"

암 투병에 들어가기 전의 질은 윤기 흐르는 적갈색 머리에 켈트족 특유의 황갈색 주근깨가 드문드문한 우윳빛 피부의 소유자였다. 튼튼한 세 아들도 엄마와 테니스를 칠 때면 진땀을 뺐다. 로빈은 자기 아내가 백핸드를 날리는 모습을 봐야 그녀의 진면목을 알 수 있다고 했다. 모두들 게임 끝났구나 생각할 때, 공이 돌아올 가능성이 완전히 사라졌다고 생각할 때, 질은 그 공을 받아쳐서 라인에 딱 맞추곤 했다. 2년 전 서식스에 있는 쿠퍼클락 부부의 집에서도 그런 모습을 본 적이 있다. 질은 어려운 공을 받아칠 때마다 "하!" 하고 고함을 질렀다. 우리 모두 그녀가 암도 그런 식으로 받아쳐주기를 기대하고 있었던 것 같다.

세 아들과 남편이 있는 한, 그녀는 죽은 게 아니다. 그 남편이 지금 막 엘리베이터에서 내린다. 국장의 검정색 고급 구두가 중앙의 너도밤나무 스퀘어를 경쾌하게 울리는 소리가 들린다. 이런 날만 아니라면, 좀 더 마음 편한 일이었다면, 그 발소리가 춤을 추는 티파티에라도 가는 것처럼 유쾌하게 느껴졌을 텐데. 국장과 나는 둘 다 오늘 회사에 일찍 나왔다. 국장은 밀린 일을 처리하기 위해서, 나는 미리 일을 해놓기 위해서. 국장이 자기 사무실로 간다. 국장실에서 콜록거리는 소리, 서랍을 열었다 닫는 소리가 들린다.

나는 국장에게 차를 한 잔 가져다준다. 그가 먼저 입을 연다.

"어…… 잘 지냈소, 케이트. 음, 정말 미안하오. 내가 일을 너무 많이 맡겨놓았지. 샐린저 재단 일만으로도 정신이 없을 텐데. 그래도 장례식을 마치고 나면 내가 힘 닿는 대로 도와주겠소."

"걱정 마세요. 모든 일이 차질 없이 진행 중인 걸요."

거짓말이다. 국장 본인은 좀 어떤지 묻고 싶지만 벌써 그의 조기경보 시스템이 개인적이고 힘든 질문이 들어올 거라고 감지하고 빨간 불을 켠다. 그래서 나는 다른 질문을 던진다.

"애들은 어때요?"

"음, 다른 사람들보다는 운이 좋은 편이지."

로빈은 서서히 투자국 국장 모드로 돌아가고 있다.

"케이트도 알다시피, 팀은 브리스톨에 있고 샘은 GCSE*를 준비 중이고 알렉스도 아홉 살이 됐지. 더 이상 엄마가 수발을 들어야 하는 꼬맹이들은 아니오. 음, 아주 어린애들만큼 엄마 손이 필요하지는 않다는

---

* 의무교육과정 이후의 상급학교 진학시험.

뜻이오."

그러고서 국장이 에드윈 모건 포스터 사무실에서 한 번도 내본 적 없는 신음소리를 토한다. 울음 반 탄식 반, 인간의 소리 같지 않으면서도 너무나 인간적인 소리, 다시는 듣고 싶지 않은 소리다.

국장은 콧날을 지그시 누르며 고통스러운 몇 초를 견디고는 다시 나를 쳐다본다.

"질이 이걸 남겼소."

국장이 나에게 서류철 같은 것을 내민다. 깨알 같은 글씨로 쓴 20여 페이지에는 '집안을 건사하려면!'이라는 제목이 붙어 있다.

"그 안에 모든 게 들었소."

국장이 믿을 수 없다는 듯 고개를 흔들며 말한다.

"빌어먹을 크리스마스 장식이 어디 들었는지까지 다 적혀 있지. 기억해야 할 것들이 얼마나 많은지, 케이트도 놀랄 거요."

아뇨, 난 놀라지 않을걸요.

금요일, 오후 12시 33분 지금 회사에서 출발하면 오후 3시에 서식스에서 있을 질의 장례식에 참석할 수 있을 것이다. 기차역으로 가는 길에 샌드위치를 살 정도의 시간도 있다. 모모와 나는 또 다른 최종 프레젠테이션을 준비 중이다. 모모가 나에게 국장님 부인과 잘 아는 사이였는지 묻기에 질은 정말로 멋진 여자였다고 대답해준다.

모모는 내 말이 의심스러운 모양이다.

"하지만 자기 일은 없었잖아요?"

나는 모모의 얼굴을 바라본다. 얘는 도대체 뭐야? 나이는 스물넷? 스물다섯인가? 자기보다 앞서 살았던 여성들이 어떤 일까지 감당했는지 모르고 자기가 누리는 자유를 당연하게 여길 만큼 어리긴 어리다. 나는 차분하게 대답한다.

"질은 출세가도를 달리던 공무원이었어요. 둘째 아이 샘이 두 살이 될 때까지 계속 일했고요. 그때까지 내무성에서 열심히 일했지만 그 후에는 자기 가정을 위해 열심히 일하기로 마음먹었을 뿐이에요. 자기와 남편 모두 그렇게 업무 강도가 높은 일을 하기에는 아이들이 받을 영향이 걱정됐던 거예요. 질은 머리로는 할 수 있다고 믿으려고 노력했지만 마음까지 정말 믿게 되지는 않더라고 했어요."

모모가 허리를 숙여 바닥에서 뭔가를 주워 쓰레기통에 넣는다. 창밖으로 비둘기가 보인다. 암컷이 날개를 빳빳하게 펼쳐 알을 감싸고 있다. 아빠 비둘기는 아무데도 보이지 않는다. 어디 갔을까?

"아, 정말 너무 슬퍼요. 제 말은, 자기 자신을 위해서는 아무것도 못 했으니 그 낭비가 안타깝다는 뜻이에요."

오후 1시 11분 지금 당장 출발한다면 기차를 탈 수 있을 거야.

오후 1시 27분 사무실에서 급하게 뛰어나오는데 국장의 비서가 질이 남겼다는 서류철을 건네준다. 국장이 깜박 잊고 나간 모양이다. 나는 캐넌 스트리트로 전력질주한다. 강에 도착하니 숨이 차다 못해 폐가 터질 것 같다. 목걸이가 끊어지기라도 한 듯 구슬 같은 땀방울이 가슴으로 폭포처럼 흘러내린다. 비틀비틀 계단을 올라가다가 왼쪽 무릎의 스타킹이 쫙 나갔다. 젠장. 젠장. 대합실로 돌진해서 스타킹 파는 가게에서 제일 먼저 눈에 띄는 검정색 스타킹 한 켤레를 집는다. 점원아가씨에게 잔돈은 그냥 가지라고 했다. 개찰구에서 역무원이 씩 웃으며 말한다.

"너무 늦으셨네요."

개찰구에서 방향을 확 틀어 역무원이 쫓아오는데도 이미 속도를 내기 시작하는 기차에 전속력으로 뛰어든다. 창밖으로 런던이 놀라운 속도로 멀어져간다. 잿빛 도시는 금세 사라지고 완연한 시골 풍경이 나타난다. 나는 이 봄의 풍경을 차마 바라볼 수 없다. 천지가 진동하는 듯 초록이 무성하고, 희망차다 못해 치기가 느껴지는 봄이다.

수레를 밀고 다니며 간식거리를 파는 역무원에게 커피 한 잔을 사고 서류가방에서 일감을 꺼낸다. 맨 위에 질이 가족들을 위해 남긴 서류철이 있다. 이걸 읽어선 안 된다. 하지만 너무너무 보고 싶다. 질이 남긴 글을 통해서라도 내 친구의 목소리를 한 번만 더 듣고 싶다. 한 장 정도는 읽어도 되지 않을까?

알렉스 목욕검사를 할 때에는 손가락 사이를 잘 보세요. 늘 까맣게 뭐가 뭉쳐 있어서 이상한 건포도처럼 보일 지경이니까요! 알렉스는 습진이 있으니 목욕물에 반드시 올레이툼을 몇 방울 타주세요(청록색 병에 하얀 글씨). 그냥 거품비누라고 말해주세요. 알렉스는 습진과 관련된 얘기를 하면 아주 싫어하니까요.

알렉스가 파스타는 먹기 싫다고 할지도 몰라요. 하지만 사실은 파스타를 잘 먹는답니다. 그러니까 잘 타일러 먹게 하세요. 강요는 하지 마시고요. 치즈 휠—역겨운 형광색이고 치즈는 들어 있지 않아요—을 주어도 괜찮지만 진짜 치즈도 그만큼 먹어야 줄 거라고 말하세요. 사탕옥수수만 너무 많이 먹으면 안 된다고 하세요. 가족들이 함께 마시는 차는 레드부시 차로 바꾸세요(암 예방에 확실히 효과가 있대요).

샘에게 열다섯 살이 되면 콘택트렌즈를 껴도 좋다고 약속했어요. 샘에게 화가 나서 한바탕 퍼붓고 싶을 때에는 침착하게 10까지 세면서 남성호르몬 '테스토스테론'을 생각하세요. 반항기가 오래가진 않을 거예요. 첫째 팀의 사춘기도 만만찮게 힘들었지만 결국 팀도 그 시기를 잘 통과했잖아요? 팀이 요즘 사귀는 여자애 이름은 샤밀라예요. 사랑스럽고 아주 똑똑한 브래드포드 출신 아가씨지요. 샤밀라의 부모님은 게을러터진 백인 청년—우리 아들—을 못마땅해하고 있으니 당신이 한 번 그쪽 집안을 우리 집으로 초대해서 당신의 매력을 한껏 발휘해줄래요? (샤밀라네 부친 디팩은 골프를 잘 친대요. 부부가 다 채식주의자고요.) 팀에게 그쪽 부모님을 초대한다고 하면

펄쩍 뛰겠지만 막상 그렇게 되면 좋아할 거예요.

생일: 어머님이 제일 좋아하는 향수는 디오리시마예요. 음악 테이프는 받을 때마다 좋아하시는 선물이죠. 작년에 이미 선물한 「오클라호마」만 빼면 브라이언 터펠의 음악은 뭐든지 좋아하실 거예요. 앨런 베넷의 책이나 터키시 딜라이트*도 아주 좋아하세요. 우리 엄마는 마거릿 포스터와 안토니아 프레이저의 작품은 뭐든지 좋아해요. 우리 엄마께 내 반지들을 드려도 좋을 것 같아요. 아니면 잘 가지고 있다가 애들 중 누가 약혼반지를 장만할 때 써도 좋겠고요.

대자녀: 당신의 대자·대녀는 해리(팩스턴), 루시(구드리지), 앨리스(벤슨)예요. 그 아이들 생일은 냉장고 옆 달력에 표시해두었어요. 서재의 서류함 맨 아래가 선물서랍인데 그 안에 든 아이들의 이니셜이 쓰여 있는 선물들이 있을 거예요. 그 선물들만으로도 내년 크리스마스까지는 걱정 안 해도 돼요. 사이먼과 클레어 부부의 가정이 흔들리고 있어요. 그러니 당신이 해리를 좀 만나서 필요하다면 당신이 도와주겠다고 말하세요. 9월에 있을 루시의 견진 성사 잊으면 안 돼요.

---

*젤리 비슷한 터키의 전통과자.

그 밖의 사항

1) 세탁기 사용법. 만약을 대비해서 알아두어야 해요. 갈색 공책을 보세요. 주의사항: 울 양말은 뜨거운 물로 빨면 안 돼요.

2) 쓰레기봉투 크기. 역시 갈색 공책을 보세요.

3) 청소는 월요일과 목요일이에요. 진 아줌마는 시간당 7파운드를 드리면 되지만 넉넉하게 드리고 휴가도 드리세요. 싱글맘이고 딸 이름은 아일린이에요. 나중에 간호사가 되고 싶어 한대요.

4) 육아도우미—녹색 공책에 전화번호들을 정리해두었어요. 조디는 절대 부르지 마세요. 우리가 글라인드본에 있을 때 자기 남자친구를 우리 집으로 불러들여 우리 부부 침대에서 놀아난 여자니까요.

5) 타박상에는 아르니카를 쓰세요(욕실 선반에 있음).

6) 슬플 때에는 이그나시아를 드세요(침대 옆 탁자에 있는 노란 병).

7) 우체부 아저씨 이름은 팻이고, 신문배달부는 홀리라는 여자예요. 쓰레기 치우는 사람들은 화요일 아침에 오는데 정원 쓰레기를 수거하지 않아요. 크리스마스 떡값은 갈색 공책을 참조하세요. 인색하게 굴지 말아요!

8) 장례식이 끝나면 아이들을 호스피스에서 일하는 상담사 매기에게 데려가 보세요. 당신 취향과는 조금 동떨어진 선택이겠지만 아이들은 매기를 정말로 좋아하게 될 거라고 생각해요. 그러면 애들이 당신 기분을 거스를까 봐 차마 할 수 없는 얘기도 매기에게는 할 수 있을 거예요. 제 대신 아이들에게 키스해주세요. 애들 키가 당신보다 더 커지더라도 그만두지 마세요.

그렇게 해줄 거죠?

모든 것이 여기에 있다. 한 페이지, 또 한 페이지 빼곡하게. 아이들의 일상, 하루 일과를 극도로 꼼꼼하고 치밀하게 고려한 메모다. 나도 남편에게 이런 메모를 남길 수 있을까 생각하니 나의 부족함이 뼈에 사무쳐 움찔하지 않을 수 없다. 생일에 대해 적어놓은 페이지에 컵 크기의 얼룩이 남아 있다. 뭔가 기름진 것이 밀가루딱지와 함께 들러붙어 있다. 질은 요리를 하면서 틈틈이 이 메모를 썼나 보다.

계속 읽고 싶지만 눈물이 앞을 가려 그럴 수 없다. 『데일리 텔레그래프』를 들어서 부고란을 펼친다. 오늘의 부고란에는 뛰어난 생물학자, 1960년대에 IBM을 경영했던 남자, 더글러스 페어뱅크스와 애거 칸과 한때 '염문'에 휩싸였던 은발의 쇼걸 디지가 사망했다는 소식이 실려 있다. 질 쿠퍼클락의 이름은 부고란에 오르지 않는다. 질과 같은 삶은 후세에 기록되지 않는다. 이것이 모모가 말한 '낭비'인가? 어떻게, 어떻게 이 벅찬 사랑이 낭비가 될 수 있는데?

오후 2시 57분 인형이나 쓸 수 있을 듯 좁아터진 기차 화장실에서 거의 곡예에 가까운 몸놀림으로 올이 나간 스타킹을 새 검정 스타킹으로 갈아 신는다. 통로를 걸어 내 자리로 돌아오는데 웬 승무원이 날 보고 휘파람을 부는 게 아닌가. 아래를 내려다보니 검정색 스타킹에 반짝

반짝하는 플레이보이 브랜드의 토끼 스티커가 붙어 있다. 질이 웃는 소리가 들리는 것 같다.

오후 3시 17분 *그린게이트 세인트 보톨프 성당.* 추도미사 집전사제가 질리언 코델리아 쿠퍼클락에게 생애를 허락하신 하느님께 감사하자는 말로 장례식을 시작할 때에 딱 맞춰 도착했다. 질의 미들네임이 코델리아라는 건 몰랐다. 유난히 정이 많던 그녀에게 리어 왕의 애정 넘치는 막내딸 이름은 참 잘 어울린다.

국장과 세 아들들이 맨 앞줄에 앉아 있다. 국장은 막내아들의 적갈색 머리칼에 키스를 하려면 허리를 굽혀야만 한다. 알렉스는 처음 입어보는 새 정장을 입고 살짝 떨고 있다. 질은 그 정장을 사주려고 런던까지 알렉스를 데리고 나갔었다고 나한테 얘기한 적이 있다. 그녀는 자신의 장례식에서 알렉스가 저 옷을 입게 될 줄 분명히 알고 있었을 것이다.

우리는 질이 가장 좋아하던 찬송가 「주님은 우리의 모든 소망 되시오니」를 함께 부른다. 전에는 몰랐지만 곡조에서 스코틀랜드 특유의 애수를 느낄 수 있다. 노랫소리가 사라지면서 억눌린 기침소리가 터져 나온다. 새처럼 호리호리하고 머리 색깔이 밝은 사제가 질을 위해 잠시 묵념의 시간을 갖겠다고 말한다.

나는 눈을 감고 앞줄 성도석에 손을 얹는다. 그 순간, 오래 전 8월의 노스햄스턴 숲속이 떠오른다. 에밀리를 낳은 지 두 달쯤 됐을 때였고 당시의 내 부장 상사는 로드 태스크가 아니라 제임스 엔트위슬이었다. 부장은 고객들을 접대하기 위해 회사의 국내 소유지에 있는 한 숲에서 사냥대회를 열었다. 그는 내가 사냥총을 쏠 줄도 모르고 애를 낳은 지 얼마 안 돼서 프랑크푸르트 은행가들을 상대하기는커녕 독일이 어디 붙어 있는지조차 가물가물한 상태인데도 사냥대회에 참석해야 한다고 고집을 부렸다. 점심시간이 되자 불에 달군 바위를 올려놓은 것처럼 젖 가슴이 쑤시고 아팠다. 젖을 배출하지 못한 가슴이 비명을 질러댄 것이다. 화장실은 단 하나, 그것도 나무들 틈에 숨어 있는 간이화장실이었다. 그 안에서 문을 잠그고 들어앉아 블라우스를 풀어 헤치고 변기에 모유를 짜서 버리기 시작했다. 모유는 우유보다 묽고 도자기에서 볼 수 있는 고상한 백색과도 같이 살짝 푸르스름한 기가 돈다. 내가 짜서 버 린 모유는 철제 변기통의 초록색 화학물질에 닿아 불투명한 색깔로 변했다.

하지만 처음에는 모유가 잘 짜지지 않았다. 젖을 계속 짜려면 에밀리의 모습, 체취, 커다란 눈동자, 피부의 감촉을 떠올려야만 했다. 땀을 뻘뻘 흘리며 쩔쩔매다가 겨우 누군가가 밖에서 헛기침하는 소리를 들었다. 밖에는 줄이 길게 늘어섰는데 나는 오른쪽 젖은 손도 못 댔고 왼쪽 젖도 미처 다 비우지 못한 상태였다. 그때 한 여인의 경쾌한 목소리가 울려 퍼졌다. 따뜻하기에 오히려 권위가 느껴지는 목소리였다.

"저, 신사 분들은 저기 덤불에 가서 일을 보셔도 되잖아요? 신사 분들이 숙녀 분들에 비해 타고난 장점이 있다면 이럴 때 적절히 이용하셔야지요. 제 생각에 레디 양은 지금 여러분들보다 더 절실하게 화장실을 필요로 하고 있을 거예요. 이해해주셔서 감사합니다."

10분 후 화장실에서 나와 보니 질 쿠퍼클락이 숲속 빈터의 통나무에 앉아 있었다. 그녀는 나를 보고 손을 흔들고는 아이스박스에 있던 재료로 급조한 얼음주머니를 의기양양하게 들어 보였다.

"내 기억에 젖몸살에는 얼음찜질이 최고였던 것 같아요."

예전에서 회사 행사에서 질 쿠퍼클락을 본 적이 있었다. 헨리 레가타가 첼트넘 골드컵에서 빗속의 파티를 열었을 때다. 하지만 그때는 골프나 치러 다니는 팔자 좋은 사모님이려니 생각했다. 테니스 코트 관리가 힘들다는 둥, 사내아이를 데리고 수영장에 다니기가 힘들다는 둥, 쓸데없는 걸로 힘들다고 불평하는 사모님일 줄 알았다.

질은 아기에 대해 물어봤다. 직장과 관련된 사람이 아기 얘기를 물어보는 건 처음이었다. 질은 자기 아들 알렉스도 얼마 전에 네 돌이 됐다고, 그 아이가 그녀 자신에게 주는 선물 같다고 고백했다. 기저귀와 씨름하고 밤잠 설치던 나날에서 겨우 벗어났는데 또 셋째를 가지다니 미친 짓이라고들 했지만 질은 자기가 직장에 다녔기 때문에 첫째와 둘째의 어린 시절을 놓쳐버린 기분이 들었다고 말했다.

"그래요, 모르겠어요. 그 시절을 꼭 도둑맞은 기분이라서 되찾고 싶은 기분이랄까요."

그때는 둘 다 허심탄회하게 속내를 털어놓는 분위기였다. 나는 질에게 내가 너무 감정적이 되는 게 두렵다고 고백했다. 마음을 모질게 다잡지 않고서는 직장에 복귀할 수 없을 것 같았다고 했다.

"그게 말이죠, 케이트. 남자들은 우리가 아이를 가진 다음에도 직장에 복귀하는 게 자기들이 대단한 호의를 베풀기 때문인 줄 알아요. 하지만 그 호의에 대한 대가로 우리는 아무것도 변하지 않은 양 표도 내지 않고 의연하게 지내야 하죠. 하지만 잊지 말아요, 호의를 베풀고 있는 건 오히려 우리 여자 쪽이라고요. 우리는 인류를 존속시키고 있어요. 그보다 중요한 일이 또 있나요? 우리가 자손 생산을 그만두면 남자들이 어디서 그 잘난 고객들을 찾을 수 있대요?"

어디선가 총성들이 울려 퍼졌고 질은 웃음을 터뜨렸다. 질은 놀랍도록 통쾌하게 웃을 줄 아는 여자였다. 세상의 모든 우둔함과 비열한 마음씀씀이를 날려버리는 웃음소리였다. 그걸 아는가? 질은 나에게 "어떻게 그 많은 일들을 다 해내는지 모르겠어요."라고 말하지 않은 유일한 여성이었다. 질은 어떻게 해내는지 알고 있었다. 그 대가가 무엇인지도 너무 잘 알고 있었다.

"친애하는 여러분, 우리 주님께서 친히 가르쳐주신 기도를 다 함께 올립시다. 하늘에 계신 우리 아버지……."

ꙮ

　질의 무덤은 성당 뒤에서부터 가파르게 올라가는 언덕 기슭에 있다. 언덕 위에는 빅토리아 양식의 묘석들이 탑처럼 높이 솟아 있고 주초, 관, 관대도 거창한 수호천사 조각상들을 거느리고 있다. 자갈길을 따라 밑으로 내려갈수록, 그리고 고인이 최근에 죽은 사람일수록 비석은 작고 단출해진다. 우리 선조들은 아무리 초라한 자리일지라도 내세에 한 자리를 차지할 수 있다고 믿었다. 그러나 우리는 혹시 모르니 밑져야 본전이라는 마음가짐으로 한 자리 신청해보는 것 같다.

　질의 무덤에서 골짜기가 보인다. 맞은편 언덕으로는 산마루를 따라 늘어선 전나무들이 물에 번진 마스카라 얼룩 같다. 그 아래 푹 파인 초록 분지에는 자욱한 은빛 안개가 감돈다. 집전사제가 미사전례문을 읊는 동안 국장이 한 발짝 앞으로 나가 아내의 관에 흙을 한 줌 뿌린다. 나는 그 모습을 볼 수 없어 재빨리 눈물 젖은 눈으로 주변의 묘석들을 둘러본다. 헌신적인 아들. 아버지와 할아버지. 소중한 외아들. 사랑받던 아내이자 어머니. 누이. 아내. 어머니. 어머니. 우리는 죽어서 우리가 무슨 일을 하고 어떤 사람이었는가가 아니라 우리가 다른 사람들에게 어떤 존재였는가로 규정된다. 얼마나 사랑을 베풀고, 얼마나 사랑받았는가가 우리를 말해준다.

꼭 기억할 것

모든 것은 지나가며, 인간은 풀잎과도 같다.

아이의 차가운 뺨에 뽀뽀를 해주자.

자동응답기에 메시지를 남긴 사람들에게는 꼭 다시 전화를 할 것.

I don't know how she does it

심경의 변화

짝짓기는 주로 봄과 여름에 이루어지고 유럽에서는 번식기가 4월에서 늦가을까지 계속된다. 짝짓기 기간 동안에 수컷은 큰 소리로 울며 암컷 앞에서 자기를 과시하는데 암컷에게 잘 보이기 위해 다른 수컷들과 싸우기도 한다. 비둘기의 수명은 약 30년 정도다. 일부일처제를 유지하며 한 번 짝을 맺으면 평생을 같이 사는데, 이는 군집성이 강한 새들의 주목할 만한 특성이라고 하겠다.

구애를 하는 동안 수컷이 짝의 깃털 속에 부리를 밀어 넣어도(때로는 암컷이 이런 행동을 하기도 한다) 상대는 몇 시간씩 가만히 있는다.

수컷은 성체가 되기 이전인 생후 5, 6개월까지 구슬프고 단조로운 울음소리를 내다가 청년기에 접어들어 비음 섞인 울음소리를 낸다. 짝짓기를 할 때가 되면 울음소리의 음색이 더욱더 풍부해진다.

『비둘기의 습성』 중에서

창밖은 조용하다. 건물 아래 시티에서 경적소리와 으르렁거림이 요란하지만 사무실이 워낙 고층에 자리 잡고 있어서 여기까지 올라오지는 않는다.

난 지금 비둘기와 아주 가까이 있다. 비둘기 암컷과 나는 서로를 충분히 볼 수 있다. 암컷은 낮게 지저귀며 목을 심하게 떨고 있다. 비둘기의 본능은 빨리 도망가라고 외친다. 새끼를 보호해야 한다는 본능 하나만 빼고, 다른 모든 본능은 그렇게 외치고 있다. 서식스에 다녀온 사이에 알 하나가 부화되었다. 사무실 안에서 갓 태어난 비둘기새끼를 보기는 힘들지만 이렇게 가까이 얼굴을 내밀고 보니 꽤 잘 보인다. 이 작은 생명이 곧 날게 될 텐데 믿기지 않을 것 같다. 비둘기새끼는 새보다는 새가 되기 위해 고민하는 일종의 초벌그림 같다. 갓 태어난 생명체가 으레 그렇지만 쪼글쪼글하고 털이 거의 없어서 되레 천 살은 먹은 생명체 같다.

창문을 열고 손을 뻗어보려고도 했었다. 하지만 삼중유리창은 끔찍이도 무거워서 둥지 근처의 창 한쪽도 움직일 수 없었다. 그 방법이 통하지 않았기 때문에 옆 창을 통해 밖으로 나오는 수밖에 없었다. 그래서 지금 손과 무릎으로 몸을 지탱하며 내가 준비한 두꺼운 책들을 난간을 따라 늘어놓는 중이다. 책들은 크기와 내구성을 고려하여 신중하게 선택했다.

『더 스퀘어 밀: 시티의 맛집 가이드』
『주식전문가들의 2000년도 시장 예측』
『CFBC가 내놓는 1997~1999년 세계동향』
제약업계 관련 잡지
시작만 해놓고 끝내지 못한 이탈리아어 어학원 교재.
『더 워런 버핏 웨이』
『성공적 시간 관리와 인생경영을 위한 10가지 자연법칙: 생산성 향상과 마음의 평화를 보장하는 검증된 전략』

비둘기들이 마지막 책은 가져도 상관없다. 이 책들로 부족할 경우를 대비해서 속 빈 블록처럼 두껍기만 하고 알맹이는 없는『한 권으로 보는 금융의 미래』도 포함시켰다. 비둘기 암컷과 그 둥지에 방어벽을 설치하는 것이 내 아이디어다. 질의 장례식에서 돌아오다가 가이에게 전화를 받았다. 가이는 희소식이 있다고, 자치단체에서 내일 매 부리는 사람을 보내겠다고 연락을 했다고 나에게 전했다. 원래 매가 나타나 비둘기를 처리해야 한다고 주장한 사람은 나였는데 지금은 내 쪽에서 매가 오지 않기를 간절히 바라는 꼴이다.

13층 아래의 광장에 인파가 모여들어 나를 지켜보고 있다. 맨 처음 지나가던 사람이 난간 위의 여자를 손가락으로 가리킨다. 아마 내가 경기침체를 비관하거나 심장에 문제가 있는 사람이라고 생각하는 모양이다. 며칠 전에도 무어게이트 역에서 주식중개업자가 달리는 기차에서 뛰어내렸다. 그 사람은 철로 밑에 푹 파인 곳에 떨어진 탓에 죽지 않고 응급구조팀에게 끌려나왔다. 모두들 기적이었다고 떠들어댔지만 나는 이것저것 다 실패하고 마침내 자살시도까지 실패한 사람은 어떤 기분일까 궁금했다. 다시 태어난 기분일까, 아니면 살아도 사는 게 아닐까?

내 뒤쪽, 그러니까 사무실 안쪽에서 캔디의 목소리가 들린다. 언제나처럼 익살맞은 목소리지만 불안감이 묻어난다.

"케이트, 그만 들어와."

"그럴 수 없어."

"자기야, 절박하게 도와달라고 말하는 거지? 그래, 우리 모두 널 사랑해."

"난 도움을 청하는 게 아니야. 비둘기를 숨겨주려는 거지."

"케이트?"

"내가 어미비둘기를 도와줘야 해."

"왜?"

"이제 곧 매가 나타날 테니까."

캔디는 정말로 흥 소리 나게 콧방귀를 뀐다.

"그놈의 매는 늘 나타나는 거 아냐? 바보 같은 새 때문에 이런 대화를 나누고 있어야 하다니 기가 막힌다. 케이트 레디, 당장 들어오지 못하겠어? 자꾸 이러면 경비원을 부를 테야."

유리창 너머에서 나의 움직임을 주시하고 있던 회사 동료들이 내가 책 하나를 더 늘어놓자 빈정대듯 환호한다. 워런 버핏의 책을 집어 드는 순간, 내 손에 눈길이 간다. 반짝이는 결혼반지, 손가락 마디에 번진 습진, 그리고 내가 만약 여기서 떨어진다면 무슨 일이 벌어질까라는 생각—힘줄, 피부, 피 범벅으로 돌아가겠지. 아니, 그런 생각은 하지 마. 그냥 『성공적 시간 관리와 인생경영을 위한 10가지 자연법칙』으로 이 방어벽을 완성하면 그걸로 끝이야. 사무실로 도로 들어가려고 난간을 따라 기어간다. 캔디는 창밖으로 상체를 아예 내밀고 있고 가이는 캔디 뒤에서 서성거리고 있다. 나의 어시스턴트의 표정은 두려움보다는 희망이나 뭐 그런 쪽에 더 가깝지 않나 싶다.

보내는 사람: 데브라 리처드슨

받는 사람: 케이트 레디

짐이 2주 연속 주말에 출장을 갔어. 내가 애들을 먼저 죽일지, 애들이 먼저 나를 죽일지 잘 모르겠다. 짐은 출장가면서 나한테 마흔 번째 생일파티를 열어달라고 그러더라. 나한테 무슨 행사가 있을 때마다 으레 부르는 손님들을 모두 초대해 달래. 경찰에서 사건 터질 때마다 '유주얼 서스펙트' 부르는 것도 아니고. 나 참. 그이는 중요한 거래를 앞두고 집구석과 관련된 모든 일을 깡그리 잊어버릴 수 있는데 난 왜 그게 안 될까?

이미 짐작하고 있으리라 생각한다만, 나 진짜로 남편 때문에 살짝 열 받았어. 혹시 괜찮은 독신남 알아?

아니, 이 질문엔 대답하지 마.

보내는 사람: 케이트 레디

받는 사람: 데브라 리처드슨

질문: 전 남편이 바닥에 쓰러져 고통에 몸부림친다면 어떻게 해야 할까?

답: 한 발 더 쏴서 확실하게 숨통을 끊어준다.

넌 짐에게 강경노선을 취해야 해. 네가 취미 삼아 일하는 게 아니라고 말해. 남자도 자기 할 일은 확실하게 하라고 하든가, 하여간 좀 세게 말해.

리처드는 정말 열심히 도와주지만 솔직히 남편이 손댄 건 전부 내가 다시 뒤처리를 해야 해. 그러니 아예 처음부터 여자가 하는 게 나을까?

난 네가 걱정이야. 캔디도 걱정이고. 내가 캔디 임신했다는 얘기 했니? 아마 그 얘긴 꺼내지도 않을 거야. 자기에게 없었던 일인 셈 치려나 봐. 질의 장례식 이후로 나도 내 정신이 아니긴 해. 급기야 새끼비둘기를 구하기 위해 고층에서 창문 난간을 기어 다닌 미친년으로 사내에서 확고한 명성을 얻었지.

인생의 의미가 뭘까? 최대한 빨리 조언해줄래? xxxxxxxx.

오후 12시 17분 그러니까 모모와 내가 해낸 것이다. 부장이 어젯밤 늦게 소식을 받았다. 우리의 뉴저지 최종 프레젠테이션이 기금을 따냈다. 모모는 굉장히 흥분해서 발이 땅에 닿지도 않는 것 같다. 다 큰 아가씨가 우리 딸 에밀리처럼 말 그대로 좋아서 방방 뛰고 있다.

"케이트가 해냈어요, 당신이 해낸 거라고요!"

"아뇨, 우리가 같이 해냈어요. 우리가 한 거예요. 나랑 모모가 함께 해냈어요."

부장은 점심시간에 축하회식을 한다고 팀 전체를 리든홀 마켓으로 끌고 간다. 전에도 와본 적이 있는 식당인데 그새 많이 변했다. 석회석은 확실히 구식 소재가 되어버렸다. 지금은 불투명 유리로 일본식 다리를 설치해서 그 밑에서 입을 벌리고 있는 잉어들이 가득한 하천을 조망할 수 있게 되어 있다. 그 잉어들이 장식예술의 일부인지 식용인지는 잘 모르겠지만 말이다.

부장이 내 옆자리에 다가와 앉는다. 크리스 번스는 모모와 마주보고 앉아 있다. 나는 그 자식이 모모를 쳐다보는 눈빛, 탐욕스럽고 음흉하며 입맛을 다시는 듯한 그 눈빛이 마음에 들지 않지만 당사자인 모모는 새로운 자신감에서 얻은 힘을 시험하며 그 자식의 추파도 나름 즐기는 듯하다. 나는 오로지 잭의 이름을 큰소리로 불러보는 기쁨을 만끽하기 위해 샐린저 재단을 몇 번이나 언급한다. 승합차 광고판 따위에서, 가게 간판에서 그의 이름을 듣거나 보게 되면 기분이 좋다. 잭 니콜슨도 좋고, 잭과 콩나무도 좋고, 카드놀이에서는 하트의 잭이 좋다. 심지어 외무부 장관도 이름이 잭이라는 이유 하나만으로 매력적으로 보이기 시작했다.

가재 요리가 나올 즈음 부장이 나에게 묻는다.

"케이티, 그놈의 비둘기 소동은 뭐였소? 경주라도 하려고 했소? 아님 잡아서 구워먹으려고?"

"아, 그건 윤리기금과 관련된 일이에요. 친환경성에 대한 새로운 보고서의 일부랄까요."

부장은 곡물 빵을 반으로 찢으면서 말한다.

"맙소사, 일에 너무 심각하게 빠져 있는 거 아니오?"

부장은 이어서 그 일은 둘째 치고 모모와 내가 새롭게 맡아주었으면 하는 일이 있다고 한다. 스톤 뭐시기 건이란다.

"돌(스톤) 하나로 두 마리 새를 잡는다 이거요, 알았소?"

나는 일을 맡는 건 좋지만 지원이 더 필요하다고 말한다.

"머릿수를 더 늘려줄 순 없어요, 케이티. 당신이 그냥 염병할 타이어들을 뻥 차주면 되잖소."

엄마는 무엇을 보았나

나는 서둘러 퇴근을 하고 집에 들어서며 아이들을 부른다. 그런데 대답이 없다. 거실에서 쥐어짜는 듯한 비명소리가 들리자 대번에 안 좋은 생각—애들에게 무슨 일이 생겼다는 생각—부터 든다. 두근대는 심장을 부여안고 거실로 들어가보니 폴라가 에밀리와 벤을 데리고 소파에 앉아 있다. 셋이서 착 달라붙어 「토이 스토리」를 보며 시시덕대고 있었던 것이다.

"뭐가 그렇게 웃기니?"

내가 물어봐도 세 사람은 웃느라 정신이 없어 대꾸조차 하지 못한다. 에밀리는 웃다 못해 눈물까지 찔끔 났다. 셋이서 아늑하고 행복하게 지내는 모습을 보니 문득 내가 이 꼴을 보자고 돈을 쓰는구나 싶다.

케이트, 넌 말 그대로 이 꼴을 보려고 돈을 쓰는 거야. 다른 여자가 너희 집 소파에서 네 아이들을 부둥켜안고 있는 꼴을 보려고 말이야.

그래서 나는 폴라에게 애들하고 시시덕대는 것 말고 다른 할 일은 없느냐고 묻는다. 비꼬는 내 목소리는 내가 듣기에도 역겹다. 꼬장꼬장하고 위선적인 대저택 마나님 같은 말투다. 모두 눈이 휘둥그레져서 나를 쳐다보더니 잠시 후 다시 낄낄대고 웃기 시작한다. 어쩔 수 없다는 듯이. 함부로 끼어들어 즐거운 시간을 망치려고 하는 바보 같은 마나님을 비웃듯이. 그런 식으로 산통을 깰 수 있느냐는 듯이.

종종 폴라가 우리 아이들과 지나치게 허물이 없다는 생각이 든다. 별로 건전한 생각은 아니다. 사실은 폴라를 잡아놓기 위해서라면 뭐든지 할 수 있다고 생각할 때가 더 많다. 예전에 폴라에게 어떤 엄마들은 도우미를 6개월에 한 번씩 교체한다는 얘기를 들었다. 그렇게 하면 아이들이 도우미에게 정을 붙일 시간도 없다. 그런 건 정말 엄마의 이기심 아닌가. 자기도 아이들과 착 달라붙어 친밀하고 익숙한 존재가 되고 싶은데 그럴 수 없다는 이유로 아이들이 도우미에게 정을 붙이는 것조차 방해한다는 게 말이 되는가.

물론 나도 폴라가 아이들에게 하는 말을 듣다 보면 나와는 자못 다른 그 화법에 걱정스러워지곤 한다. 나도 어렸을 때에는 점심을 '디너'라고 하고 저녁은 '티'라고 했다. 그러나 이제 어엿한 전문직 종사자이니만큼, 내 아이들에게는 '런치'와 '디너'라는 표현을 가르친다. 그런데 폴라가 와서 아이들에게 '디너'와 '티'라는 표현을 쓰는 것이다. 내가 불만을 제기할 수는 없다. 어떻게 그러겠는가? 반면에 리처드는 그런 표현을 일일이 바로잡아준다. 한 번은 에밀리가 '변소'라는 표현을 거듭 썼다가 아빠에게 "화장실이야."라는 호된 핀잔을 들어야 했다. 그러나 솔직히 고백하자면 나도 그런 식으로 말하며 자랐기 때문에 더 편안한 기분이 드는 것도 사실이다. 폴라가 애들에게 텔레비전을 너무 많이 보여준다는 생각도 든다. 그러나 다른 면에서는 폴라가 나보다 낫다는 것도 안다. 폴라의 양육 태도에는 끈기와 일관성이 있다. 아이들과 주말을 보낼 때면 나는 온 집이 떠나가라 소리를 지르곤 한다. 그러나 폴라는 늘 한결같다. 폴라가 언성을 높이는 모습은 본 적이 없다. 우리 아이들은 폴라의 좋은 점을 많이 본받았다.

지난번에 에밀리네 선생님을 만나러 유치원에 갔더니 원장선생님이 나를 한쪽으로 끌고 가서 에밀리가 파이퍼 플레이스에 들어갈 마음이 조금이라도 있다면 가정에서 좀 더 바람직한—뭐라고 해야 하지?—교육적 체험을 쌓아야 한다고 했다. 엄마가 전업주부인 아이들은 정기적으로 박물관 견학도 가고 여러모로 폭넓은 시야를 갖게 된다나. 그런 애들은 하다못해 알파벳 모양 스파게티를 먹을 때도 라틴어 철자를 익힌다는 것이다. 반면에 아빠 엄마가 모두 직장에 매여 있는 경우는……"음, 그런 애들은 텔, 레, 비, 전에 너무 의존하는 경향이 있거든요." 원장은 '텔레비전'을 한 음절 한 음절 또박또박 끊어가며 그렇게 말했다.

"에밀리는 디즈니 만화영화에 대해 모르는 게 없는 것 같더군요."

이 말은 폴라가 육아도우미로서 부족하다고 은근히 까는 셈이다. 원장은 계속해서 이렇게 말을 이었다.

"에밀리가 좋은 중학교에 진학하려면 관심 분야를 넓혀야 해요. 아시다시피 런던의 교육열은 몹시 치열하니까요. 에밀리 어머님, 저는 악기를 하나 배우라고 말씀드리고 싶네요. 아무나 다 하는 바이올린보다는 클라리넷처럼 개성 있는 악기가 좋아요. 그리고 너무 흔하지 않은 운동도 하나 시키세요."

그러면서 원장은 요즘 여자애들에게는 럭비도 인기가 있다고 덧붙인다.

"에밀리는 고작 여섯 살인데 벌써 이력서가 필요한가요?"

어쩌면 기가 막힌다는 말투를 자제했어야 했는지도 모르겠다.

"글쎄요, 에밀리 어머님. 부모가 다 일을 하는 가정환경에서는 이런 것들을 모르고 넘어갈 수도 있겠지요. 어머님은 어릴 때 악기를 배우셨나요?"

"아뇨, 하지만 아버지가 노래를 많이 불러주셨어요."

"아."

원장 같은 여자들은 뭔가 할 말이 없을 때 '아' 소리를 뱉는 것 같다.

교육자라는 여자가 못된 마녀처럼 애들을 돈으로만 보다니.

폴라는 우리 집에 오기 전에 햄스테드에 있는 어떤 집에서 일했다. 그 집 엄마 줄리아는 아이들에게 텔레비전을 보지 못하게 하라고 했단다.

"그런데 그 엄마는 허섭스레기 같은 프로그램들만 해주는 채널 5 제작사에서 일하고 있었어요."

한 번은 폴라가 생각만 해도 우습다는 듯이 그 얘기를 꺼냈다.

"그런 주제에 자기 애들한테는 텔레비전은 나쁜 거니까 보지 말라는 거예요."

게다가 폴라가 출근하지 않는 주말에는 아이들에게 오전 내내 비디오를 틀어주고 자신과 남편은 침대에서 뒹굴뒹굴했다고 한다. 폴라가 월요일에 텔레비전을 끄려고 했더니 그 집 막내 애덤이 그런 말을 하더란다. 그 이야기를 떠올리면 나도 얼굴이 화끈거린다. 나 역시 그러한 이중성이 있기에 양심의 가책을 느끼는 걸까? 폴라에게는 벤에게 주스 대신 물을 먹이라고 하면서 정작 나 자신은 벤이 사과주스를 달라고 조를 때마다 떼쓰는 꼴을 보기 싫어서 얼른 줘버린다. 그러니까 나는 도우미에게 나도 해내지 못하는 좋은 엄마 역할을 바라는 것이다. 폴라가 우리 애들을 자기 자식처럼 사랑해주기를 바라면서도 막상 집에 돌아와 폴라가 우리 애들을 자기 자식처럼 껴안고 예뻐하는 모습을 보면 갑자기 '쟤들은 내 새끼야, 내 새끼를 나 말고 누가 사랑해준다는 거야?' 모드가 되고 만다.

식기세척기를 열고 깨끗하게 씻기지 않은 접시들을 하나하나 손으로 설거지한다. 부엌 반대쪽에서 나를 바라보는 폴라의 시선이 따갑다. 폴라는 에밀리의 머리를 빗어주는 중이지만 사실은 나를 보고 있다. 그녀가 무슨 생각을 하는지 알고 싶다. 폴라는 전에 자기는 애를 낳으면 절대로 도우미를 쓰지 않을 거라고 했었다. 그러기엔 사정을 너무 빤히 알아버렸으니까. 젊은 여자 도우미들이 엄마들 앞에서는 애들을 엄청 잘 챙기는 척 알랑대다가 엄마들이 나가면 핸드폰만 붙잡고 산다고 했다.

에밀리가 빗이 머리에 걸릴 때마다 아프다고 징징댄다. 폴라가 에밀리를 달랜다.

"조용히 좀 하렴. 공주들은 매일 밤 백 번씩 빗질을 해야 하는 거야. 엄마한테도 물어봐."

그녀는 내 쪽을 바라보며 동조와 화해를 구한다.

아니, 난 알고 싶지 않다. 정말로 폴라의 생각을 알게 된다면 죽고 싶어질 것 같다. 그런데도 여전히 마음 한구석에서는 그녀의 생각이 궁금하다.

마트에서 장보기

에밀리의 생일은 항상 나에게 여름의 시작을 뜻한다. 6년 전 양수가 터져서 택시를 잡아 병원으로 갈 때, 노천카페에는 사람들이 앉아 있었고 거리도 인파로 들끓었다. 런던 전체가 내 아이의 탄생을 기념하는 카니발이라도 벌이는 것 같았다.

생일파티 전날이니 벤을 데리고 마트에 간다. 마트에서 장보기. 이 짧은 말에 그토록 크나큰 괴로움이 함축되어 있을 줄이야. 고통과 괴로움으로는 고대 그리스 비극도 뺨치게 생겼다. 먼저 마트 밖에 차곡차곡 겹쳐 있는 대형 카트들의 대열에서 한 대를 빼내는 것부터 고역이다. 한 손으로는 자꾸만 엉뚱한 데로 달아나려는 벤을 붙잡고 한 손만으로 밀었다 당겼다 하면서 카트를 꺼낸다.

바퀴 달린 새장처럼 생긴 초대형 카트를 끌고 다니느니 와이트 섬을 움직이는 게 더 쉬울 것 같다. 나는 벤을 유아용 좌석에 앉히려고 열심히 달랜다. 하지만 물건 담는 칸에 퍼질러 앉아 마음에 안 드는 물건을 밖으로 집어던지는 취미가 있으신 우리 아드님은 유아용 좌석에 앉기를 한사코 거부하신다. 낙심한 나는 밀크초콜릿 아이스크림 상자를 까서 두 개를 손에 쥐어준다. 벤이 양손에 초콜릿 아이스크림을 들고 좋아할 때, 그때를 놓치지 않고 아이를 번쩍 들어서 유아용 좌석에 앉히는 것이다(애한테 뇌물 공세를 펴는 나쁜 엄마다운 짓이다). 이제 목록에 올려놓은 37개 품목을 골라서 담기만 하면 된다. 오늘 아침에 내가 라디오를 집어던졌더니 리처드는 생일파티 문제로 내가 너무 스트레스를 받는 것 같다고 말했다. 자기가 마트에 다녀올 테니 나는 좀 쉬면 어떻겠느냐고 했다. 그래서 난 말했다. 절대 안 된다고, 당신이 물건을 제대로 사올 리가 없다고.

리처드는 하얀 가운을 걸친 의사처럼 근엄하게 대꾸했다.

"목록에 다 적혀 있잖아, 케이트. 왜 물건을 제대로 사올 리 없다는 거야?"

여자라면 다 알지만 남자들은 아무도 이해 못 하는 일이 있나니, 남자는 목록대로만 장을 보면 다 되는 줄 안다. 뭐가 문제냐고? 여자는 자기가 마트에 갔더라면 남편보다 훨씬 더 좋은 물건을 골라왔을 거라고 믿어 의심치 않기 때문이다. 여자는 프랑스의 비옥한 지역에서 방목

한 더 살집 많은 닭, 더 맛있는 요구르트, 이름은 몰라도 딱 이거다 싶은 샐러드용 채소를 건강식품코너에서 계시를 받은 듯 집어낼 수 있단 말이다. 남자는 제한하고 질서를 잡기 위해 목록을 작성하지만 여자에게 목록은 하나의 시작일 뿐이다. 여자는 그 목록을 좌표 삼아 자유로운 여행을 계획하는 것이다(여기서 내 말을 오해하지 않기 바란다. 나는 어느 쪽이 옳다고 따지려는 게 아니다. 여자가 목록에 없는 물건을 사서 그 구매가 실패로 돌아가면 '실험'으로 친다. 그러나 남자가 똑같은 짓을 했다가는 '돈지랄'이 된다).

오후 3시 31분 계산대에 줄을 섰다. 분명히 중요한 무언가를 빠뜨렸다. 그게 뭘까?

오후 3시 39분 아, 못살아. 벤이 기저귀에 똥을 왕창 쌌다. 내가 얼마나 여기서 주위 손님들이 킁킁대는 소리를 무시하고 서 있을 수 있을지 모르겠다. 벤이 두 번째 아이스크림을 해치운 손을 반바지 속에 집어넣는다. 벤이 다시 *끄*집어낸 손에는 아이스크림과 웅가가 떡칠이 되어 있다. 비참하다 못해 여기서 기절해버리고 싶다. 하지만 안전핀이 뽑힌 수류탄 들 듯 아이를 번쩍 들어 올려 기저귀 교환대가 구비되어 있는 마트 제일 구석 화장실까지 후다닥 뛰어간다.

오후 4시 1분 다시 줄을 선다. 16분을 날렸다. 이미 파티용 음식의 10분의 1은 벤이 먹어치운 것 같다. 벤은 기분 좋게 우적우적 먹어댄다. 나는 계산대 옆에 비치된 잡지를 한 권 들고 별자리 운세를 읽으며 혈압을 가라앉힌다.

목성이 이제 제9궁으로 진입하는 시기이므로 당신에게는 대단히 좋은 일이 일어날 것이다. 정신적으로 성장하고 시야가 넓어질 것으로 기대된다. 모두에게 깊은 애정을 느끼게 되며 그동안 통제가 불가능했던 아이들까지도 사랑으로 감싸 안을 수 있게 된다. 이 시기의 가장 긍정적인 효과는 분노 수치가 최저점으로 떨어진다는 데 있다. 한없는 행복감이 사라진 후에도 이러한 평정심을 유지하는 것이 관건이다.

"실례합니다만, 고객님?"

나는 드디어 내 물건을 계산대 컨베이어벨트에 올려놓을 차례구나 싶어서 고개를 든다. 하지만 계산원 아가씨는 내가 대형 카트가 통과할 수 없는 일반 카트 계산대에 줄을 서 있다고 알려준다.

"죄송합니다만 고객님께서는 대형 카트 전용계산대로 가셔야 합니다."

"죄송하다고요? 죄송하다는 말만 하면 다예요?"

나는 5초간 침묵을 지키다가 성질이 확 뻗쳐서 12개들이 홀라후프 다발을 주먹으로 내리치고 만다. 우당탕탕 요란한 소리에 경비원이 가로대를 넘어 뛰어온다. 가까이 있던 다른 아이들이 으앙 하고 울음을 터뜨리자 벤도 따라서 운다. 모두에게 깊은 애정을 느끼게 된다면서?

오후 4시 39분 계산원은 물속에서 움직이듯 느려 터졌다. 이 여자가 싹싹하고 친절하게 구니까 더 열 받는다.

"이 상품을 하나 더 구매하시면 하나가 무료라는 거 아세요?"

"네?"

"이 생치즈 말이에요. 덤 상품을 원하시나요?"

"아뇨, 됐어요."

"파티 하시나 봐요?"

아니, 난 미니소시지 80개, 바비 초콜릿 롤 24개, 그리고 알록달록 보석 비스킷을 덕용 봉지로 샀는데 나 혼자 다 먹을 거야. 난 정신 나간 폭식증 환자라서 말이야.

"딸 생일이에요. 내일이면 여섯 살이 되거든요."

"아, 귀엽겠네요. 포인트카드 있으세요?"

"아뇨."

"이렇게 상품을 대량 구매하신다면 하나 만드시지요? 굉장히 절약이 된답니다."

"사실은 시간이 없어요."

"캐시백은요?"

아니, 정말 됐다니까. 난 가봐야 한단 말이야.

"따님이 정말 귀엽게 생겼네요."

"뭐라고요?"

"따님 말이에요. 너무 귀여워요!"

"얘는 남자앤데요."

"어머, 곱슬머리가 길어서 여자애인 줄 알았어요. 엄마한테 머리 좀
잘라달라고 하세요, 꼬마 손님."

왜 마트에는 워킹맘 전용 계산대가 없을까? 빈틈없고 능률적인 안드
로이드를 계산원으로 앉혀놓으면 되잖아? 아니면 프랑스 사람들이 좋
겠어. 프랑스인이라면 잘할 거야.

오후 9시 43분 모든 것이 계획대로 진행 중이다. 에밀리와 벤은 잠
들었다. 선물돌리기 게임 준비에만 1시간 하고도 45분이 걸렸다. 데브
라가 요즘은 우리 어릴 때랑 달라서 겹겹이 싼 포장지 맨 안쪽에 선물
하나만 달랑 넣으면 안 된다고 미리 일러주었다. 아이들이 인생은 불공
평하다는 부정적인 생각을 하면 안 되기 때문에 한 겹 한 겹마다 선물
을 끼워 넣어 모두에게 선물이 하나씩 돌아가게 해야 한단다. 도대체
왜? 인생은 불공평한 거 맞잖아. 포장지를 몇 겹이나 간신히 벗기고 나
니 승리자라는 타이틀은 얻었지만 실상은 만신창이더라, 뭐 그런 게 인
생이잖아.

옆방에서 리처드는 텔레비전을 보면 초대 손님들에게 나눠줄 선물 보따리들을 채우고 있다.

(물론 원칙적으로는 애들이 집에 가져갈 작은 답례용 선물 따위에 너무 공을 들여서는 안 된다고 본다. 이런 걸로 경쟁하다니, 군비경쟁처럼 너 죽고 나 죽자는 짓밖에 안 된다. 그러나 현실의 나는 너무 겁쟁이라서 케이크 한 조각에 풍선 하나씩만 나눠주고도 할 만큼 했다고 생각할 배짱이 없다. 머피아들이 킬러라도 고용해서 날 처리하라고 할까 봐 무섭다.)

안타깝게도 마트 제과점에서는 교환 요청이 너무 늦게 들어왔다는 이유로 분홍색 케이크를 노란색으로 바꿔달라는 내 요구를 묵살했다. 에밀리가 제일 좋아하는 색은 분홍이었는데 그 후에는 노랑이 됐다. 내가 케이크를 주문할 때만 해도 분홍이 다시 상승세를 되찾아 과거의 영화를 누리는가 싶었는데, 일주일간 출장을 다녀와 보니 노랑이 다시 왕좌를 되찾았다. 그래도 괜찮다. 난 스펀지케이크를 사놓았으니까 내가 직접 노란색 크림을 발라주면 된다. 솜씨야 형편없겠지만 그래도 애정이 담뿍 들어갈 거 아냐. 엄마의 손길이라는 게 얼마나 의미심장하냐고. 아, 젠장. 그런데 아이싱슈거가 어디 있더라?

오후 11시 12분 찬장 뒤, 줄줄 새는 간장병 밑에 처박혀 있던 아이싱슈거 상자를 찾다. 유통기한이 1년 지난 아이싱슈거는 한 덩어리로 단단하게 뭉쳐 있다. 우리 아빠가 아폴로 우주선 운운하며 만들었던 위조 월석이랑 비슷하게 생겼다. 5만 파운드 상당의 큼지막한 코카인 덩어리 같기도 하고. 이게 코카인이 아니라 다행이다. 만약 그랬다면 나 혼자 이걸 집어삼키고 부엌바닥에 누워 고통 없이 저 세상으로 가기를 기다릴지도 모른다.

어쨌든 스펀지케이크에 바를 정도는 되겠다. 아이싱슈거 덩어리를 다시 가루로 빻는 데 8분이 걸렸다. 따뜻한 물을 한꺼번에 너무 많이 붓지 않으려고 주의하면서 조금씩 섞고 미량의 황색 식용색소를 떨어뜨린다. 연한 레몬색이 살짝 돌기 시작한다. 색소를 아주 조금 더 넣는다. 이 색을 뭐라고 해야 하나? 유치원 웅변대회 날 남학생 대표 엄마가 입을 법한 드레스 색깔? 생일 케이크는 좀 더 선명한 노란색이 좋을 것 같다. 달걀노른자 같은 노란색, 반 고흐의 노란색처럼. 과감하게 몇 방울을 더 떨어뜨린다. 아이싱슈거 반죽이 소변 표본처럼 샛노란 물색으로 변한다. 나는 두 방울을 더 넣고 맹렬하게 거품기를 젓는다.

거품 볼 속의 내용물을 보고 있자니 울고 싶다. 마침 남편이 아동발달에 대한 다큐멘터리 얘기를 하면서 부엌으로 들어선다.

"아기들이 생후 3개월부터 성역할을 인지한다는 거 알아? 아마 벤이 스포츠란을 펼쳐들고 변기에서 죽치는 이유가 그건가 봐. 자기도 아빠처럼…… 으악, 케이트. 이게 뭐야?"

리처드는 아이싱슈거 반죽을 손가락으로 가리킨다. 이제 아이싱은 좋게 표현해서 사자나 기린의 털 색깔이고, 까놓고 말하자면 벤이 응가를 왕창 싸놓은 기저귀를 떠올리지 않을 수 없는 색깔이다.

리처드가 웃는다. 저 호탕한 웃음은 용서가 안 된다. 나 아닌 다른 사람이 이런 짓을 저질러서 얼마나 다행이냐는 듯한 웃음.

"걱정 마, 여보. 같이 해결해보자고. 음…… 아이싱이 똥 색깔이니까 그래, 젖소 케이크를 만들자고! 하얀색 초코볼 있지?"

٭٭٭

일요일, 오후 7시 19분 내가 생일 케이크를 들고 "생일 축하합니다, 에밀리, 생일 축하합니다, 에밀리!" 노래를 부르며 등장한 순간 조슈아 매튜가 구역질을 하면 토한 사건만 빼면 파티는 그럭저럭 잘 치렀다.

"엄마, 그런데 난 갈색 크림은 싫단 말이에요."

에밀리는 훌쩍댔다.

"에밀리, 이건 갈색이 아니라 노란색이야."

"그럼 노란색 싫어요. 분홍색이 좋다고요."

열여덟 명의 손님들이 돌아간 후에 나는 버릴 것들을 치우는 일에 매달렸다. 망가진 허파처럼 찌그러진 주스 팩, 바비 그림이 들어간 종이접시, 손도 대지 않은 달걀 샌드위치 36조각(부모들 기분을 생각해서 준비한 거다. 자기 주도적으로 행동하는 아이라면 식품첨가물 없는 음식은 입에도 대지 않는다). 오늘 아침 일찍 잭 아벨해머에게 이런 상황이라면 다른 동료에게 그의 재단 펀드를 넘기는 게 나을 것 같다고 이메일을 보냈다. 그에 대한 내 감정, 풋내기 짝사랑처럼 시작됐지만 지금은 숨 쉬기조차 힘든 이 감정 때문에 냉철한 사업상의 관계를 유지하기가 힘들다. 친근하지만 단호한 어조로 이메일을 작성했다. 그러고 나서 몇 시간 동안은 책임감 있게 행동했다는 자부심을 만끽했다. 책임감이야말로 어머니로서의 세계에서 가장 환하게 빛나는 전구가 아닌가. 하지만 그 다음에 그 전구가 터져버렸다. 전구가 터졌거나, 그게 아니면 내가 전선 위로 넘어지면서 전원을 뽑아버렸는지도 모르겠다. 배터리도 없고, 전기도 흐르지 않고, 고로 감전사고 따위도 없다. 잭의 답장이 궁금해서 받은편지함을 이미 5번이나 확인했다. 왜 이러니, 케이트. 상사병 걸린 사춘기 소녀처럼 굴지 마.

나를 부정하고픈 마음에 초콜릿 바비 롤 두 개와 스낵 한 사발을 먹어치우고 막스 앤드 스펜서에서 산 홈메이드 레모네이드에 진 반 병을 따라서 분홍색 병째로 벌컥벌컥 들이켠다.

오늘 밤은 덥다. 끈끈하고 습해서 차라리 비나 퍼부었으면 좋겠다. 계단 밑에서 끌어낸 선풍기는 소용도 없다. 부엌 식탁에 올려놓았지만 후텁지근한 공기만 휘젓고 끝이다. 네 시쯤 수영장으로 가려고 할 때 번개가 조금 치긴 했지만 더위를 한바탕 몰아낼 화끈한 번개가 아니라 갈색 종이봉투 찢어지듯 힘없는 번개였다. 맙소사, 더워 죽겠네. 냄새도 지독해. 나는 조슈아 매튜가 토사물을 쏟아놓은 양탄자를 털려고 정원으로 나간다. 오트밀 같은 토사물 속에 드문드문 알록달록 보석 비스킷들이 보인다.

선물돌리기 게임을 할 때 조슈아의 얼굴이 창백해 보여서 얼른 현관까지 데리고 나오긴 했다. 하지만 내가 현관문을 열려고 씨름하는 사이에 그 아이는 양탄자에 생일파티에서 먹은 간식을 죄다 토해버렸다. 조슈아의 엄마는 호들갑을 떨면서 나타났다.

"세상에나, 우리 가엾은 조시에게 무슨 일이 생긴 거죠?"

나는 명백한 현실을 지적하지 않으려고 마음을 다스렸다. 무슨 일이 생겼냐고? 당신네 아들내미가 500파운드짜리 우즈베키스탄 켈림 양탄자를 망쳐놨어요. 만약 우리 애가 이렇게 남의 집 양탄자에 토했다면 난 무릎을 꿇고 사과하며 수표를 내밀었을 거예요. 하지만 몸 전체가 흥분성 약초로 이루어진 듯한 이모젠 메이휴는 조슈아에게 '지나치게 많은 설탕'을 먹이지 않았는가만 재차 물었다.

나는 발랄한 여주인다운 웃음으로 무마하며 생일 파티 음식에 설탕이 들어가는 건 당연하지 않느냐고 했다. 그러나 이모젠은 나처럼 웃어주지 않았다. 그녀가 돌아갈 때 표정만 봐서는 곧장 식품첨가물 과다사용 케이크 건으로 고소장이 날아오지 싶다. 이모젠이 우리 집에서 나가기 무겁게 앤절라 브런트가 들이닥쳤다. 그녀는 코트를 펼쳐놓고 그 옆에 무릎 꿇고 앉아 다비나의 초록색 벨벳 옷에 묻은 딸기맛 짜먹는 요구르트를 긁어냈다.

"에밀리를 어디 보낼지 정했어요, 케이트?"

"아뇨."

"음, 다비나는 홀브룩 하우스에서 확실하게 입학허가를 받았고요. 목요일에 파이퍼 플레이스에서 2차 면접이 있어요. 파이퍼 플레이스는 굉장히 많은 가능성을 열어주는 학교니까 계속 거기를 지망하는 것 아니겠어요?"

"네, 그렇죠."

토사물 냄새를 지우려고 손을 씻고는 거실로 가보니 리처드가 소파에 쓰러져 자고 있다. 얼굴에는 신문의 '일요란'이 펼쳐져 있다. 리처드가 숨을 쉴 때마다 1면에 실린 마돈나 사진에서 가슴 부분이 들썩들썩한다. 헤드라인은 '처녀에서 축복받은 엄마로'다. 어쩌면 엄마 대 엄마로서 켈림 양탄자에서 토사물 얼룩을 제거하려면 어떻게 해야 하는지 마돈나에게 전화를 걸어서 물어봐야 할지도? 아마 마돈나의 딸 생일파티에는 구토처리담당도 따로 있을걸. 자기 대신 육아를 담당할 사람들을 일개소대 수준으로 부리면서 엄마 노릇을 얼마나 충실하게 잘 해내는지 과시하는 유명인들은 정말 밥맛없다.

"리치?"

"으으으응?"

신문이 남편의 콧날에서 미끄러져 떨어진다.

"에밀리를 파이퍼 플레이스에 보낼까 봐."

"왜?"

"그 학교가 그렇게 많은 가능성을 열어준대."

"앤절라 브런트하고 또 얘기했구나."

"아냐."

"케이티, 그 여자 딸은 그렇게 들들 볶이다 결국 동네에서 마약 밀매나 하게 될걸."

"그 집 애는 오보에도 불 줄 알아."

"오보에를 연주하면서 동네에서 마약을 판다, 그거 좋네. 당신 딸은 「메리 포핀스」를 처음부터 끝까지 줄줄 외워. 그러니까 애를 너무 몰아세우지 말자고, 알았지?"

수영파티를 하는 동안 리처드는 에밀리네 반 친구 로랑의 엄마 마틸드와 가장 수심이 깊은 구역에 가 있었다. 그동안 나는 얕은 물에서 오렌지색 뱀 모양 튜브를 보고 소리를 빽빽 지르는 열 명의 아이들을 혼자 건사하느라 진땀을 뺐다. 집으로 돌아오는 차에서 리처드는 이런 말을 했다.

"프랑스 여자들은 몸매 관리를 참 잘하는 것 같지?"

남편의 말투가 시어머니 말투랑 영락없이 똑같았다.

"마틸드는 직장에 나가지 않잖아."

나는 비아냥거렸다.

"그게 무슨 상관이야?"

"서른 넘으면 몸매관리도 엄청난 일이야. 그리고 당신이 몰라서 그렇지 나도 관리하고 있어."

리처드는 잠시 운전대에 머리를 처박더니 이렇게 말했다.

"당신 들으라고 한 얘기 아니야, 케이트. 왜 모든 말을 자신에게 날아오는 화살처럼 받아들이지?"

부엌을 다 치우고 나서 복도를 기어 다니며 오렌지색 쓰레기인지 뭔지를 일일이 엄지와 검지로 주워서 버렸다. 진공청소기를 돌렸다가는 애들이 깰 테니까. 그러고서 5분쯤 텔레비전을 봤나 보다. 한 시간 후에 전화벨 소리를 듣고 깼다. 시어머님의 전화였다.

"내가 뚱딴지같은 소리를 한다고 생각하지 말았으면 좋겠다, 캐서린. 아까 리처드랑 통화했는데 음성이 영 좋지 않더라. 내가 말할 계제는 아니다만, 어떤 일은 좀 손에서 놓아버리기도 하고 그래야. 목적지를 모르고 무작정 달리다간 어느새 가게 문들이 죄다 닫혀 있기도 하고 그런 거야."

"네, 어머님. 그런데 오늘은 에밀리 생일파티가……."

"그건 그렇고, 네 시아버지하고 나하고 로열 아카데미에서 하는 공연을 보러 토요일에 런던에 갈 거란다."

침묵이 한참 이어진 후에야 내가 말할 차례라는 걸 깨달았다.

"아, 잘됐네요. 어머님, 그런데 어디서 묵으시려고요?"

"너무 번거롭게 애쓰진 마라. 알았지? 네 시아버지와 나는 그냥 뜨거운 물 나오고 깨끗한 침구만 있으면 충분하단다."

오후 9시 40분 위층에 가보니 에밀리는 아직 잠들지 않았다. 하지만 중요한 행사를 치른 날이라 눈을 보니 피곤한 기색이 역력하다. 날이 덥다 보니 평소처럼 이불과 잠옷을 모두 생략하고 시트에 누워 있다. 에밀리의 벗은 몸이 어두운 방에서 진주층처럼 은은하게 빛난다. 고작 한 해 사이에—다섯 번째 생일이 벌써 12개월 전 일이라니 믿을 수가 없다—아기들 특유의 볼록한 배가 없어졌다. 배가 쏙 들어가고 장차 갖게 될 여자의 몸이 조금씩 윤곽을 드러내고 있다. 자기가 얼마나 아름다운지 모르기에 더욱더 아름다운 내 딸. 엄마는 항상 사랑하고 지켜주고 싶어. 엄마가 이제 절대로 상처주지 않을게. 나는 더 좋은 엄마가 되겠노라 말없이 다짐해본다.

"엄마?"

"그래, 에밀리."

"나, 다음 생일에는 일곱 살이 돼요! 그다음에는 여덟 살, 아홉 살, 열 살, 열한 살, 열두 살…… 열네 살…… 스무 살이 되는 거예요!"

"맞아, 그런데 우리 딸은 빨리 어른이 되고 싶어?"

"그럼요."

에밀리가 턱을 내밀며 대꾸한다.

"어른이 되면 모랜틱에 갈 수 있어요."

"모랜틱이 뭐야?"

에밀리가 여섯 살짜리도 아는 말을 모르느냐는 듯이 눈을 크게 뜬다.

"모랜틱을 정말 몰라요? 어른들이 저녁도 먹고 키스도 하는 데 몰라요?"

"아, 로맨틱 말하는구나."

에밀리는 내가 그 말을 들어봤다는 게 기쁜지 고개를 끄덕거린다.

"맞아요, 모랜틱이에요!"

"모랜틱 얘기는 어디서 들었니?"

"해나가 해줬어요. 그런데 거기는 남자애들하고만 갈 수 있대요. 가끔이지만 남자애들이 못되게 굴 수도 있대요."

짙고 무더운 어둠 속에 서서 에밀리와 대화를 나누노라니 이성 문제에 관한 한 앞으로 모녀간에도 할 수 있는 얘기와 할 수 없는 얘기가 나뉘리라는 생각이 든다. 이 아이도 나에게서 벗어나려면 자기만의 비밀이 필요할 테고, 나 역시 에밀리와 멀어지지 않으려면 지켜야만 할 비밀이 있을 것이다. 허리를 굽혀 딸에게 키스를 한다.

"모랜틱은 끝내주게 근사한 곳이란다."

내 딸이 아마도 엄마의 표정에 깃든 슬픔을 알아챘는지 조그만 손을 내밀어 내 손을 꼭 잡아준다. 그와 동시에 내 어머니의 손을 잡았을 때의 촉감, 차갑고 뼈가 도드라진 그 손의 느낌이 불현듯 떠오른다.

"엄마도 모랜틱에 갈 수 있어요. 그렇게 멀지 않아요."

나는 손을 내밀어 신데렐라 스탠드를 끄면서 대답한다.

"아니야, 에밀리. 엄만 너무 늙었단다."

보내는 사람: 잭 아벨해머

받는 사람: 케이트 레디

친애해 마지않은 캐서린에게,

이승에서의 우리 만남을 더 이상 이어가지 않겠다는 당신의 신중한 태도는 이해합니다. 또한 브라이언 뭐라는 유능한 동료에게 나와의 거래를 인수인계하겠다는 제안도 고맙게 생각합니다. 그러나 이상하게도 난 당신 없이는 거래를 계속하고 싶지 않군요. 레디 씨에 대한 선호가 워낙 강해서요.

그래도 희소식이 있어요. 이 세계 아닌 다른 세계에서 괜찮은 식당을 발견했죠. 송아지고기 메뉴도 없고 구석자리를 찜할 수도 있어요. 어때요?

사랑을 담아, 잭.

보내는 사람: 케이트 레디

받는 사람: 잭 아벨해머

'열두 번 죽었다 깨어나도*' 라는 식당 말이군요. 그거 좋네요. 창가자리

---

*The twelfth of never, 1970년대 팝 아이돌 도니 오스먼드의 노래 제목이기도 하다.

앉을 수 있대요?

K. xxxx.

저 바깥 정원에서 나를 부르는 잭의 음성이 장막처럼 짙고 부드러운
어둠을 가르고 들리는 것 같다. 젊을 때는 남자를 버리는 게 바닥의 옷
무더기에 옷 하나를 더 처박는 것만큼 쉬웠다. 그러는 게 낫다는 생각
도 했었다. 정이 들 대로 들었는데 상대가 날 버린다면 얼마나 견디기
힘들겠는가. 그래서 난 감정적으로는 늘 여행 가방을 싸놓은 상태였다.
내가 혹시 시간이 나서 심리 상담이라도 받으러 간다면 심리치료사는
우리 아빠가 집을 나갔기 때문에 내가 이렇게 됐다고 지적할 것이다.
게다가 난 그루초 막스Groucho Marx*가 했던 말—내가 왜 나랑 사귀
고 싶어 할 만큼 어리석은 인간을 좋아해야 하나?—을 지지하는 인간
이었다. 그랬던 내가 리처드를 만나서 사랑이 투자가 될 수도 있음을,
그것도 장기적으로 이익을 보장받는 투자가 될 수도 있음을 알았다. 그
전까지 나에게 사랑은 상처를 받든가, 아니면 상처를 주든가 양자택일
의 도박이었다.

리처드를 만나기 전에는, 아이들을 낳기 전에는 이별도 참 쉬웠다.
이제 이별이란 사무치는 슬픔밖에 남기지 않을 것이다. 아이들에게 리

---

*미국의 코미디언.

처드와 나는 '엄마 아빠'로 인식되는 한없는 사랑의 복합체다. 그 복합체를 반으로 쪼개버리면 아이들에게 '엄마'와 '아빠'는 별개로 사랑해야 하는 두 명의 독립된 인간들이라고 가르치는 셈이다. 난 그저 우리 아이들에게 그런 걸 요구할 수는 없다고 생각할 뿐이다. 남자들은 가끔 애들을 버리고 떠나지만 그건 남자들이니까 그럴 수 있는 거다. 여자들은 대개 그게 안 되기 때문에 끝까지 애들을 붙들고 산다.

잭과 함께하고 싶다면 난 고국을 떠나 타향살이를 해야 할 것이다. 정말 여기서 못 살겠다, 펄쩍 뛰고 환장하겠다, 뭐 그 수준까지 떨어지지 않고서는 그럴 만한 용기가 나지 않을 것이다. 그런데 난 아직 그 정도로 비참하진 않다.

꼭 기억할 것 내가 아이들에게 갚아야 할 빚. 내가 나 자신에게 갚아야 할 빚. 그 두 가지를 조화시키는 법을 연구할 것. 회의록을 직접 쓸 것(비서 로레인이 아파서 결근한다고 함. 날이 더워지면 늘 아프다고 하는 사람이니까). 셀프 선탠 꼭 할 것. 너무 창백해서 「애덤스 패밀리」에 나오는 여자처럼 보임. 5월 실적이 참담하므로 고객들에게 열심히 알랑거릴 것(주가지수는 마이너스 6퍼센트인데, 난 마이너스 9퍼센트). 넉 달 동안의 공든 탑이 5월에 한 방으로 무너졌음. 모든 성과는 홍해에 가라앉았음. 고객들에게 이 실적은 일시적인 것이며 적절한 대책을 세우는 중이라고 알릴 것. 바운시 캐슬 바람 빼기. 부장에게 모모를 남부끄러운 성차별주의자/인종

차별주의자처럼 대하지 말라고 할 것. 계단 카펫??? 스트레스 해소 스파 데이 예약. 「보그」 미용 섹션에서 추천한 단백질 마사지도 추가. 결혼기념일. 그런데 결혼기념일이 언제더라?

조그만 발이 쪼르르

오후 11시 29분 시부모님의 방문이 임박하자 저 멀리 있던 영양이 화가 나서 뿔을 내밀고 달려오듯 긴장감으로 공기가 팽팽해진다.

"여보, 너무 애쓰지 않아도 돼. 그런데 일요일 점심은 어떻게 할 생각이야?"

남편이 한 말이다.

"너무 번거롭게 애쓰진 마라, 캐서린."

시어머님이 세 번이나 전화를 걸어서 한 말이다. 그래서 진짜로 부담 없이 있다가 시어머님이 도착해서 냉장고를 열어보면 진주목걸이를 묵주기도 올리듯 만지작거리다가 시아버지를 끌고 휑하니 차에 오르시겠지. 그러고는 세인스버리 마트에서 바리바리 보따리를 들고 나타나

"비상식량을 좀 가져왔단다."라고 하시겠지.

하지만 이번에는 모든 것이 계획대로 진행되고 있다. 흠 잡힐 구석은 없다. 손님용 침대에는 깨끗한 시트를 깔았고 점심시간에 M&S에서 구입해놓은 청결한 새 타월을 욕실에 걸었다. 게다가 머피아 동서 셰릴이 좋아할 것 같은 여성스러운 우아함이 넘치는 골짜기의 백합화까지 침대 옆 꽃병에 꽂아놓았다. 또한 그동안 시부모님께 받은 선물들을 모두 꺼내서 눈에 잘 띄는 자리에 배치하는 것도 잊으면 안 된다.

시부모님 지역 출신의 유명화가 파멜라 앤더슨(섹시배우 파멜라 앤더슨과 아무 관계 없음)의 수채화 「코니스턴의 석양」

명품식기 로열 우스터의 에그 코들러(4개 세트)

전기 프라이팬

딕 프랜시스의 소설 양장본

베아트릭스 포터 기념 케이크 스탠드

그리고 또 뭐더라. 분명히 뭐가 더 있는데.

부엌 조리대를 깨끗이 치우고 에밀리가 내일 들고 갈 책가방을 챙겨준다. 책가방 안쪽의 『떠돌이 개 릴리』 책갈피 속에 가정통신문이 끼워져 있다. 부모님들께서 아이들에게 각 집안의 문화적 배경을 알려줄 수 있는 전통음식을 준비해서 세계민속축제에 보내주실 수 있을까요?

아니, 부모님들이 어떻게 그런 짓까지 해요. 부모님들은 돈을 버시느라 바쁘다고요. 어쨌든 유치원이 돈값을 하느라 이런 자리도 마련하다니 고맙게 생각하겠어요. 가정통신문을 맨 아랫줄까지 계속 읽어 내린다. 민속축제는 내일이다. **누구나 환영합니다!** 이 위협적인 명령 옆에 에밀리가 꾹꾹 눌러쓴 손글씨가 보인다.

"우리 엄마은 소피 엄마보다 훨씬 더 마니마니 요리를 잘애요."

이런, 제길.

찬장을 뒤지기 시작한다. 그런데 영국 고유의 것으로 보일 만한 음식이 뭐지? 로스트비프? 스포티드 딕? 영국 겨자가 한 병 있긴 하다만 뚜껑 주위에 묻은 내용물이 끈적끈적한 고무줄처럼 말라붙어 있다. 피시 앤드 칩스? 그래, 좋아. 하지만 생선이 없어. 난 감자칩을 만들어본 적도 없다고. 맥도널드에서 감자튀김 대☆자를 사다가 신문지에 싸서 가져갈 수도 있겠지만 극성엄마 알렉산드라 로가 이끄는 자연식품 광신도들이 어떤 표정을 지을지 상상해봐. 시리얼 선반 뒤에서 발견한 것은 본 마망Bonne Maman* 잼 두 병이다. 딸기잼은 토착음식의 아주 좋은 예 아니겠어? 단, 이 잼은 메이드 인 프랑스지만 말이야.

묘안이 떠오른다. 주전자에 물을 끓인다. 잼을 한 병씩 들고 주전자에서 올라오는 수증기를 쏘여서 라벨을 벗겨낸다. 서랍에서 새 라벨 스

---

* '좋은 엄마'라는 뜻의 프랑스어.

티커를 찾아서 동글동글한 전원풍 글씨체로 '새톡 딸기잼'이라고 쓴다. 자신만만해진 나는 라벨 한 귀퉁이에 딸기 그림까지 그려본다. 딸기가 아니라 부풀어 오른 췌장 같다. 라벨을 병에 붙인다. 됐다, 난 좋은 엄마가 맞아!

"케이트, 당신 뭐하는 거야? 지금 자정도 넘었거든?"

남편이 트렁크 팬티에 티셔츠를 입고 애완동물로봇 퍼비를 데리고 나왔다. 난 정말 퍼비가 싫다. 저놈의 애완동물로봇은 공포영화 『제인의 말로』에 나오는 베트 데이비스와 친칠라 사이에서 태어난 흉측한 잡종 같다. 퍼비와 남편은 어슴푸레한 빛 속에서 날 도무지 이해할 수 없다는 듯이 빤히 쳐다보고 있다.

"잼을 만드는 중이야. 아니, 꼭 알아야겠다면 사실은 잼을 '리메이크' 하는 중이지. 에밀리네 유치원에서 민속축제를 하기 때문에 에밀리가 영국 고유의 뭔가를 가져가야 한대."

"아침에 뭘 사서 보내면 되잖아."

"안 돼, 리치. 그럴 순 없어."

리처드가 거의 신음하듯 한숨을 쉰다.

"세상에, 도대체 몇 번이나 이런 꼴을 겪어야 해? 내가 그랬지? 당신은 포기하는 법을 배워야 해. 케이트, 당신처럼 업무 강도가 높은 일을 하는 여자들이 우리 어머니 세대처럼 매사를 일일이 챙길 순 없어. 그런 건 스스로 인정해야지."

나는 남편에게 말하고 싶다. 다른 여자들은 인정해도 난 그러지 못할 것 같다고. 하지만 퍼비가 나보다 먼저 치리릭 기계음으로 침묵을 깨뜨리고, 남편은 위층으로 올라가버린다.

오전 12시 39분 너무 피곤해서 잠을 이룰 수 없다. 나는 퍼비를 검정색 쓰레기봉투에 넣고 봉투 아가리를 묶어버렸다. 컴컴한 부엌에서 노트북을 열고 모니터의 희끄무레한 금속성 빛에 잠겨든다. 샐린저 파일을 불러온다. 모니터에 뜨는 숫자들이 내 마음을 달래준다. 숫자들은 나의 요청을 기꺼이 들어주고, 나 역시 숫자들에게는 거짓말을 할 수 없다. 반면에 집에서 나는 위조꾼, 사기꾼이 되어버린다. 부끄럽지는 않다. 선택의 여지가 없으니까 이러는 거잖아. 좋은 엄마는 집에서 직접 잼을 만들잖아? 다들 말은 안 하지만 그렇게 알고 있잖아? 시판 잼에 '엄마는 시차적응 중', '엄마는 시간활용 달인'이라는 브랜드 이름이 붙고 빵 포장지에 '아빠의 자부심'이라는 이름이 찍혀 나오는 날이 오면 그때야 비로소 우리 나쁜 엄마들, 지쳐 있는 엄마들이 솔직하게 두 손을 들고 나올 것이다.

금요일, 오전 7시 10분 리처드가 언성을 높였다. 나한테 늘 큰소리 내지 말라고 하는 그 사람이 큰소리를 내다니 별일을 다 보겠다. 우리는 조잘대는 아이들과 함께 아침을 먹는 중이었다. 그이가 에밀리한테 뭐라고 하는 소리를 들었어야 했는데.

"엄마, 나 여동생 낳아주면 안 돼요?"

"안 돼, 에밀리."

"여동생이 갖고 싶어요. 아빠, 우리 집에 여동생 있으면 안 돼요?"

"안 돼, 안 돼!"

"왜요?"

"여동생을 만들려면 엄마 아빠가 한 방에서 지낼 시간이 있어야 하거든."

리처드는 텔레비전 볼륨을 낮춰놓고 클로이인지 조인지 않는 여자의 볼록한 가슴을 뚫어지게 보고 있었다.

"그만 해, 리처드."

"그런데 네 엄마 아빠는 그럴 시간이 없어, 에밀리. 엄마는 또 뉴욕 출장을 가야 하는데 이런 상황에서 여동생을 갖기란 정말 힘들거든. 어쩌면 엄마는 아빠한테 엄마를 위해 힘써줄 남자도 찾아보라고 할지도 몰라. 식기세척기가 고장 났을 때도 엄마는 아빠 보고 그랬잖아? 여보, 이거 해결할 '남자' 좀 불러줘요."

"내가 그만하라고 했어."

"왜 그러는데, 케이트? 애한테 거짓말하지 마. 당신이 그렇게 말한 거 맞잖아."

"엄마, 데이지는 여동생 생겼어요."

"에밀리, 넌 남동생이 있잖아."

"벤은 남자애잖아요."

오전 8시 52분 오늘만은 내가 직접 에밀리를 유치원에 데리고 들어 간다(직장에는 병원에 들렀다 출근하겠다고 했다. 변명의 서열상 건강 문제가 까다로운 딸내미 키우기 문제보다 위에 있기 때문이다). 에밀리 는 내가 다른 엄마들처럼 유치원에 왔다는 사실에 들떴다. 친구들에게 서커스 공연에 내세울 말을 보여주듯 나를 내세우기도 하고 내 엉덩이 를 툭툭 치며 엄마 외모를 자랑하기도 한다.

"우리 엄마 되게 예쁘고 키도 크지?"

내가 준비한 민속축제 음식을 눈에 띄지 않게 슬쩍 올려놓고 싶었지 만 이미 유치원 강당 중앙의 탁자에는 상다리가 부러지게 거창한 요리 들이 차려져 있다. 웬 엄마는 커리를 넣은 염소 한 마리를 통째로 요리 해서 가져왔다. 커스티의 엄마는 진짜 양의 위에 오트밀과 양의 내장고 기를 싸서 요리해 왔다. 세상에나. 나는 딸기잼을 재빨리 잔뜩 쌓여 있 는 소다빵 뒤로 숨긴다.

"케이트, 안녕하세요! 드디어 파트타임 근무를 하시나 보죠?"

대형 공연장을 뒤집어놓은 것처럼 거창한 트리플을 꺼내며 알렉산 드라 로가 '짠' 하고 나타난다.

"아뇨. 제가 일하는 곳에 파트타임 근무 같은 건 없어서요. 솔직히 말하자면 하루 종일 일해도 부족하다고 생각하죠."

다른 엄마들은 다 웃었지만 클레어 달턴만은 웃지 않는다. 그녀는 셰리던 앤드 파쿼의 간부사원이니까. 나는 클레어가 초록색 젤리가 든 작은 그릇을 조심스럽게 탁자에 올려놓는 모습을 본다. 클레어는 젤리가 아직 완성되지 않았다는 사실을 들키지 않으려고 여전히 그릇을 조심스레 붙잡고 있다.

오후 12시 46분 캔디는 아기를 지우지 않고 있다. 아기에 대한 얘기는 거부하지만 점점 불러오는 배를 보면 알 수 있다. 캔디 취향은 언제나 섹시하게 몸에 착 붙는 옷이었지만 이제 그런 옷이 캔디의 몸을 거북해한다. 그래서 오늘 임부복 몇 벌을 챙겨왔다. 한두 벌은 직장에서도 입을 수 있는 디자인이고 어떤 것들은 나중에까지 요긴할 옷이다. 피자 나보나에서 점심을 먹으며 아무 말 없이 옷 가방을 건네주었다. 캔디는 회갈색 자루처럼 생긴 원피스를 들어 올리고는 이게 뭐냐는 표정을 짓는다.

"이봐. 이게 옷이야, 갈색 포장지에 끈 묶은 거야? 내가 이런 걸 좋아하긴 하지!"

"요긴할 것 같아서 가져왔어. 그뿐이야."

"어디에 요긴해?"

"임신 중에는 요긴해."

"맙소사, 이건 또 뭐야?"

캔디는 자수가 놓인 하얀 영국식 잠옷을 꺼내서 깃발처럼 흔들어본다. 옆 자리 손님들이 재미있어한다.

"항복, 항복합니다!"

캔디가 너스레를 떤다.

"이것 봐. 앞섶을 열기 쉽기 때문에 수유에 편해."

"아니, 내가 왜 앞섶을 열어야…… 아, 그렇군. 내가 젖을 먹여야 한다는 뜻이군. 생각만 해도 진짜 징그러워."

"음, 그렇지. 하지만 수만 년 전부터 아기는 그렇게 키웠거든?"

"뉴저지에선 아니야. 그런데 케이트?"

"응."

"아기 말이야. 너무 귀찮지는 않겠지?"

캔디의 얼굴을 가까이서 들여다본다. 캔디는 지금 농담을 하는 게 아니다.

"응, 그러진 않을 거야. 내가 보장해."

'18년 후에는'이라는 말을 덧붙여야 하지만 내 친구를 위해서 그 말은 꾹 참는다. 내 친구는 아직 준비가 되어 있지 않으니까.

오후 3시 19분 비상사태. 루가 없어졌다. 폴라가 전화를 했는데 오늘 아침 벤을 꼬마 스타 음악대에 데려갈 때만 해도 분명히 유모차에 있었고 돌아올 때에도 폴라 눈으로 확인을 했다고 한다. 그런데 벤이 오후 낮잠을 자고 난 후부터 루가 통 보이지 않는다나. 벤은 거의 제정신이 아니었단다. 폴라가 집안 구석구석을 뒤지는 동안 목이 터져라 울어댔다. 위층, 아래층을 이 잡듯 뒤졌지만 캥거루 인형은 보이지 않았다. 수화기를 통해 벤이 딸꾹질하며 우는 소리가 여기까지 들린다.

그러니까 처음부터 왜 외출을 하면서 루를 가져간 거야? 루가 없어지면 얼마나 난리가 날지 알면서 어떻게 그런 어리석은 짓을 할 수가 있어! 속으로만 생각한 게 아니라 이번만은 참지 못하고 큰소리로 그렇게 말했다. 폴라도 잘못했다고 생각하는지 목소리가 애처롭다.

"똑같은 걸 또 살 수 있을까요, 케이트?"

"중고 캥거루 인형 시장이 어떤지는 나도 몰라, 폴라."

오후 3시 29분 루를 처음에 구입한 울워스에 전화를 한다. 점원이 미안하지만 캥거루 인형은 재고가 없단다. 점장하고 통화할 수 있을까요? 네, 바꿔드릴게요.

점장은 캥거루 인형 생산이 중단되었다고 말해준다.

"전체적인 추세가 동물 모양의 부드러운 천 인형에서 작은 플라스틱 인형으로 옮겨가고 있거든요, 손님. 미스터 포테이토 헤드에는 관심 없으신가요?"

됐어요, 그런 건 벌써 골백번 시도해봤다고요.

오후 3시 51분 해로즈 백화점에 연락해보자. 거긴 있을 거야. 해로즈 백화점에는 없는 게 없잖아? 인형 코너에서 일하는 여자가 혹시 있을지도 모르지만 옆방에 가서 확인을 해볼 테니 전화를 끊지 말고 기다리라고 한다. 여자가 돌아와서 인형 모양을 설명해주는데 아무래도 루와는 다른 것 같다.

"아뇨, 아기가 딸린 건 싫어요. 네, 굉장히 급해요. 네, 오스트레일리아 걸로요. 오늘밤에 8인치짜리가 꼭 필요해요."

"케이트, 그런 게 필요한 줄은 몰랐는데."

고개를 들어 보니 로드 태스크 부장이 능글맞게 나를 내려다보고 있다. 세상에.

"미안해요, 로드. 캥거루를 구하는 중이에요."

"그렇군. 설마 다른 걸 원할 거라고는 나도 생각하지 않았소."

책상 두 개 너머에서 가이가 킬킬대는 소리가 들린다. 부장이 시야에서 사라지자마자 가이에게 빨리 인터넷을 뒤져서 캥거루 인형을 검색해보라고 소리친다.

오후 9시 43분 벤을 재우는 데 2시간 하고도 43분이 걸렸다. 양, 북극곰, 보라색 공룡, 모든 종류의 텔레토비 인형들을 쥐어줬지만 루를 대신하진 못했다. 벤은 인형들을 아기침대 밖으로 홱 내던지며 날뛰었다.

"루, 루."

벤은 울부짖었다.

나는 벤을 안정시키려고 손에 내 전동칫솔을 쥐어주고 아이를 안은 채 파란색 의자에 앉는다. 벤은 새끼원숭이처럼 내 셔츠를 꼭 움켜쥐고 나한테 누워 있다. 아이가 숨을 몰아쉴 때마다 폐에서 작은 문이 열렸다 닫혔다 하는 것처럼 쉭쉭 소리가 난다. 아, 하느님. 제발 루와 똑같은 인형을 구하게 해주세요.

✆✆✆

시부모님이 와 계신 동안 모든 일이 순조로웠다. 지금 생각하니 그렇게 순조롭게 지나간 것이 신기하다. 시어머님은 부엌에서 최대한 칭찬을 하려고 노력했다. "공사가 마무리되면 정말 근사한 부엌이 되겠다."고 했으니까. 어쨌든 나는 시종일관 우아한 미소를 거두지 않았다. 심지어 아이들과 간식을 먹다가 시어머니가 시아버지에게 "재미있기도 해라, 에밀리는 웃을 때는 아빠를 닮았는데 인상을 쓰면 엄마랑 똑같이 생겼네요."라고 말했을 때에도 나는 미소를 짓고 있었다.

그날 저녁으로 우리는 이탈리아 요리를 먹었다. 나는 루콜라를 잘 씻어서 준비하고 불에 탄 빨간 피망은 어린 시절 무릎에 생긴 딱지를 떼어내듯 신중하게 껍질을 벗겨냈다. 오븐 상단에서 양다리고기를 구워내고 하단에는 정원에서 따온 로즈마리를 곁들여 감자를 구워냈다.

심지어 애들 목욕을 시킨 후에 나도 짬을 내어 후다닥 목욕을 하고 깨끗한 블라우스와 벨벳 치마를 입은 후에 시어머니의 크리스마스 선물 (얼룩을 쉽게 닦아낼 수 있는 리버티 날염 앞치마)을 허리에 둘렀다.

나는 저녁식사 정경을 바라보며 그렇게 생각했었다. 그래, 지금이야말로 내 인생에서 보기 드물게 빛나는 순간 아니겠어? 여성잡지에 실리는 사진 같은 순간이야. 난 지금 세련되게 꾸민 집에서 존경하는 시부모님을 모시고 식사를 대접하는 가정의 여신이지. 시어머니가 빨간 피망을 어떻게 요리한 거냐고 물어보았을 때, 난 보고야 말았다. 떡갈나무 마루판에서 쪼르르 기어가는 쥐 한 마리의 포동포동한 뒷모습을.

희한하게도 에티켓을 다룬 책들은 이런 정찬파티에서 쥐를 발견했을 때 어떻게 해야 하는지 가르쳐주지 않는다. 여러분이라면 어떻게 하겠는가?

a) 유쾌하게 웃으며 애완동물로 기르는 쥐인 척할까?

b) 호들갑을 떨며 감탄한다. "아, 메인 요리 재료가 나왔군요!" 유명 푸드코디네이터가 앞으로 설치류 요리가 유행할 거라고 했다. 실제로 베트남에서는 쥐 요리도 많이 먹는다던데?

c) 손님들을 위층으로 데리고 올라가 최대한 술을 많이 마시게 한다. 남편이 딸내미의 메리 포핀스 우산으로 쥐를 쫓는 동안 아무 소리도 들리지 않게 버트 바카락의 CD를 아주 큰소리로 틀어놓을까?

리처드와 나는 여기서 c를 선택했다.

아래층에서 쥐는 휴대용 아기침대 속에 들어가 있었다. 자기를 일종의 헝겊 인형으로 봐주기 바랐던 모양이다. 그러나 오래지 않아 쥐는 부엌을 마구잡이로 돌아다녔다. 시어머니가 지금 생각해보니 뭔가가 발을 스치고 지나가는 느낌이 났다고 질색하면서 당장 아스피린을 먹고 잠자리에 들어야겠다고 했다. 아무도 내가 만든 후식(라즈베리 소스를 곁들인 복숭아 아마레토)을 먹고 싶어 하지 않았다. 문득 부엌바닥에 쌓여 있던 건포도더미가 생각나면서 기분이 싸해졌다.

리처드는 쥐를 정원으로 통하는 문으로 쫓아낸 후에 말했다.

"너무 신경 쓰지 마. 당신이 쥐를 무서워하는 것보다 쥐가 당신을 더 무서워해."

그게 그런 것 같지 않더라고. 그놈의 쥐 때문에 난 쥐 공포증이 생겼다. 찬장을 열 때마다 쥐와 얼굴을 딱 마주칠까 봐 속이 뒤집어질 것 같은 공포를 느끼게 생겼다. 그날 밤, 쥐의 수염과 발톱이 내 꿈을 휘저어 놓았다.

월요일, 오전 9시 38분 난 내가 고용한 청소부에게 잘렸다. 우리 집안의 개망신 연보에서 이번 사건은 몇 위쯤 될까? 오늘 아침 아래층으로 내려갔더니 시어머니와 후아니타 아줌마가 누군가를 흉보느라 여념이 없었다. 우리 시어머니는 누구나 들을 수 있는 큰소리로 혀를 끌끌

찼고, 후아니타 아줌마는 부엌 조리대를 기어가는 쥐 흉내를 내고 사람이 지나갈 수도 없을 만큼 부엌 한쪽에 수북이 쌓인 신문과 장난감 더미를 손가락질했다. 시어머니는 "그럴 만도 하죠."라고 했다. 시어머니는 스페인어를 전혀 못하지만 여자들만 구사할 수 있는 '남의 흉보기' 국제통용어 덕분에 후아니타 아줌마랑 입방아를 찧는 데 아무 문제도 없었다.

"쥐 잡는 사람은 불렀어요."

나는 다 듣고 있으니 더 이상 내 흉을 들추지 말라는 뜻에서 일부러 큰소리로 선언했다.

후아니타 아줌마는 '쥐'라는 단어를 듣자마자 신음소리를 내며 몸서리를 쳤다.

시어머니가 나서서 한 마디 했다.

"음식을 함부로 버려놓으니 쥐나 해충 같은 게 꼬이지."

"전 음식을 함부로 버려두지 않아요."

하지만 시어머니는 이미 현관 쪽에서 짐을 꾸리고 있는 시아버지 옆으로 가버렸다. 시아버지는 유감스럽다는 듯 살짝 손을 흔들어 보였다.

시부모님이 떠나자 후아니타 아줌마가 정말 미안하지만 더는 우리 집 일을 못하겠다고 했다. 아줌마는 과장된 손짓과 흐느낌으로 자기 의사를 전달했다. 이 시점에서 우리 집이 이 꼴이 된 이유는 첫째, 아줌마가 지난 2년간 몸이 좋지 않아서 청소를 제대로 하지 못했기 때문이고 둘째, 내가 아줌마의 태만을 너무 오냐오냐 받아줬기 때문이라고 분명히 짚고 넘어갈 기회는 충분했다. 아, 나 자신이 고용인이 시중을 들어주는 환경에서 자라보지 않았기 때문에, 그리고 내 집도 깨끗이 건사하지 못하는 여자라는 게 창피했기 때문에 그렇게 관대하게만 대했을 것이다(셰릴 형님이 그런 말을 한 적이 있다. "동서는 아마 숫자에 빠삭할 거예요. 그렇지만 저 걸레받이 부분을 좀 보세요!").

그래서 내가 후아니타 아줌마에게 그런 생각을 솔직히 피력했느냐하면, 꼭 그렇지만은 않았다. 난 지갑에 있던 현금을 모두 아줌마에게 주고 나중에 우편으로 더 보내겠다고 했다. 하이게이트에 사는 친구들이 있는데 그 친구들이 청소부를 구한다고 하면 추천장도 써주겠다고했다.

꼭 기억할 것 쥐 잡는 사람 수배! 새 청소부 고용! 반드시 루를 대신할 인형을 구해야 함. 고객들의 의견과 일치하는 대리투표 정책. 4분기 실적보고서 완성. 회의록은 직접 기록할 것(로레인은 계속 병가 중). 끔찍한 6월 실적으로 정신이 나가 있는 모모와 최종 프레젠테이션을 통해 고객을 유치할 수 있을 것으로 전망. 경쟁자들의 실적 확인—어쩌면 그 사람들 실적이 나보다 나쁠지도? 일본 사무실에 국제전화를 걸어 주식시장 얘기를 나눌 것. 에밀리 샌들(어린 아이의 발을 혹사하는 엄마로 아동학대방지협회에 고발당할지도 모름). 슈거 퍼프 시리얼. 진통제. 스파 예약 취소.

I don't know how she does it

도우미 파동

오전 6시 27분 정원에 나와 있는데 새벽부터 이렇게 찌는 걸 보면 오늘은 무진장 더울 것 같다. 공기가 벌써 뜨거워질 조짐을 보인다. 내가 미국에 가 있는 동안 아무도 정원의 식물을 돌보지 않았다. 달팽이는 옥잠화를 갉아먹었고 테라코타 화분에 심은 팬지들은 바싹 말라버렸다. 팬지를 손끝으로 살짝 건드리기만 해도 보라색 가루가 날릴 정도다. '마음의 안정'이라는 꽃말이 마음에 들어서 특히 이런 팬지들을 많이 심었는데. 언젠가 내가 시간이 좀 나거든 이 정원도 무척 아름답게 가꿀 수 있겠지. 로벨리아, 동백, 월계수, 재스민을 심고 거대한 돌조각 사이사이에 마음의 안정을 상징하는 팬지들을 흐드러지게 피워낼 것이다.

위층 창을 통해 낑낑대는 소리가 들린다. 애들도 나처럼 너무 더워서 잠을 설치나 보다. 벤이 5시쯤 비명을 지르며 깼을 때, 나도 나쁜 꿈에 빠져 있었다. 여름에는 꿈도 다르게 꾸게 된다. 열병 걸린 사람처럼 땀을 흘리며 자꾸만 가라앉는 기분에 빠지지만 그러면서도 그냥 이대로 묻혀버렸으면 좋겠다고 생각하는 것이다. 어쨌거나 벤의 방에 가보니 아이가 땀에 흠뻑 젖어 있었다. 가엾게도 얼마나 땀을 흘렸는지 새끼 바다표범처럼 내 품에서 미끄러질 정도였다. 욕실에 데려가 몸을 닦아주고 기저귀를 갈아주는데 왠지 아이가 새끼돼지가 그려진 목욕수건을 무서워하고 있었다. 물을 한 잔 줬더니 벤은 성질을 내면서 "사가"라고 했다. 사과주스를 달라는 뜻이다.

벤에게 주스를 주지 말라고 폴라에게 몇 번을 얘기해야 하나? 나는 속으로 도우미에게 한바탕 퍼부을 말을 생각해봤지만 폴라도 최근 들어 '여자들의 생리적 고충'에 대해 말이 많았으니 언제 아파서 출근을 못하겠다고 할지 모르겠다. 게다가 방학은 보모를 구하기가 제일 힘든 시기다. 젠장. 젠장.

오전 7시 25분 폴라의 목소리를 듣자마자 오늘 못 오겠구나 알아차렸다. 로빈 쿠퍼클락 국장이 아이들을 데리고 휴가를 갔기 때문에 오늘은 내가 글로벌 자산할당회의를 주관해야 한다. 에밀리와 벤을 맡아줄 유치원이나 어린이집은 죄다 방학에 들어갔는데 도우미가 못 온다니,

참 끝내준다.

여름방학이란 전통적으로 즐겁고 유유자적한 기간이 아니었던가. 하지만 워킹맘에게 여름방학은 최악의 고비다. 무더운 날씨, 무심한 나날은 불쾌지수를 높인다. 나도 야외활동을 즐기고 싶고, 신발을 벗어던지고 시원한 물에 뛰어들어 첨벙첨벙 놀고도 싶고, 콘에서 흘러내리는 바닐라 아이스크림을 핥아먹고도 싶단 말이다.

폴라가 길고 의미심장한 한숨을 쉰다. 그동안 몸이 계속 좋지 않았다고, 특히 그 쥐 사건 때문에 몹시 기분이 불편했단다. 그래도 케이트가 바쁘다는 걸 잘 알기 때문에 걱정을 끼치지 않으려고 노력했다나. 도우미들의 전통적인 수법이다. 선제공격을 날려서 내가 한바탕 퍼부을 틈도 주지 않겠다 이거지. 나는 이해한다는 듯이 '응', '응'을 연발하면서 머릿속으로는 명함철을 뒤져서 오늘 애들을 맡아줄 사람을 물색하기 바쁘다(리처드는 선더랜드 이동식 간이주택 프레젠테이션 건으로 출장 중이다).

맨 처음 떠오른 사람은 앤절라 브런트, 우리 이웃이자 이 지역 머피아 두목이다. 전화번호를 누르는데 갑자기 헤드라이트가 번쩍번쩍한 포드자동차를 닮은 앤절라의 얼굴이 떠오른다. 이건 완전히 야심덩어리 엄마가 이기심으로 활활 불타는 비행기에서 빠져나오면서 구조를 요청하는 꼴 아닌가. 안 돼. 앤절라가 의기양양해하는 꼴은 못 봐. 대신 방송국 프로듀서 앨리스에게 전화해서 그 집 도우미가 오늘 하루만 우리 애들까지 봐줄 수 없는지 부탁한다. 이렇게 중요한 회의가 아니면 절대 부탁하지 않을 거야. 어쨌거나 우리 회사에서 무단결근은 불법이나 다름없고, 또……

앨리스는 걸걸한 목소리로 내 말을 끊는다. 됐어, 나도 다 겪어봤거든. 도우미가 오늘 애들을 데리고 수영장에 갈 건데 너희 애들도 같이 가도 괜찮다면 얼마든지 와도 돼. 이 상황에서 회사로 나가 회의 준비를 할 수만 있다면 보르네오 섬에서 벤과 에밀리에게 낙하산 비행을 시킨다고 해도 얼마든지 괜찮아.

오전 7시 32분 페가수스 콜택시에 전화를 건다. 윈스턴이 또 전화를 받는다. 왜? 페가수스 콜택시엔 이 사람밖에 없나? 갑자기 이 친구가 무슨 수작을 부리는 건가 궁금해지기 시작한다.

윈스턴이 15분 내로 도착하겠다고 말한다. 나는 4분 안에 와야 한다고 말한다.

"어디 내가 할 수 있나 봅시다."

윈스턴은 천연덕스럽게 대꾸한다.

갑자기 가슴이 넉넉하고 위안이 되는 사람의 무릎에 올라 앉아 한참을—아, 25년 정도면 적당할 것 같아—그렇게 기대고 싶은 말도 안 되는 충동이 치솟는다.

"엄마?"

"왜 그러니, 에밀리?"

"천국은 좋은 곳이죠?"

"그래, 천국은 아주 좋은 곳이란다."

"그럼 맥도널드도 있어요?"

"어디에?"

"천국에요."

"나 참, 천국에 그런 건 없어. 엄마는 벤 날개나 챙겨야겠다."

"천국에 가려고 날개를 챙겨요?"

"뭐? 아니야. 물놀이용 날개 있잖아. 너네 오늘 수영장 갈 거야. 냇과 제이콥 기억하지?"

"왜 천국에는 맥도널드가 없어요, 엄마?"

"왜인지는 나도 몰라. 죽은 사람은 뭘 먹을 필요가 없나 보지."

"죽은 사람은 왜 먹지 않아도 돼요?"

"벤, 안 돼. 벤, 그러면 안 돼요. **당장 앉아.** 엄마가 주스 갖다줄게…… 엄마 옷에 이러면 안 돼!"

"엄마, 나 다음번 생일파티는 천국에서 하면 안 돼요?"

"에밀리, **제발 입 좀 다물지 못하겠니?**"

오전 7시 44분 페가수스가 새 차를 집 밖에 세웠다. 어쨌거나 그 회사로서는 새 차다. 니산 프리메라는 먼지구름을 뒤집어쓰고 있지만 최소한 차문을 열 때 옷에 먼지가 떨어질 정도는 아니다. 아이들을 먼저 뒷좌석에 태우고 벤은 내 무릎에 단단히 앉히고 한 손으로 안는다. 다른 한 손으로는 핸드폰을 들고 도우미 알선업체에 전화를 건다. 상류층 출신 태를 팍팍 내는 젊은 여자가 소몰이꾼처럼 우렁찬 목소리로 전화를 받더니 도움을 주고 싶지만 요즘은 특히 도우미를 구하기가 어렵단다.

"아시다시피 방학이잖아요."

그래, 나도 알다마다.

모두 오래 전에 예약이 끝나 있단다. 예약이 없는 도우미는 신참 한 명뿐이란다. 크로아티아 여자고 나이는 열여덟 살. 영어가 서툴지만 아주 열심히 한단다. 애들도 예뻐한다나.

음, 무슨 일이든 시작은 있는 법이죠. 나는 머리를 열심히 굴려서 발칸 반도에서 학살이 일어났을 때 크로아티아가 어느 편이었는지 생각해본다. 전쟁 때 나치에 붙었다가 지금은 돌아섰나, 아니면 그 반대인가? 나는 이렇게 말한다. 좋아요, 오늘 저녁에 면접을 볼게요. 이름이 뭔가요?

"랫카Ratka예요."

그래, 그렇지. 쥐 잡는 사람한테 전화 걸어야 해. 도대체 왜 안 오는 거야? 에밀리가 내 다리를 수선스럽게 두들긴다. 아이는 운전수와의 대화에 푹 빠져 있던 것이다.

"엄마, 윈스턴 아저씨가 그러는데 천국에서 배가 고플 땐 허리를 구부리고 구름을 한 입 떼어먹으면 된대요. 솜사탕 먹는 것처럼요. 천사들이 구름을 만든대요."

에밀리는 내가 둘러댄 그 어떤 대답보다 윈스턴의 설명이 마음에 든 눈치다.

앨리스는 퀸스파크 가장자리의 신식 개조 주택에 산다. 지금은 이 동네 방 네 칸짜리 테라스 딸린 주택 가격이 콜로라도보다 더 비싸지만 앨리스는 그렇게 값이 뛰기 전에 이 집을 샀다. 에밀리는 안에 들어서자마자 냇과 제이콥과 신나게 논다. 하지만 벤은 처음 보는 브리오 기차세트를 보자마자 폭풍 속에서 돛대를 붙잡고 늘어지는 선원처럼 내 오른쪽 다리를 붙들고 놓아주지 않는다. 당장 박차고 나가야 하지만 앨리스네 도우미 조에게 굽실대느라 그럴 수 없다. 신경질적으로 울어대는 벤을 바라보는 조의 눈에서 '이게 지금 무슨 상황이지?'라는 의문을 읽을 수 있다. 결국 난 다리를 흔들어 억지로 벤을 떼어내고 아이의 비명소리를 외면한 채 밖으로 뛰어나와야 한다.

페가수스 뒷좌석에 앉아 『파이낸셜 타임즈』에서 회의에 필요한 자료를 수집하려고 애쓰지만 도무지 집중을 할 수가 없다. 벤의 울음을 잊고 싶어서 머리를 마구 흔든다. 윈스턴이 백미러를 통해 나를 주시하고 있다. 올드 스트리트에 도착할 즈음 윈스턴이 드디어 말문을 연다.

"이러면 얼마나 벌어요, 손님?"

"당신 알 바 아니잖아요."

"5만 파운드? 10만 파운드?"

"보너스 받기 나름이죠. 하지만 올해 보너스는 물 건너갔어요. 6월 실적이 형편없어서 잘리지 않은 것만도 다행이네요."

윈스턴이 양가죽을 씌운 운전대를 두 손으로 내리친다.

"농담이시겠죠. 하루도 빠짐없이, 1분 1초까지 회사에 바치고 있잖아요. 손님은 회사의 노예나 다름없어요."

"나도 어쩔 수가 없어요, 윈스턴. 사실 남편보다 내가 더 버니까요."

"워워."

윈스턴이 횡단보도를 건너는 수녀를 피하느라 급하게 브레이크를 밟는다.

"남편 분은 어떻게 생각하시죠? 이런 상황에서 남자들은 물건 쪽이 위축되는 경향이 있죠."

"내가 월급을 많이 받아서 남편 성기가 힘을 못 쓴다? 지금 그걸 말이라고 해요?"

"글쎄요, 사람들이 더 이상 아이를 낳지 않게 된 데에는 그런 이유도 있지 않을까요? 여성들이 직장생활을 하기 전에는 출산율이 문제되지 않았잖아요."

"요즘은 환경 파괴로 물에도 여성호르몬이 있어서 그런 거래요."

"요즘은 회사에 여성호르몬이 있어서 그런 거래요."

뒷좌석에서도 윈스턴이 입이 찢어져라 웃고 있다는 것을 알 수 있다. 뺨이 올라가면서 귀 밑 살갗에까지 주름이 잡혔기 때문이다.

"세상에, 윈스턴. 지금은 21세기라고요."

윈스턴이 고개를 흔들자 반짝반짝하는 금빛 먼지가 택시 안에 퍼진다. 에밀리가 봤다면 동화 속의 요정 같다고 했겠지. 윈스턴이 으르렁거리듯 말한다.

"몇 세기인지는 상관없어요. 남자들의 머릿속은 늘 같은 시간에 고정되어 있거든요. 여자랑 재미 보는 시간 말이에요."

"인류가 동굴에서 살던 시대는 진즉에 지나간 줄 알았는데요."

"손님 같은 사람이 모두들 착각하는 게 바로 그 점이죠. 여자들은 훌쩍 성장했지만 남자들은 그냥 여자들이랑 섹스를 하기 위해 졸졸 따라왔을 뿐이에요. 남자는 그냥 궁금해 하는 거예요. 내가 무슨 풍악을 울려야 여자가 좋아할까 생각해서 그대로 하는 것뿐이죠. 자, 이거나 하나 가져요."

윈스턴이 깡통을 홱 던져준다. 어렸을 때 봤던 동그란 구릿빛 깡통. 여행용 사탕이다. 줄리와 나는 어렸을 때 설탕을 입힌 배 사탕을 좋아했다. 아마 방울을 빨면 그런 맛이 나지 않을까 싶은 맛이었다. 하지만 엄마는 항상 단맛이 거의 나지 않는 이 보리엿 사탕을 줬다. 엄마는 보리엿이 뱃멀미에 좋다고 주장했다. 그래서 나에게 보리엿의 맛은 멀미와 떼려야 뗄 수 없는 것으로 남아 있다. 선착장과 멀미용 종이봉지, 길가로 비틀거리며 달려가 죽은 잔디로 손을 닦는다든가.

우리는 이제 런던의 금융가에 진입해 있다. 유리 협곡 같은 고층 빌딩 사이로 열기가 연보랏빛 안개처럼 올라온다. 사탕깡통을 연다. 잘 말아놓은 마리화나 여섯 개비가 보인다. 나는 목청을 가다듬고 라디오 채널 4의 아나운서 같은 말투로 입을 연다.

"회사 정책은 불법적인 약물을 해서는 안 된다고 못박아놓고 있어요. 특히 에드윈 모건 포스터 사옥이나 그 일대에서는 절대로…… 그런데 회사에 거의 도착해가니까 서둘러 피워야겠어요. 불 있어요, 윈스턴?"

오전 11시 31분 회의 자료조사는 글러먹었다. 『월 스트리트』의 활자들이 가만히 있어주지 않기 때문이다. 시장수익성 페이지에서 시커먼 줄들이 꿈틀대는 것이 징그러운 벌레들의 무도회 같다.

내가 진짜 미쳤구나. 목사관에서 셰리주를 긴 잔으로 들이켜고 취해버린 노처녀가 된 기분이다. 엄마 노릇, 혹은 엄마 노릇을 하느라 감수해야 했던 금욕생활 때문에 이제 어쩌다 견딜 수 없어서 먹는 진통제 외에는 그 어떤 약물도 즐길 수 없게 됐나 보다. 회의실까지는 어떻게 들어가긴 들어갔다. 하지만 일단 발을 들여놓자 회의실 벽들이 에서 Escher의 판화처럼 무한대로 반복되어 보인다. 슬라이드를 바꾸려고 일어설 때마다 쓰러지지 않으려고 책상 모서리를 꼭 움켜잡고 머리를 살짝 기울여야 한다. 마치 내가 수평을 측량하는 기구가 된 것 같다.

책상에 둘러앉은 열두 명의 펀드매니저들에게 입을 연 순간, 내 목소리는 제법 자신만만하게 들렸다. 하지만 다음 순간, 나도 누가 무슨 말을 하는지 잘 모르고 다른 사람들도 내가 뭐라고 말할지 전혀 감을 못 잡고 있다는 것을 깨달았다. 꼭 복화술을 하는 기분이다. 그럼에도 불구하고 약에 취해 마음이 느긋해진 나머지 동료들의 의견을 무시하고 당장 내일부터 회사 전체의 정책이 될 만한 투자결정을 밀어붙인다.

채권, 아니면 주식? 그게 무슨 문제가 되요. 영국, 아니면 일본? 빌어먹을, 바보나 그런 문제로 고민하는 거예요.

회의가 절반쯤 진행됐을 때 앤드류 맥마너스가 시선을 끌려는 듯 작게 헛기침을 하더니 참석자들에게 정말 미안하지만 자기는 일찍 나가봐야 한단다. 앤드류 맥마너스는 열혈 럭비광이고 어깨가 소파만큼 떡 벌어진 스코틀랜드 사람이다. 그의 사연인즉슨, 자기 딸 캐트리오너가 수영파티를 하는데 아빠도 꼭 같이 하기로 약속을 했다나. 회의실에 앉아 있던 전원이 당연히 가봐야 한다는 식으로 반응한다. 포르셰에도 기저귀 교환용 선반이 장착되는 그날이 오면 자기도 애를 가질지 모른다고 생각하는 젊은 남자 직원들도 움찔하는 기색조차 없다. 이미 아이가 있는 남자직원들은 요즘 아빠라는 자부심과 동지의식에 젖는다. 남자들보다 사정을 더 잘 알 리 없는 모모도 소리 없이 입술만 벙긋대며 감탄한다.

"자상하시기도 해라."

심지어 셀리아 함스워스조차 못된 계모 같은 얼굴에 어설픈 미소를 띠고 이렇게 말하는 게 아닌가.

"오, 정말 좋은 아빠군요, 앤드류! 그렇게 자상하다니요."

이건 뭐 앤드류 맥마너스가 다우 지수를 150포인트는 끌어올린 것 같은 분위기다.

앤드류는 내가 감탄하며 인정해주지 않는 유일한 동료라는 점을 깨닫고 어쩔 수 없다는 듯 어깨를 으쓱한다.

"알잖아요, 케이트."

그는 재킷을 걸쳐 입고 회의실에서 나간다.

그래, 알지. 뚫어지게 잘 알지. 남자가 자기 아이랑 잠시 즐거운 시간을 갖기 위해 회사를 조퇴하니까 헌신적이고 바람직한 아버지의 역할모델로 찬사를 받는구나. 여자가 아이가 아파서 조퇴를 해야겠다고 말했다간 공사도 구분 못하는 무책임하고 '애사심 부족한' 인간으로 찍힐걸? 아버지가 아버지로서의 모습을 과시하는 건 힘이 되지만 어머니가 어머니로서의 모습을 드러내는 건 약해빠졌다는 증거가 돼. 기회의 평등이라는 거, 참 멋지구나.

보내는 사람: 케이트 레디

받는 사람: 데브라 리처드슨

회의를 진행하고 있는데 동료 펀드매니저가 딸내미 수영파티에 가봐야 한다고 중간에 나가겠대. 그랬더니 모두들 그 자리에서 좋은 아빠로 인정하고 기사 작위라도 수여할 분위기더라. 만약 내가 그랬으면 부장이 그 자리에서 사형을 집행하고 게을러터진 여자들에게 본을 보이겠다며 피가 뚝뚝 떨어지는 내 머리를 잉글랜드 은행 벽에 매달아놨을걸.

이건 너무너무 불공평해. 그래서 난 '커리어우먼'이니 뭐니 하는 개소리는 고작 한 세대에 그치고 말 거라는 결론에 도달했지. 우리는 애 엄마가 일하기란 불가능하다는 산 증거들이야.

가방끈이 길면 뭐해. 우리 딸들은 요리학교에나 보내서 꽃으로 센터피스를 예쁘게 꾸미는 법, 2인분의 식사를 맛있게 준비하는 법이나 배우게 하자. 그러면 전업주부로 살면서 발톱이나 가꾸고 살 만큼 돈을 벌어다주는 남편감을 잡을 수 있을 거야.

긴급: 그런 인생에는 어떤 문제점들이 있는지 제발 알려줄래???

보내는 사람: 데브라 리처드슨

받는 사람: 케이트 레디

옛날 옛적에, 아주 먼 나라에

예쁘고 독립적이고 야무진 공주님이 살았습니다.

성 근처의 푸른 풀밭에는

오염되지 않은 맑은 연못이 있었고

공주님은 그 옆에서 환경 문제를 고민하고 있었는데

웬 개구리가 한 마리 나타났습니다.

개구리는 공주의 무릎에 폴짝 뛰어올라 이렇게 말했지요.

아름다운 공주님, 전 원래 잘생긴 왕자였습니다.

못된 마녀의 마법에 걸려 이 꼴이 되었지요.

그러나 공주님의 키스 한 번이면

전 다시 예전의 젊고 잘생긴 왕자로 돌아갈 수 있습니다.

공주님, 그렇게 되면 우리 둘이 결혼해서

당신의 성에서 가정을 꾸릴 수 있습니다.

당신은 내 식사를 준비하고,

내 옷을 빨고, 내 애를 낳고,

영원히 행복하고 감사한 마음으로 살아갈 수 있을 겁니다.

그날 저녁, 공주님은 살짝 튀긴 개구리다리 요리를 먹으며

혼자 씩 웃으며 생각했습니다.

미친놈, 헛소리하고 있네.

꾱꾱

오늘날의 남자들은 자기 아버지 세대보다 나은 아버지가 될 수밖에 없다. 그냥 기저귀나 좀 갈아주고 분리수거나 할 줄 알면 되니까. 그 정도만으로도 그들은 이전 세대보다 더 나은 부모 자격을 얻는다. 하지만

오늘날의 여자들은 우리 어머니 세대보다 부족한 어머니가 될 수밖에 없다. 이게 참 속상하다. 우리는 죽어라 열심히 일하는데도 실패가 우리의 숙명이기 때문이다.

에드윈 모건 포스터 사를 둘러보면 자녀가 있는 남자사원들 자리에는 애들 사진이 빼곡하게 놓여 있다. 컴퓨터를 부팅하거나 데스크패드를 보려고 해도 먼저 가족사진들과 한참 협상을 벌여야 한다. 가죽 액자, 악어가죽 무늬 액자, 구리접철로 연결되어 책처럼 펼칠 수 있는 더블 액자, 면마다 다른 사진을 끼울 수 있는 앙증맞은 주사위 모양 액자까지. 여기엔 이빨 빠졌을 때 사진, 저기엔 축구하는 사진, 2월 스키여행에서 귀여운 딸내미가 아빠에게 빨간 목도리를 감아주던 순간 부녀가 함께 카메라를 보고 환하게 웃는 사진도 빼놓을 수 없다. 남자들은 자기가 아빠라고 자랑해도 된다. 그게 힘의 상징, 좋은 가장의 상징이니까. 반면에 우리 회사 여자들은 아이들 사진을 책상에 잘 놓아두지 않는다. 직위가 높을수록 가족사진의 수는 적어진다. 남자가 자기 자리에 애들 사진을 두면 더 인간적으로 보이지만 여자가 그랬다간 별로 인간적인 인상을 주지 못한다. 왜냐고? 남자는 꼭 애들 곁에 있어줘야 하는 게 아니잖아. 그런데 여자들은 그래야 한다고 생각하니까.

나도 전에 에밀리와 벤의 사진을 내 자리에 올려놓곤 했다. 벤이 겨우 등을 기대고 앉게 됐을 때 리처드가 찍어준 사진이다. 사진 속에서 에밀리는 벤을 뒤에서 끌어안고 야무진 표정을 짓고 있었다. 벤은 인생이 하나의 커다란 농담인 양, 그리고 이제 막 가장 재미있는 부분을 들은 양 함박웃음을 지었다. 몇 주 정도 책상에 그 사진을 올려놓았는데 솔직히 사진 속에서 나를 바라보는 아이들의 얼굴을 볼 때마다 매번 똑같은 생각이 들었다. '나는 육아비용을 벌고 있을 뿐 진짜로 애들을 키우고 있지는 않구나.' 그래서 그 사진은 지금 서랍 속에 들어가 있다.

작년에 런던 경영대학원에서 여성으로서 최고경영자 자리에 오른 한 미국인의 강연을 들은 적이 있었다. 그 여자는 자기 딸들을 게이샤로 키울 거라고 했다. 여성의 진정한 미래는 남자들을 기쁘게 하고 애를 잘 키우는 데 있다고 했다. 청중은 킬킬대고 웃음을 터뜨렸다. 그 여자가 농담을 한다고 생각했던 것이다. 그녀는 굉장히 아름답고 똑똑한 여자였다. 난 그 여자의 말이 농담으로 들리지 않았다.

난 내 어머니처럼 살지 않겠다는 그 생각밖에 없었다. 남자만 믿고 살다간 심신이 망가지고 위험한 지경에 떨어질 수도 있다고 가르쳐주는 역할모델은 필요치 않았다. 하지만 내 딸은 과연 나처럼 살고 싶어 할까? 에밀리가 바라보는 엄마는 어떤 사람일까? 아니, 걔가 엄마를 바라볼 시간이 있기나 한가? 1970년대에는 여성의 권리를 위해 투쟁한 사람들은 기회의 평등이 뭐라고 생각했을까? 여자들도 남자들과 똑같이 아이들과 오랜 시간을 보내지 않아도 된다고 보장해주기를 바랐을까?

오후 12시 46분 '차우잿!'은 작년에 우리 회사가 은행처럼 삭막한 분위기를 벗어던지고 나이트클럽 같은 분위기를 조성해보겠다고 도입한 초현대식 카페테리아다. 원래 의도는 탈산업주의를 표방하는 파격적 분위기였다만, 그 결과물은 공항 커피라운지와 흡사하게 나왔다. 오늘 아침에 윈스턴이 준 마리화나 때문에 아직도 머리가 띵하다. 난 도대체 무슨 생각이었을까? 차에서 내릴 때 윈스턴이 자기랑 2주 후의 일요일에 콘서트를 보러 가지 않겠느냐고 했다. 엄청 시끄러운 음악이라 내 취향은 아닐 것 같지만 그래도 나한테 도움이 될 거라나. 자부심으로 똘똘 뭉친 펀드매니저로서 정중하지만 냉정한 거절의 말을 생각하고 있었는데 막상 입을 여니 "좋아요."라는 말이 튀어나왔다. 그러니까 난 마약거래상하고 광란의 콘서트 데이트를 하기로 한 것이다. 젠장, 리처드에게 뭐라고 말해야 하나?

약기운이 떨어지자 토할 것 같으면서도 허기가 밀려온다. 점보 블루베리 머핀과 맛있고 칼로리가 낮은 레몬과 참깨가 들어간 머핀 중에서 뭐가 더 좋을까 고민한다. 결국 둘 다 주문한다. 이쪽저쪽을 번갈아 입 안 가득 집어넣다가 문득 고개를 들어 보니 낯익은 시뻘건 얼굴이 인상을 쓰고 나를 내려다보고 있다.

"세상에, 케이트. 혹시 지금 홀몸이 아닌 거예요? 임신부는 캔디 한 명만으로도 충분해요."

로드 태스크 부장이다.

"아니에요."

우물거리며 대꾸하자 입에서 블루베리가 총알처럼 튀어나와 식탁에 떨어진다.

부장은 나에게 수요일에 또 뉴욕에 가봐야 할 것 같다고, 가서 브로커들을 상대해달라고 한다. 내가 '애정 어린 보살핌'을 좀 베풀어줘야 한다나. 부장은 이 말을 던지고는 흉측하게 윙크까지 보낸다.

"수요일요?"

"그래요. 내일모레지."

"로드, 사실은 애들을 봐주는 도우미가 아파서요. 지금 임시로 봐줄 도우미를 찾는 중인데……."

부장이 가라데 시범을 보이듯 손으로 딱 자르는 시늉을 한다.

"케이트. 갈 수 있다는 말이오, 없다는 말이오? 정 그렇다면 가이가 대신할 수 있겠지만."

"좋아요, 당연히 갈 수 있죠. 다만 제 말은……."

"좋아요. 그리고 이것 좀 봐줄 수 있겠소, 케이트? 고맙소."

나는 13층으로 돌아가는 엘리베이터 안에서 부장이 건네준 복사물을 읽는다. 『인베스트먼트 매니저 인터내셔널』에 실린 기사인데 '남녀평등, 드디어 시동이 걸리다!'라는 헤드라인이 보인다.

투자경영사들은 여성 직원들을 받아들일수록 경영 차원에서도 득이 된다는 것을 깨닫고 남녀의 기회균등이라는 시류에 기꺼이 편승하는 추세다. 허버트 조지 사와 베리먼 로웰 사는 이 부문에 지속적으로 노력을 기울여 최근에 성공적인 결실을 거두었다. 허버트 조지 사 부사장 줄리아 새먼의 말을 들어보자.

"시티는 여성들에게 몹시 좋은 기회들을 제공하지요. 해마다 여성 사원들의 승진이 두드러지고 있어요. 또한 지금은 대부분의 회사들이 다양성 관리자를 따로 두고 있습니다."

그러나 여성이 훌륭한 커리어를 쌓을 수 있도록 많은 제도들이 설립된다 해도 원만한 사회생활이 불가능한 근무시간, 남성중심 문화에 대한 선입견이 여전히 여성 지원자들을 가로막고 있다는 점은 안타깝다.

"시티 하면 남성집단문화가 떠오르죠. 그러한 고정관념을 넘어서기란 쉬운 일이 아닙니다."

에드윈 모건 포스터 사의 인사과장 셀리아 함스워스도 인정한다.

나 참, 이 기자가 알아야 하는데. 셀리아의 이름을 남녀평등 기사에서 보다니, 이건 유대인학살 주동자가 유대교회당 가이드투어를 하는 거나 마찬가지라고!

함스워스는 또한 시티에서도 보수적인 회사로 꼽히던 EMF가 최근에 캐서린 레디를 다양성 관리자로 임명했다고 밝혔다.

뭐?

서른다섯 살의 나이로 EMF 최연소 간부사원이 된 캐서린 레디는 그동안 기업문화에서 남녀평등을 가로막는 문제들을 누구보다 잘 파악해왔다.

부장은 기사에서 '남녀평등을 가로막는 문제들'에 동그라미를 쳐놨다. 그 옆에 "도대체 무슨 개소리야?"라고 휘갈겨 쓴 글씨도 보인다.

보내는 사람: 케이트 레디

받는 사람: 데브라 리처드슨

안녕, 안녕. 너의 경계성인격장애 친구란다. 산후우울증이 18개월까지 갈 수도 있을까? 만약 그렇다면 언제쯤 괜찮아지는 거지?

내가 우리 집에 쥐가 있다는 얘기 했니? 시부모님이 와 있을 때 그중 한 마리가 설치고 다녔지 뭐야. 아, 난 우리 집 청소부에게도 잘렸어. 회사에 출근하니 이메일이 61통이나 와 있고 도우미는 편찮으시단다. 유일하게 부를 수 있는 임시 도우미는 발칸 반도에서 학살을 일으킨 대통령의 친척쯤 되나봐. 게다가 난 우리 회사의 신임 '다양성 관리자'가 됐대. 회사의 남녀 불균형을 시정할 긴급 조치를 취해야겠어. 어디서 자동권총 살 수 있는지 아니?

그놈의 점심은 언제 같이 할 수 있는 걸까? 가능한 날짜 말해줘. xxxx.

보내는 사람: 데브라 리처드슨

받는 사람: 케이트 레디

산후우울증은 18년까지 갈 수 있다고 생각해. 그 후에 우리는 자궁절제 수술을 받을 테고 그다음에는 실버타운 같은 데서 빨간색 합성피혁 안락의자에 앉아 「프렌즈」의 옛날 에피소드들을 보게 되겠지.

걱정 마, 요즘은 쥐가 중산층의 마스코트야. 세련된 집이라면 반드시 쥐한 마리쯤 있어줘야지. 펠릭스는 ADHD(주의력결핍과잉행동장애) 진단을 받았어. 애 아빠도 증상이 비슷해. 하지만 바람을 피우기 때문에 주의력이 떨어진 거겠지?

뭐, 신경 쓸 여력도 없어. 『굿 하우스키핑』에서 워킹맘의 50퍼센트가 시간이 없어서 남편과의 관계가 위태로울 지경이라고 답했대. 그럼 나머지 50퍼센트는 어떻게 하고 있는 걸까? 30초짜리 오럴섹스로 해결하나?

부적절한 관계의 킹카 아벨해머에 대한 소식은 없니? 너 혼자만 그런 사람을 알다니 가장 오랜 친구로서 부럽기도 하고 염려되기도 한다는 거 알아둬렴.

점심은 다음 화요일이나 목요일?

xxxx.

오후 6시 35분 앨리스네 집에 에밀리와 벤을 데리러 간다. 두 아이가 굶주린 사람이 음식을 덮치듯 나에게 달려든다. 앨리스네 도우미 조는 너무너무 친절하다. 우리 애들이 정말 착하다고 칭찬까지 한다. 에밀리는 생각이 깊고 상상력이 풍부한 아이란다. 아이들이 자랑스러워 가슴이 벅차지만 한편으로 부끄러워 견딜 수 없다. 나는 내 아이들과 즐거운 시간을 보낼 생각보다 애들을 치워버려야 할 문젯거리처럼 생각한 때가 얼마나 많았던가.

오늘밤 당장 임시도우미를 구해야 한다. 그렇지 않으면 남편에게 집에서 일을 하라고 하든가, 폴라가 기적적으로 회복되어야만 한다. 난 나를 위해서나 내 애들을 위해서 뭘 도와달라고 부탁하는 일이 무섭다. 어릴 때 아빠가 리즈의 한 버스정류장에 서 있던 아줌마에게 날 떠밀었던 기억 때문이다. 그날은 크리스마스였고, 아빠는 나에게 "차에 기름이 떨어져서 집에 갈 수 없어요. 5파운드만 도와주세요."라고 말하라고 시켰다. 사실 우린 차도 없었는데 말이다. 하지만 그 아줌마는 친절하게도 5파운드를 주었을 뿐 아니라 나에게 젤리 한 봉지도 줬다. 입속에 들어간 젤리는 화끈거리는 내 뺨 안쪽에 궤양처럼 달라붙었다.

조는 벤이 하루 종일 기분 좋게 놀긴 했는데 가슴에 두드러기가 좀 난 것 같다고 한다. 애, 수두 앓았나요? 아뇨, 아직. 지금 수두에 걸리면 안 되는데. 난 오전 8시 30분 뉴욕행 비행기를 예약해놓았단 말이다.

오후 10시 43분 이럴 수는 없다. 나는 작은 타월로 몸을 감싸고 욕실에서 계단참까지 나와 리처드에게 소리를 지른다.

"온수가 안 나와."

"뭐?"

남편은 계단 중간에 서 있다. 그이 얼굴에 그늘이 져 있다.

"아, 오늘 쥐 잡는 사람 왔을 때 수도를 잠갔었지. 수도관을 조사해봐야 한다고 해서. 아마 그때 스위치를 내려놨을 거야."

"난 목욕을 해야 해."

리처드는 피곤해서 목소리도 잘 안 나오는 것 같다.

"여보, 너무 다그치지 마. 지금 바로 스위치 올릴게. 조금만 기다리면 온수가 나올 거야."

"지금이라야 해. 난 지금 당장 목욕을 해야겠어."

"케이트."

남편이 말을 멈춘다. 할 말이 있다는 듯 나를 바라본다. 하지만 그냥 입술만 꾹 다물고 고개를 절레절레 흔들며 나를 쳐다보기만 한다.

"왜? 왜 그러는데?"

내가 받아친다.

"케이트, 우린…… 이렇게는 못 살아."

"그럼, 이렇게는 못 살지. 온수도 안 나오고, 쥐랑 같이 살아야 하고. 집구석은 쓰레기처리장 같은데 청소할 사람은 없어. 난 한 시간 전에 잠자리에 들었어야 해. 그리고 정말, 정말, 정말 뜨거운 물이 필요해, 리처드. 신이 주신 시간을 죄다 일에만 쏟아 붓는데도 가난하고 불결했던 중세인처럼 살고 있어. 목욕조차도 내겐 사치인 거야?"

남편이 한 손을 내밀지만 나는 그 손을 뿌리쳐버린다. 눈물이 델 것처럼 뜨겁다. 지금 내가 원하는 목욕물의 온도처럼. 남편의 눈이 고뇌와 분노로 이글거린다. 왜 그이는 면도를 하지 않았지?

바로 그때, 우리 두 사람의 머리 위에서 훌쩍대는 울음소리가 들려온다.

"루, 루."

I don't know how she does it

너무 일렀던 복귀

오전 1시 5분 완전히 잠들기까지 얼마나 시간을 잡아먹어야 하는지 생각해보았는가? 잠에 빠져든다고 하면 굉장히 금방 잠든다는 뜻 같지만, 실제로 그렇게 잠이 빨리 오던가? 내 경우에는 클럽 앞에 줄을 서서 자꾸만 딴 데를 쳐다보는 도어맨에게 제발 나 좀 들여보내줘요 사정하듯 저자세로 잠을 청해야만 한다. 7분쯤 베개를 못살게 굴며 뒤척대다가 이불과도 피할 수 없는 싸움을 벌인다(리처드는 다리 한쪽을 꼭 내놓고 자는데 그 다리가 이불을 끌고 가서 내 쪽에는 이불이 거의 남지도 않는다). 기어이 기절시키듯 곧장 재워준다는 허브 성분의 수면제를 먹고야 만다.

오전 3시 1분 수면제가 너무 강력해서 내일 아침 자명종 소리를 못 듣고 비행기를 놓칠까 봐 잠을 못 자겠다. 침대머리 스탠드를 켜고 신문을 읽는다. 리처드가 옆에서 신음소리를 내며 돌아눕는다. 해외소식으로는 쌍둥이 출산 후 나흘 만에 복직했다는 미국인 여성 최고경영자에 대한 기사가 실렸다. 병원 침대에 누워서도 스피커폰으로 회의를 진행했다고 한다. 그 여자 이름은 엘리자베스 퀵Quick이다. 농담이 아니라 진짜 이름이다. 그럼 자매들 이름은 해나 헤이스트Haste나 이자벨 임페러티브Imperative가 아닐까 몰라. 기사 내용은 이렇다.

'리즈 퀵은 워킹맘들의 표상이 되었다. 그러나 그녀를 좋게 보지 않는 이들은 엄마 노릇하면서 일하기가 만만치 않을 것이라고 내다본다.'

온몸에 힘이 쭉 빠진다. 리즈 퀵 같은 여자들은 알까? 아이를 낳아도 아무것도 변하지 않는다는 식으로 용감하게 행동하는 여자들 때문에 다른 여자들이 더 호되게 채찍질을 당한다는 것을?

하긴 나도 할 말 없지. 하늘이 다 알건만. 나 역시 에밀리를 낳고서 너무 빨리 회사에 복귀하지 않았던가. 그땐 몰랐지. 어떻게 알았겠어? 이 새로운 삶이 아기에게는 물론, 엄마에게도 한없이 낯설다는 것을. 엄마와 아기가 모두 갓 태어났다는 것을. 출산을 기점으로 전혀 새로운 시대가 열린다는 것을. 아이들이 생기기 전에는 그래도 일요일 오후에 국립미술관을 들러볼 시간이 있었다. 나는 벨리니의 「초원의 성모」 앞에서 하염없이 앉아 있기를 좋아했다. 성모 마리아가 일종의 농장 같은 푸른 초지를 배경으로 햇살을 받으며 무릎에 눕혀놓은 사랑스러운 아기를 내려다보는 그림이다. 그때는 늘 성모의 눈빛이 평온해 보인다고 생각했다. 지금은 그 눈에서 피곤하고 좀 당혹해하는 것 같은 느낌을 받는다.

"맙소사, 내가 무슨 일을 저지른 거지?"

마리아는 하느님의 아들에게 그렇게 묻는다. 하지만 아기예수는 젖을 배불리 먹고 통통한 팔 한쪽을 엄마의 파란 옷에 늘어뜨린 채 쿨쿨 잠만 잔다.

나는 에드윈 모건 포스터 투자국 최초의 임신부였다. 임신 6개월일 때 로드 태스크 전임자였던 제임스 엔트위슬 부장이 나를 자기 사무실로 불렀다. 내가 출산휴가를 마치고 와서도 회사에 내 자리가 있을지 보장할 수 없다고 했다.

"고객들과의 일은 언제 어떻게 변할지 몰라요, 케이트. 당신에게만 이러는 거, 절대 아니에요."

제임스도 배울 만큼 배운 문명인이었다. 그런 그에게 나는 법적 조항 운운하며 항의할 수도 있었다. 하지만 사원가족친화정책을 들먹거리는 것만큼 회사 윗사람들의 신경을 긁는 일은 없다(우리 회사에도 사원가족친화정책이 있긴 있다. 회사는 정책이 있다고 하는데 정작 가정이 있는 사원들이 그 정책에 호소해서는 안 된다. 어쨌든 남자사원들은 절대 그럴 일이 없을 것이다. 고로 남자사원만큼 당당히 한몫을 하고 싶은 여자사원도 그 정책을 들먹거려서는 안 된다).

"물론이에요. 아이를 낳는다고 해서 달라질 건 없어요, 제임스."

나는 내가 그렇게 말하는 목소리를 들었고 제임스는 메모지에 금색 카르티에 펜으로 '서약?'이라고 끼적이더니 밑줄을 두 번 그었다.

외국 고객들을 기피하게 되지 않겠어요?

아뇨, 절대로 그런 일은 없어요.

그땐 몰랐다.

임신 32주에 대학병원에 검진을 받으러 갔다. 정기검진이었다. 그전달 정기점진은 받지 못했다(제네바, 학회, 안개). 추기경처럼 길고 하얀 손가락을 지닌 의사가 태아의 두뇌발달에 중요한 시기에 산모가 너무 스트레스에 시달리는 것 같다면서 당분간 일을 쉴 수 있도록 진단서를 끊어주겠다고 했다. 나는 절대 안 된다고, 출산 후에 아기를 낳고 가급적 많은 시간을 확보하려면 출산예정일 직전까지 일을 해야 한다고 했다.

"섀톡 부인, 저는 부인을 걱정하는 게 아닙니다."

의사는 차갑게 대꾸했다.

"부인이 가진 아기, 그 아기에게 미칠 수 있는 위험이 걱정되니까 이러는 거죠."

그날 가워 스트리트로 걸어 나오면서 얼마나 울었는지 하마터면 우유수레에 치일 뻔했다.

그래서 마음을 편하게 먹기로 했다. 좀 더 편하게 생각하기로 했다. 원칙적으로 임신 7개월부터는 비행기를 타면 안 된다. 하지만 회갈색 자루처럼 생긴 원피스를 입으면 8개월까지 그럭저럭 숨기고 비행기를 탈 수 있었다. 막달이 되자 배가 너무 나와서 엘리베이터에서 내리려면 세 번이나 방향을 틀어야 했다. 회의시간에 케이트가 몸무게가 너무 늘어서 사무실을 튼튼하게 보강해야겠다는 농담이 나와도 나는 누구보다 큰소리로 웃어넘겼다. 내가 딜링데스크를 지나칠 때마다 크리스 번스는 『정글 북』에 나오는 코끼리의 행진을 흥얼거렸다.

"헛, 둘, 셋, 넷! 계속해서 둘, 셋, 넷!"

나쁜 새끼.

어느 날 오후 컴퓨터를 들여다보고 있는데 배가 심하게 당기고 살갗 위에서 개미들이 바글대는 느낌이 들었다. 가진통이 왔던 것이다. 진통의 예행연습쯤 되는 '가진통Braxton Hicks'이라는 단어는 네더 왈롭에 사는 퇴역대령의 이름처럼 들렸다. 나중에는 정말로 힉스라는 대령님이 나를 도와주러 오는 꿈까지 꿨다. 내가 혼절할 것처럼 기진맥진해서 시티로드 버스정류장에 서 있는데 힉스 대령님이 오셔서 내 손을 잡고 말하는 거다.

"타시겠습니까, 부인?"

나는 산모교육에 등록했지만 강좌가 시작되는 7시 30분에 한 번도 맞춰서 도착하지 못했다. 결국 베스라는 사람이 스토크 뉴잉턴에서 분

만강좌 주말반을 운영한다고 해서 거기에 등록했다. 귀리 비스킷, 고래 울음소리를 합성해서 만든 음악, 옷걸이로 만든 골반 모형, 테니스공에 스타킹을 씌워 대충 만든 아기 모형이 있었다. 베스는 우리에게 자신의 질과 대화를 나누라고 했다. 나는 내 질과 대화를 나눌 정도로 친하지 않다고 대꾸했는데, 베스는 내가 농담을 하는 줄 알고 우물을 보고 달려가는 큰사슴처럼 요란하게 웃어댔다.

리처드는 이 수업을 아주 질색했다. 분만 연습을 하는데 왜 남편이 신발을 벗어야 하는지 모르겠다고 했다. 그래도 스톱워치 조작은 좋아했다. 그이는 모나코 그랑프리 경주에서 심판이라도 볼 것처럼 열심히 스톱워치를 가지고 연습했다.

"케이트, 내가 당신을 알아서 하는 말인데 역사상 가장 짧은 진통시간을 기록할 수도 있을 거야."

남편이 그랬다.

베스는 자기가 가르치는 대로 숨을 참는 연습을 하면 진통을 다스릴 수 있다고 했다. 나는 종교에 매달리듯 그 말에 매달렸다. 그리고 세속의 삶 속에서—체크아웃을 할 때, 목욕을 할 때, 잠자리에 들기 전에— 열심히 호흡법을 연습했다. 그때는 몰랐다.

은행 에스컬레이터에서 양수가 터졌다. 일본인 미래분석가의 버버리 코트에 양수가 튀었는데도 그 사람은 연신 미안하다고 사과를 했다. 핸드폰으로 고객과의 점심약속을 취소하고 택시를 잡아 병원으로 직행

했다. 병원에서 무통분만을 권했지만 나는 그럴 수 없었다. 나는 태아의 두뇌발달에 악영향을 끼쳤던 나쁜 엄마잖아. 아기에게 미안해서라도 마취약은 거부하겠어. 엄마도 뭔가 참고 견딜 수 있다는 걸 아기에게 보여줄 거야. 그건 고통의 바다였고, 나는 그 바다에 몇 번이고 뛰어들었다. 그 바다의 물은 나무처럼 딱딱했다. 그 딱딱한 물이 파도가 갑판을 때리듯 나를 계속 후려쳤다. 간신히 일어서려고 할 때마다 기어이 나를 쓰러뜨렸다.

25시간 동안 진통을 하고도 아기가 나오지 않자 리처드는 스톱워치를 내려놓고 분만실 간호사에게 담당의를 불러달라고 했다. 지금 당장. 수술실에서 응급 제왕절개수술을 받으며 의사가 하는 말을 들었다.

"걱정할 것 없어요. 누가 배 속을 확 씻어내는 기분이랑 비슷할 거예요."

아니, 그렇지 않았다. 아기는 11월의 바위투성이 땅에서 떡갈나무가 뿌리째 뽑히듯 내 뱃속에서 빠져나갔다. 당기고, 비틀고, 다시 당기고. 결국은 젊은 의사들이 수술대 위에서 내 위에 다리를 벌리고 올라앉아 아기의 발뒤꿈치를 잡고 꺼냈다. 그러고는 바다에서 건져 올린 월척마냥 핏덩이 인어아가씨를 쳐들었다. 여자아기였다.

그 후 며칠간 꽃다발이 쇄도했다. 에드윈 모건 포스터 사에서 보낸 꽃다발이 가장 컸다. 전쟁추도식이나 시티 기금으로만 주문할 수 있을 법한 거창한 화환이었다. 음경처럼 생긴 엉겅퀴, 높이는 무려 1.5미터에 달렸고 거대한 백합이 뿜어내는 매캐한 향기에 아기가 연신 재채기를 했다. 꽃집 주인이 알아볼 수 없는 글씨로 적어놓은 카드가 화환에 달려 있었다. '하나는 됐으니 떠나도 괜찮아요!'

세상에, 그 꽃들이 얼마나 꼴보기 싫었는지 모른다. 꽃 때문에 나와 아기는 숨 쉬기가 힘들었다. 나는 분만실 간호사에게 꽃을 모두 줘버렸다. 간호사는 화환을 어깨에 짊어지고 스쿠터를 몰아 할레스덴에 있는 자기 집까지 가져갔다.

아기를 낳은 지 36시간 만에 야간당직 간호사가 산모가 쉴 수 있게 아기를 데려가도 괜찮은지 물었다. 낮에 있던 간호사보다 훨씬 나긋나긋하고 목소리가 듣기 좋은 아일랜드 여자였다. 내가 애를 떼어놓기 싫다고 했더니 그녀는 이렇게 말했다.

"산모님, 좋은 엄마가 되려면 아기를 잘 볼 수 있게끔 기력을 충전하는 일도 중요해요."

그러면서 간호사는 조그만 손을 꼬물대는 우리 딸아이를 바퀴 달린 투명 플라스틱 덮개 속에 넣어서 데려가 버렸다.

급속히 무서운 피로가 몰려왔다. 몇 시간 후에야—난 몇 초밖에 안 지났다고 생각했지만—우리 아기 울음소리가 들렸다. 그때까지만 해도 내 애라도 울음소리가 뭐 다를까 싶었다. 하지만 그 울음소리를 듣는 순간, 내 아이 울음소리는 항상 알 수 있겠구나, 세상 모든 아이가 울어도 이 소리를 콕 집어낼 수 있겠구나 깨달았다. 저기 칙칙한 복도

어딘가에서 내 아기가 나를 부르고 있었다. 한 손으로 소변줄을 잡고 다른 손으로 배의 꿰맨 부분을 감싼 채 어미의 본능이라는 초음파탐지기를 믿고 내 아기를 찾아 나섰다. 신생아실에 도착해 보니 아기는 울음을 그치고 천장에 걸린 종이등을 홀린 듯 쳐다보고 있었다. 그때처럼 기쁨과 두려움을 동시에 강렬하게 느낀 적은 없었다. 어디까지가 고통이고 어디서부터가 사랑인지 구분할 수 없었다.

"아기 이름을 지어주셔야죠. 계속 아기라고만 부를 순 없잖아요."

간호사가 미소를 지으며 나를 살짝 채근했다.

나는 제네비브라는 이름을 마음에 두고 있었지만 이 자그마한 아기에겐 너무 거창한 감이 들었다.

"할머니 이름이 에밀리였어요. 항상 할머니랑 있으면 마음이 편안했어요."

"어머, 이름 참 좋은데요. 그럼 에밀리라고 불러볼까요."

그래서 에밀리라고 불러봤다. 아기가 에밀리라는 이름을 듣고는 고개를 돌리며 쳐다봤다. 그래서 에밀리가 정식 이름이 되었다.

출산 후 3주가 지나자 제임스 엔트위슬 부장이 전화를 해서 사업전략 쪽 일을 맡기겠다고 했다. 아무 의미도 없는 허섭스레기 일거리였다. 나는 감사히 받아들이겠다고 말하고 수화기를 내려놓았다. 나중에 이 자식을 죽여버릴 거야. 나중에 회사 사람들 모두 죽여버릴 거야. 하지만 일단은 아기 목욕부터 시키자.

제왕절개수술을 받은 날로부터 9주 후에 나는 회사에 출근을 했다. 복직 첫날 아침에는 정신이 완전히 딴 데 가 있어서 회사 구내번호를 아무거나 누르고 케이트 레디를 바꿔달라고 말해봤다. 전화를 받은 남자 사원은 케이트가 아직 회사에 복귀하지 않았을 거라고 대답했다. 그 말이 맞았다. 사실 나는 한 1년은 회사에 돌아오지 않은 거나 마찬가지였다. 그리고 옛날의 케이트, 출산을 경험하기 전의 케이트는 영원히 돌아오지 않았다. 그런데도 케이트는 완벽하게 돌아온 척했다. 애 엄마가 아니고서는 아무도 케이트의 위선을 눈치 채지 못했을 것이다.

나는 복직하고도 계속 모유수유를 하고 있었다. 점심시간에 택시를 타고 집에까지 가서 에밀리에게 젖을 먹였다. 하지만 출근 후 닷새 만에 밀라노 출장을 가라는 명을 받았다. 나는 주말 내내 에밀리가 젖을 떼고 분유를 먹게 하려고 노력했다. 구슬려도 보고, 애원도 하고, 그러다 결국은 풀럼에 사는 어떤 여자에게 100파운드를 주고 아기가 젖을 떼게 해달라고 부탁했다. 젖을 먹고 싶어서 허파에서부터 분노를 뿜어내며 바락바락 울던 내 아기, 그 꼴을 차마 보지 못해 정원에서 담배를 뻑뻑 피워대던 남편 모습을 잊을 수가 없다.

"진짜 배가 고파서 참을 수 없게 되면 젖병을 빨 거예요."

그 여자는 그렇게 설명하면서 100파운드는 현금으로 줬으면 좋겠다고 했다. 때때로 나는 에밀리가 그때 일을 영원히 용서하지 않을 거라는 생각이 든다.

공항으로 가는 택시의 라디오에서 스티비 원더의 노래가 나왔다.

"우리 딸 정말 예쁘지 않나요……."

그 노래의 전주 부분에는 아기 울음소리가 나온다. 그러자 갑자기 젖이 흘러나와 내 블라우스를 축축하게 적셨다.

그땐 몰랐다.

메모

오후 11시 59분 뉴욕 서번 호텔. 믿을 수가 없다. 비행기가 정시에 도착했고 택시를 타고 월 스트리트의 헤리엇 호텔에서 내렸다. 내 계획은 일단 내일 있을 프레젠테이션을 준비하고 웬만큼 휴식을 취한 뒤 월 스트리트까지 슬슬 산책을 한다는 것이었다. 내가 진즉에 알았어야 했는데. 호텔 리셉션 데스크 직원은 번쩍거리는 싸구려 재킷을 입은 요령 없는 신참 주제에 조금이나마 권위 있게 보이려고 애쓰고 있었다. 그런데 그 직원이 통 내 눈을 똑바로 보지 못하는 게 아닌가. 결국 그는 실토했다.

"저희 쪽에 문제가 좀 있는 것 같습니다, 레디 씨."

학회니, 초과예약이니 하는 핑계가 나온다.

"다행히 셔번 호텔 객실을 무료로 제공해드릴 수 있습니다. 시내 중심이고 바로 맞은편에 국제적 명성의 뉴욕현대미술관이 있으니 위치도 대단히 좋습니다."

"듣기는 좋군요. 하지만 전 여기 출장을 온 거예요. 머리 복잡하게 초기 입체파 작품이나 감상하고 앉았을 시간이 없다고요."

물론 나중에 가서는 그 직원에게 고함을 지르고 말았다. 절대로 받아들일 수 없다, 단골 고객에게 이럴 수가 있느냐, 어쩌고저쩌고……. 직원이 이 미친 영국 여자한테서 구해달라는 눈빛을 상사에게 보냈다. 내가 미쳤다고 해도 그렇다. 아니, 정말 미친 건 아니지만(아닐까?). 너희들이 비효율적으로 업무를 처리해서 남의 귀한 시간을 잡아먹으니까 내가 돌아버리지 않겠어?

지배인은 매우 정중하게 사과를 했지만 자기도 어쩔 수 없다고 했다. 그리하여 내가 새 호텔에 도착했을 때에는 이미 자정이 다 되어 있었다. 리처드에게 전화를 했더니 이미 물어볼 사항들을 목록으로 작성해놓고 있었다. 하느님이 보우하사 폴라가 몸이 많이 나아서 임시도우미를 구할 필요는 없단다. 내일은 에밀리의 유치원 개학날이다.

에밀리 물건에 이름표는 다 붙였는지?

응.

새 운동화는 사놓았는지?

응. 계단 아래 못에 걸린 에밀리 감색 운동 가방에 들어 있어.

읽기 책은 어디서 찾아야 해?

책장 세 번째 선반 빨간색 도서관 폴더에.

에밀리 새 코트 사놓았어? 옛날 코트는 작아져서 애 허리를 간신히 덮을까 말까야.

아직 못 샀어. 내가 돌아갈 때까지는 갭에서 산 레인코트로 버티는 수밖에 없어.

그다음에는 에밀리의 도시락 메뉴를 불러준다. 피타 빵, 참치와 옥수수, 치즈는 빼고. 에밀리가 이제 치즈를 싫어하기로 했대. 그러고는 발레학원비를 잊지 말고 꼭 내라고, 금액은 다이어리에 적어놓았다고 말한다. 폴라에게 벤의 새 바지를 살 돈도 줬으면 좋겠어, 애가 요즘 부쩍 많이 커서 옷이 작아. 리처드는 에밀리가 화가 많이 나서 잠자리에 들었다고, 개학날이고 새 담임선생님을 만나는 날이라 엄마와 함께 유치원에 가고 싶어 했다고 전한다.

남편은 내가 어쩔 수 없다는 걸 뻔히 알면서 왜 이런 말을 할까? 남편이 오늘 무척 피곤했다고 말을 한다.

"무슨 일인데?"

나는 그렇게 대꾸하고는 전화기 밑에 쭈그려 앉는다.

프레젠테이션 내용을 정리할 시간이 없다. 그냥 내일 즉흥적으로 떠들어야겠다. 내일 하루가 끔찍한 악몽이 될 조짐이 보인다.

보내는 사람: 데브라 리처드슨

받는 사람: 케이트 레디

방금 점심약속 취소하는 이메일 받았어. 이번에도 별 수 없구나. 49번째 취소까지는 웃어넘길 수 있었어. 하지만 이제 네가 지구상에서 제일 끔찍하고 힘든 일을 하고 있구나 깨달았어. 그래도 말이지, 우리가 우정을 나눌 시간도 없다면 어디서 희망을 찾아야 하니?

우리는 죽은 뒤에나 만날 수 있는 거니? 사후세계는 어떨 거라고 생각하니, 케이트?

어떡해, 답장할 시간이 없어.

수요일, 오전 8시 33분 호텔 밖에서 기다린 지 최소한 15분이 지났다. 택시를 잡는 건 불가능하고 시내를 걸어가자니 최소한 25분이 걸릴 것이다. 고로, 지각은 따놓은 당상이다. 그래도 오늘밤 잭을 만날 수 있다는 생각에 기운이 난다. 잭의 얼굴을 본 지가 몇 달은 됐기 때문에 얼굴도 가물가물하다. 그 사람을 생각하는 것만으로도 얼굴에 환한 미소가 번지고 모든 것에 편안하고 행복한 느낌을 받을 수 있다.

근사한 아침이다. 가슴이 찌릿찌릿할 만큼 화창한 뉴욕의 햇살. 어젯밤에 그렇게 비가 퍼붓더니 선명한 와이드스크린을 보는 것처럼 모든 것이 깨끗하게 보인다. 5번가에 도착하니 뉴욕의 금융가가 시야에 들어온다. 물기, 빛, 유리가 한데 어우러져 은은하게 반짝거리는 모습으로.

오전 8시 59분 디킨슨 비숍 사의 브로커들은 21층에 모여 있다. 그곳으로 엘리베이터를 타고 올라가는 동안 위장이 공중제비를 도는 체조선수처럼 요동친다. 21층에서 아일랜드인 특유의 넙데데한 얼굴에 붉은 구레나룻을 기른 게리가 환한 웃음으로 나를 맞아준다. 나는 게리에게 프레젠테이션 예상소요시간은 45분이고 슬라이드를 보여줄 공간이 필요하다고 말한다.

"미안하지만 주어진 시간은 5분이에요. 여기 지금 워낙 아수라장이라서요."

게리가 묵직한 나무 문짝을 여는 순간 콜로세움에서나 일상이었을 법한 북새통이 눈앞에 펼쳐진다. 다만, 여기에는 검 대신 핸드폰이 있을 뿐이다. 수화기에 대고 고함을 지르는 사람, 자기 목소리가 안 들릴까 봐 고래고래 소리를 지르는 사람, 회의실을 가로지르는 벼락같은 지시. 그냥 도망쳐버릴까 생각하고 있는데 스피커에서 소리가 나온다.

"자, 잘 들어주십시오. 이제 곧 영국 런던에서 오신 케이트 레디 양께서 국제투자에 대한 프레젠테이션을 하실 겁니다."

브로커들은 대략 70명 정도다. 하얀 목깃과 줄무늬가 두드러진 셔츠를 입은 다부진 목의 뉴요커들. 그들은 뒤로 한껏 기댄 채 팔짱을 끼고 앉아서 다리를 쩍 벌리고 있다. 그들 족속 특유의 자세랄까. 몇몇은 그나마 조금 나에게 관심을 기울여볼 요량으로 고개를 내민다. 여기 있는 사람들의 시선과 귀를 사로잡을 방법이 없다. 그래서 나는 에라 모르겠다는 심정으로 책상 위에 올라가 "골라, 골라!"를 외치듯 상품을 소개한다.

"안녕하십니까, 여러분! 저는 여러분이 **제 펀드를 꼭 사셔야 하는 이유**를 말씀드리려고 왔습니다!"

박수갈채와 휘파람이 터져 나온다. 봉춤을 추는 댄서와 비슷한 처지가 된 것은 이번이 처음이지 싶다.

"이봐요, 다이애나 비 닮았다는 얘기 들어봤어요?"

"당신이 소개할 주식도 당신 다리만큼 근사한가요?"

우주에서 제일 잘난 인간들처럼 구는 이 브로커들이 얼마나 애송이 태를 벗지 못했는지 내 눈으로 확인하니 참 충격적이다. 50년 전 같으면 노르망디 해안 상륙작전에 뛰어들어야 했을 나이인데. 내가 무슨 중대장이라도 되는 것처럼 지금 나를 둘러싸고 있는 이 남자들 말이다.

나는 그들에게 돈에 대해 연설한다. 내가 잠들어 있는 동안에도 돈은 깨어서 온 세상을 누빈다고, 돈의 힘은 막강하다고.

그 후에는 브로커들의 질문공세가 시작된다.

"러시아에 대해서 어떻게 생각하죠? 러시아 돈은 최악이죠?"

"유로화에 대해서 생각해봤어요?"

일은 순조로웠다. 믿기지 않을 만큼 순조로웠다. 엘리베이터에서 게리는 씩 웃으며 남자들은 뉴욕 닉스 팀의 NBA 경기를 볼 때나 그렇게 열을 올릴 거라고 했다. 이제 정말 호텔로 바로 가서 이메일을 확인해야 하지만 재충전도 할 겸 월 스트리트를 조금 거닐어본다. 3번가에서 브로드웨이로 넘어가는 모퉁이에서 택시를 잡아 바니스 백화점으로 간다. 일종의 심리치유 차원에서 쇼핑을 해야겠다.

백화점이 즉각적인 진정 효과를 발휘한다. 소형 엘리베이터를 타고 꼭대기 층으로 가서 근사한 이브닝드레스 한 벌을 찜한다. 이브닝드레스가 필요하진 않다. 그래도 한 번 입어나 보자. 흐르듯 떨어지는 검정색, 양 옆으로 길게 이어지는 가느다란 반짝이 장식, 게다가 가슴이 꽤 깊게 파였다. 사교댄스를 출 때에나 어울릴 법한 드레스다. 내가 이 옷을 입고 춤추는 모습은 그려볼 수 있다. 다만 그게 내 현실이 아닐 뿐이다. 내 인생에서는 턱없는 일이다. 이렇게 아름다운 드레스가 들어설 자리 따위는 없다. 하지만 현실에서 불가능하니까 이렇게 설레는 것 아닐까? 어떤 옷을 사면 그에 잘 어울리는 장신구도 사게 되듯이, 이 드레스를 사놓으면 그에 어울리는 삶도 더 빨리 내 것이 되지 않을까? 점원 아가씨가 사인하라고 카드전표를 내밀 때 가격은 확인하지도 않았다.

오후 3시 이 호텔 객실은 내가 그동안 묵었던 수백 개의 객실들과 하나도 다르지 않다. 돋을새김 무늬가 들어간 베이지색 벽지. 여기에

204

허브 화단을 연상시키는 커튼이 벽지와 과감하게 대비된다. 비상용 초콜릿이 있는지 미니바를 한 번 열어본 후, 침대머리 탁자 서랍도 열어본다. 기드온 성경 한 권, 그리고 나름대로 요즘 사람들의 종교관을 고려한 배려인지 세계 주요종교 잠언집이 들어 있다.

시계를 확인한다. 지금 우리 집은 아이들이 잠자리에 들 시각이다. 리처드가 전화를 받을 줄 알았는데 전화를 받은 사람은 폴라다. 그이가 폴라에게 내가 돌아올 때까지 며칠만 밤에도 우리 집에서 지내달라고 부탁했단다. 나에게 메모도 남겼는데 그건 꼭 나한테 직접 전해주라고 했단다.

나는 폴라에게 메모를 꺼내서 읽어달라고 부탁한다. 잠깐 시계를 쳐다본다. 젠장, 리처드는 어디 간 거야? 내가 집을 비우는 동안 남편이 도와줄 수 있었을 일들을 생각하고 있는데 폴라가 큰소리로 남편의 메모를 읽기 시작한다.

"그동안 당신과 얘기해보려고 노력했지만 당신은 점점 더 나에게 관심을 기울일 수가 없는 것 같았어."

"그래, 됐고. 언제 온다고 쓰여 있어?"

"케이트, 내 말을 듣기는 하는 거야? 내 말에 귀 기울이고 있어?"

"당연히 듣고 있지, 폴라."

"아뇨. 리처드의 메모를 읽은 거예요. 여기에 '케이트, 내 말을 듣기는 하는 거야? 내 말에 귀 기울이고 있어?'라고 쓰여 있거든요."

"아, 그렇구나. 미안. 계속 읽어봐."

"정말 미안해, 여보, 우리가 이렇게 막다른……."

"막다른 뭐?"

"……곳까지 오게 될 줄이야."

아, 이게 무슨 말이지.

"뭐라고? 또박또박 읽어봐."

폴라가 단어 하나하나를 조심스럽게 읽는다.

"우리가, 이렇게, 막다른, 곳까지, 오게, 될, 줄이야."

"그래, 무슨 말인지 알았어. 음, 또 다른 말은 없어?"

폴라의 목소리가 이상해진다.

"내가 이걸 읽어야 하는지 잘 모르겠어요, 케이트."

"아니, 괜찮아. 계속 읽어줘. 그이가 어쩌겠다는 건지 알아야겠어."

"당신이 나한테 연락할 일이 있으면 당분간 며칠은 데이비드와 마리아네 집에서 머물 테니까 그리로 하면 돼. 집을 구할 때까지는 거기 있을 거야. 걱정하지 마. 에밀리는 앞으로도 계속 내가 유치원에 데려다줄 테니까."

그러니까 정말 일어날 수 있는 일이었어. 현실에서도 이런 일이 일어나는구나. 삼류드라마에 나와도 '저런 게 어디 있어.'라면서 채널을 돌려버릴 일인데. 하지만 지금은 채널을 돌릴 수도 없어. 그리고 어쩌면 다시는 되돌릴 수 없고. 한순간, 세상이 아무렇지도 않게 느껴진다. 모질고 다소 황량한 세상이지만 어쨌든 내가 아는 세상의 모습 그대로다. 그러다 갑자기 발밑에서 땅이 푹 꺼진다. 내 남편, 이성적인 리처드, 의지할 수 있는 리처드, 반석처럼 든든한 리처드가 나를 버리다니. 결혼식 전날 "나는 영원Ever, 너는 레디Reddy—사랑하는 내 아내를 평생 지켜줄게."라는 편지를 써서 건네주었던 내 남편이 집을 나갔다. 그런데 나는 눈치도 못 채고 있다가 도우미에게 이별 통보를 전달 받아야 했다.

오랫동안 침묵이 흐르는 가운데, 폴라의 숨소리가 무거워졌다. 폴라가 걱정하고 불안해하는 마음을 전화로도 느낄 수 있다.

"케이트, 괜찮아요?"

"그래, 괜찮아. 폴라, 손님용 방에서 아니 우리 침대에서 자면 돼."

이 말을 하면서도 이제 우리 침대가 아니라 내 침대라고 말해야 하나 생각한다.

"침대 시트는 새로 갈아놓았으니까 괜찮아. 거북한 부탁인 줄은 아는데, 우리 애들이 놀라지 않게 엄마 아빠 대신 거기에서 자면 좋겠어. 그리고 에밀리와 벤에게는 내가 내일 아침 최대한 일찍 집으로 갈 거라고 잘 말해줘."

폴라는 곧장 대답하지 않는다. 나는 폴라가 싫다고 하면 어떻게 해야 하나 고민한다.

"폴라, 그렇게 해줄 수 있을까?"

"아, 미안해요, 케이트. 메모 뒷면에 추신이 있는 걸 이제 봤어요. 뭐라고 쓰여 있냐 하면요. 당신에 대한 사랑까지 접을 수 없다는 건 나도 알아. 믿어줘. 그러고 싶었지만 그게 안 되더라고."

뭐라고 대꾸해야 할지 모르겠다. 내가 묵묵히 있으니까 폴라가 우물우물 이렇게 말한다.

"걱정 마세요. 여기 일은 제가 다 알아서 할게요. 벤과 에밀리는 잘 지낼 거예요. 케이트, 다 잘될 거예요. 정말이에요."

수화기를 내려놓고 잠시 동안 숨 쉬는 법을 잊었다. 갑자기 공기를 들이마시는 일이 까다롭고 힘들어졌다. 횡경막을 들어 올리고 가슴을 부풀려야 한다. 그다음에 다시 들어 올리고 부풀린다.

조금 진정이 되자 잭의 핸드폰에 전화를 걸어 저녁식사를 취소해야겠다는 음성메시지를 남긴다. 옷을 벗고 샤워를 한다. 얇고 까슬까슬한 이탈리아 타월은 구제불능이다. 이 타월은 몸에 남은 물기를 흡수하는 게 아니라 그냥 쳐내는 느낌이다. 난 나를 폭 감싸줄 목욕타월이 필요하단 말이다.

욕실 거울에 비친 내 모습이 보인다. 지난번 보았을 때와 조금도 달라지지 않았다는 모습이 경악스럽다. 왜 머리가 다 빠지지 않았지? 왜 눈은 시뻘겋게 충혈되지 않았지? 자기 방에서 자고 있을 아이들을 생각한다. 난 얼마나 멀리 와 있는가. 어떻게 이렇게 멀리 와 있을 수 있나. 언덕기슭에 텐트를 쳐놓고 야영을 하는 우리 가족의 모습이 이 까마득히 먼 곳에서 보인다. 세찬 바람이 우리 가족을 덮친다. 내가 빨리 저곳에 가야 한다. 어서 가서 바람에 텐트가 날리지 않게 단단히 잡아매야 한다. 난 저곳에 있어야 한다.

강이 너무 넓어 건널 수 없네,
날개가 있어 날아갈 수 있는 것도 아닌데,

침대에 올라간다. 빳빳한 하얀 시트 속에서 내 몸을 손으로 어루만져본다. 내 몸이자 그동안 남편의 몸이기도 했다. 이 몸으로 그를 숭배했다. 마지막으로 그이를 보았던 때를 떠올려본다. 그러니까 내 말은, 백미러로 보듯 희미한 모습 말고 제대로 그 사람을 바라보았던 때가 언제였던가를 돌이켜봤다는 뜻이다. 지난 몇 달간 내가 출장을 가면 남편이 집안일을 챙기고 남편이 출장을 가면 내가 집안일을 챙겼다. 우리는 현관에서 전달사항을 넘기기 바빴다. 에밀리는 점심을 잘 먹었으니까 간식은 너무 신경 쓸 것 없다는 둥, 벤이 오늘 오후에는 낮잠을 자지 않았으니까 밤에 좀 일찍 재우라는 둥, 아이가 장운동이 활발하다든가 변비가 있으니 말린 자두를 좀 먹여보라는 둥. 그것도 여의치 않을 때에는 메모를 남긴다. 때로는 서로의 눈을 바라볼 시간도 없다. 케이트와 리처드는 서로의 실력을 믿지 못해 내가 더 열심히 뛰어야 한다고 생각하는 같은 편 계주선수들 같았다. 그러나 쉬지 않고 트랙을 돌고 배턴을 넘겨주어 경기가 계속되게 하는 것이 무엇보다 중요했다.

오, 사랑은 잘생기고 친절하죠,
사랑이 처음 다가올 때에는 보석과도 같아요.
그러나 사랑이 오래되면 차갑게 식고,
아침이슬처럼 온데간데없이 사라진대요.

"엄마, 나 왜 엄마가 아빠한테 골이 났는지 알아요."
하루는 에밀리가 아침부터 그런 말을 했다.
"왜 그런데?"
"아빠가 잘못해서 그러는 거잖아요."
나는 무릎을 꿇어 눈높이를 맞추고는 에밀리의 눈을 똑바로 바라보았다. 아이에게 잘못된 기억이 남지 않도록 바로잡아야 한다는 의무감이 들었다.
"그렇지 않아요, 우리 딸. 아빠가 잘못한 게 아니라 엄마가 너무 피곤해서 인내심을 잃은 거야. 그것뿐이란다."
"인내심이란 잠시 기다려주는 거예요."
나는 침대 옆 탁자에서 『세계 주요종교 잠언집』을 꺼낸다. 믿음, 정의, 교육 등으로 항목들이 나뉘어 있다. 나는 결혼에 대한 잠언 중 하나에 시선을 고정한다.

나는 아내를 '아내'라 불러본 적 없다. 아내는 '가정'이다.
－「탈무드」

가정. 이 단어를 한참 뚫어져라 바라본다. 가정. 부드러우면서도 심지가 느껴지는 단어다. 이 단어의 의미를 생각해본다. 나는 결혼했지만 아내가 아니다. 아이는 낳았지만 엄마가 아니다. 난 도대체 뭘까?

난 아이들이 자기에게 매달리는 게 두려운 나머지 퇴근 후에도 집에 곧장 들어가지 않고 아이들이 잠잘 때까지 와인바에서 죽치는 여자를 안다.

난 아들과 시간을 보낸답시고 새벽 5시 30분에 아직 어린 아기를 깨우는 여자를 안다.

난 TV 토론 프로그램에서 학교 운영에 대해 이야기했던 여자를 안다. 그 여자네 도우미가 나에게 말해줬다. 사실 그 여자는 자기 아이들 학교가 어디 있는지도 모른다고.

난 자기 아들이 처음 걸었다는 소식을 도우미에게 전화로 들은 여자를 안다.

그리고 이제 난 도우미가 읽어준 메모를 통해 남편이 떠났다는 소식을 들은 여자를 안다.

한참을, 어쩌면 몇 시간을 그렇게 침대에 누워서 무슨 느낌이라도
생기기를 기다린다. 드디어 마음이 움직인다. 너무나 친숙하고도 끔찍
하게 낯선 감정. 그래서 그 감정의 실체를 깨닫기까지 시간이 좀 걸린
다. 우리 엄마가 보고 싶다.

엄마에게 가는 길

아무리 애를 써도 우리 엄마가 앉아 있는 모습은 기억이 나지 않는다. 엄마는 언제나 싱크대에서 수돗물을 틀어놓고 프라이팬을 들고 있든가, 다리미대 옆에 서 있든가, 아끼는 남색 코트를 입고 학교 정문에 서 있었다. 엄마는 뜨거운 음식 접시를 부엌에서 가져오고, 다 먹은 접시를 다시 치웠다. 상식적으로 그 중간에는 당연히 엄마가 우리와 함께 식사를 하는 모습도 있어야 하는데 이상하게 그 모습은 생각나지 않는다. 접시는 일단 그릇장에서 나오면 더러워지게 마련이고 엄마는 더러운 것은 즉시 치우는 사람이었다. 아직 식사를 완전히 마친 상황이 아니더라도 일단 접시가 다 빈 것 같으면 엄마는 홱 가져가서 치웠다.

우리 어머니 세대는 봉사하기 위해 태어났다. 가족에 대한 봉사는 그들의 소명이자 숙명이었다. 학교교육과 엄마 노릇 사이의 간격이 벌어지기 시작한 것은 비교적 최근의 일이다. 둘 다 의무적으로 감내해야하는 고약한 일상이란 점은 마찬가지지만 말이다. 1950년대 소녀들에게도 자유의 창은 열려 있었다. 그러나 그 창은 몹시 좁았고 설령 창을 넘는다 한들 뭐가 달라졌을까? 우리 엄마 같은 여자들은 인생에 대한 기대가 별로 없었기 때문에 대체로 실망도 적었다. 모시고 섬기던 남편이 집을 나가거나 위장병, 심장병 따위로 요절한다 해도 여자들은 대개 자기 자리를 계속 지켰다. 식사를 준비하고, 청소를 하고, 자식이나 손자가 입을 옷을 다림질하고, 하여간 조금이라도 도움을 줄 수 있는 한 결코 앉아 지내지 않았다. 그들은 남을 위해 일하는 데서만 자기 존재의 의미를 찾는 사람들 같았다. 그래서 그 의미를 잃어버리면 정신을 못 차리고 혼란스러워했다. 오랫동안 갇혀 지내서 나중에 너른 들판에 풀어줘도 여전히 좁은 시야밖에 보지 못하는 조랑말처럼.

우리 세대에게는 뒤늦게 발견한 모성, 때로는 아주 늦게야 깨닫게 되는 모성이 충격이었다. 우리는 희생을 당연하게 여기는 세대가 아니다. 15년간 자립한 어른으로 살아가다가 갑자기 자유를 빼앗기면 사지를 절단당한 듯 고통스럽게 마련이다. 아기에게 깊은 사랑을 쏟으면서 상실감을 이겨낸다 해도 언제나 어디가 잘려나간 사람처럼 욱신대는 아픔은 어쩔 수 없다.

우리 엄마가 여성해방운동이라고 부르는 것이 내가 태어날 무렵부터 시작됐지만 우리 엄마들 세대에는 그 운동이 그리 영향을 미치지 못했고 사실 지금까지도 대단한 효과를 발휘했다고 볼 순 없다. 언젠가 여름이었는데 엄마가 긴 파마머리를 짧게 자르고 귀여운 이목구비가 돋보이는 숏커트를 하고 나타났다. 줄리와 나는 엄마가 너무 귀엽고 발랄해 보여서 그 머리를 마음에 들어 했다. 하지만 아빠는 그날 밤 이렇게 일침을 놓았다.

"진, 아주 여성해방가 같은데?"

엄마는 일언반구 없이 당장 다시 머리를 기르기 시작했다.

나는 십대에 들어서면서부터 세상이 보이는 게 다가 아니라고 깨달았던 것 같다. 남자들이 주연을 맡아 공연을 좌우하는 것처럼 보이지만 진짜 성패는 여자들의 손에 쥐여져 있었다. 단, 여자들은 절대로 무대에 오를 수 없지만 말이다. 마치 남자들 비위를 맞추기 위해 부계사회인 척하지만 실상은 모계사회라고 할까. 나는 내가 교육 수준이 낮은 환경에서 자라서 여기만 그러려니 생각했다. 하지만 더 넓은 세상으로 나와 보니 어디나 마찬가지다. 단지 그러한 위장이 더 교묘하다는 차이가 있을 뿐이다.

༺༻

운동장에서는 아이들의 고함소리가 찌르레기들처럼 하늘을 가득 메운다. 유치원은 교회처럼 길쭉한 창문이 나 있는 붉은색 벽돌 건물이다. 우리 선조들이 신과 교육을 모두 믿던 시대에 지어진 건물이다. 운동장 저쪽 구석 정글짐 옆에서 남색 세미롱코트를 입은 부인이 허리를 구부리고 있다. 그 부인이 허리를 펴고 어떤 여자아이의 코피를 손수건으로 닦아주는 모습이 보인다.

우리 엄마는 유치원 보조교사로 일한다. 벌써 몇 년째 이곳에서 일하며 실질적으로 손가는 일을 전담하고 있는데도 보조교사 직급에서 벗어나지 못한다. 왜냐하면 그렇게 해도 유치원 쪽에선 문제될 게 없고—유난 떨기 싫어하는 우리 엄마 성격상—월급을 적게 주어도 되기 때문이다. 보수는 정말 형편없다. 엄마가 얼마를 받는지 처음 들었을 때에는 기가 막혀서 막말이 튀어나왔다. 내가 택시비로 사흘이면 날려버릴 돈이 엄마의 한 달 월급이었으니까. 하지만 노동 착취라는 말을 해도 우리 엄마는 웃기만 한다. 엄마는 이 일이 좋다고, 매일매일 나갈 데가 있어서 좋다고 한다. 게다가 엄마는 애들을 다루는 법을 안다. 내가 보장하건대, 코피를 철철 흘리는 세 살짜리 아이를 우리 엄마보다 더 잘 달랠 수 있는 사람은 없다. 우리 엄마 진 레디는 뜨거운 물병처럼 확실하고 편안하게 사람을 보듬어줄 수 있는 사람이다.

엄마는 나를 금방 알아보지 못하고 이쪽을 멀거니 바라보더니 갑자기 얼굴이 환해진다.

"세상에, 케이트. 우리 딸이 왔구나."

엄마는 발톱에 상처가 난 아이 손을 잡고 이쪽으로 걸어온다.

"이게 웬 깜짝 방문이니. 난 네가 미국에 간 줄 알았는데."

"미국에는 다녀왔어요. 얼마 전에 돌아왔죠."

엄마의 차가운 뺨에 키스를 한다. 엄마는 훌쩍거리는 아이에게 말을 건넨다.

"자, 로렌. 이 사람은 선생님 딸이야. '안녕하세요.' 라고 해야지!"

종이 울리고 엄마의 교대시간이 되었다. 가방을 가지러 유치원 교무실로 간다. 복도에서 원장을 만나서 엄마에게 소개를 받는다.

"아! 그래요, 캐서린. 얘기 많이 들었어요. 어머님이 신문에 난 기사도 잘라서 보여주셨답니다. 얼마나 뿌듯하시겠어요. 그렇죠?"

난 빨리 여기서 나가고 싶지만 엄마는 딸내미 자랑에 한껏 기분이 좋다. 내 팔을 끌고 이 사람 저 사람 소개시키는 엄마를 보니 세계민속축제 때 에밀리가 제 친구들 앞에서 엄마를 자랑하던 일이 생각난다.

유치원 앞에 세워놓은 내 볼보는 아이들 물건으로 꽉 차 있다.

"애들은 잘 지내고?"

엄마가 차에 타면서 묻는다. 나는 애들은 폴라하고 잘 있다고 얘기한다. 엄마 아파트로 가는 길에 내가 다니던 학교 앞을 지나칠 때 엄마가 한숨을 쉰다.

"너 다울링 선생님 소식 들었니? 어떻게 그런 일이."

"조기퇴직하셨다지요?"

"그래, 젊은 여선생이 왔어. 그 여선생이 애들한테 다울링 선생님처럼 할 수 있겠니?"

다울링 선생님은 20년 전 우리 담임이었고 역사 과목을 가르쳤다. 눈을 자주 깜박거리고 조곤조곤 말씀하는 분으로 엘리자베스 시대에 열정적인 관심을 기울였고 제1차 세계대전 당시에 출판된 시를 좋아했다. 몇 달 전 어떤 5학년 남학생이 안경을 쓰고 있던 선생님 얼굴에 주먹을 날렸다고 한다. 그 후 오래지 않아 다울링 선생님은 조기퇴직을 신청했다. 다울링 선생님은 전형적인 문법학교에 어울리는 교사였는데 평준화 교육의 희생양이 되었다. 평준화 교육이 지향하는 이념이란 학교에서 뭔가를 배우고 싶은 아이들과 그럴 생각이 전혀 없는 아이들을 한데 싸잡아놓는 것이다.

"캐서린, 대학에서는 폭넓은 독서를 중요하게 생각하는데 우리는 시간이 별로 없구나."

다울링 선생님이 나의 케임브리지 대학 입학 준비를 도와주실 때 하셨던 말씀이다. 나는 우리 학년에서 유일하게, 아니 우리가 기억하는 한에서는 학교 역사상 처음으로 케임브리지를 지망한 학생이었다. 우리 학교에는 마이클 브레인이라고 옥스퍼드에서 법학을 공부하고 지금 변호사가 된 동문이 딱 한 명 있을 뿐이었다('변호사 업무'를 뜻하는 'bar'는 '술집'과 아무 상관도 없다고 한다). 그래서 방과 후에 도서관 옆에 있는 다울링 선생님 방에서 전기히터를 틀어놓고 공부를 했다. 나는 그 방에서 필라멘트가 타닥대는 소리를 들으며 선생님과 책 읽는 것을 좋아했다. 우리는 차티스트 운동을 하루 만에 떼고 제1차 세계대전을 주말 내내 파고들었다.

"모든 걸 다 알 수는 없지. 그래도 배경은 파악하고 있다는 인상을 줄 수 있을 거야."

선생님은 그렇게 말했다. 하지만 나는 레디 집안의 비상한 기억력을 타고났다. 튜더 왕조, 스튜어트 왕조, 오스만 제국…… 마술과도 같았다. 나는 우리 아빠가 경마에 대한 모든 것을 기억하듯 이런저런 전쟁이 일어난 날짜들을 모조리 외워버렸다. 코루냐 전투, 보스워스 전투, 이프르 전투, 레이스 로버스 전투, 브레친 시티 전투, 스윈던 타운 전투. 아빠와 나는 일단 해볼 만한 가치가 있다고 생각하면 비상한 능력을 발휘했다. 홀로 시험장으로 걸어 들어가면서 난 이미 알았다. 내가 '꼭 기억할 것'을 충분히 오래 붙잡고 늘어질 수만 있다면 거뜬히 합격하리라는 것을.

"맛있는 차 한 잔 하자. 엄마가 샌드위치 좀 만들어줄까? 햄 샌드위치 괜찮니?"

엄마는 아파트 부엌에서 주전자를 들고 부산스럽게 움직인다. 부엌이라기보다는 움푹 들어간 자투리공간에 지나지 않아서 한 사람만 서 있어도 꽉 찬다.

샌드위치를 먹고 싶은 마음은 눈곱만큼도 없지만 몇 해 전에 그래도 좀 컸다고 엄마의 샌드위치가 단순한 끼니거리가 아니라는 점을 깨달은 바 있었다. 이제 나에게 딱히 해줄 것이 없는 엄마이지만 여전히 나에게 샌드위치는 만들어줄 수 있지 않은가. 나는 귀찮더라도 엄마가 아직도 나에게 필요한 존재라는 기분을 느끼게 해드리는 게 더 중요할 성싶었다. 나는 상판을 접었다 폈다 할 수 있는 포마이카 식탁에 앉는다. 내가 어렸을 때부터 우리 집 부엌에 놓여 있던 식탁이다. 줄리가 어렸을 때 아빠가 순무를 안 먹는다고 나무라자 화가 나서 이빨로 물어뜯은 자국도 그대로 남아 있다. 내가 샌드위치를 먹는 동안 엄마는 다리미대를 펴고 발치에 있는 빨래바구니에서 세탁물을 꺼내 다림질을 하기 시작한다. 곧이어 방 안에는 물기가 치익 하고 말라가는 소리와 마음을 편안하게 하는 냄새가 가득 감돈다. 다리미는 블라우스를 따라 오가며 구제불능의 보풀을 가라앉히거나 까다로운 소매 끝동에 뾰족한 코를 들이민다.

우리 엄마는 다림질의 달인이다. 엄마가 작은 증기기관차 같은 다리미를 요렇게 조렇게 움직이며 반듯하게 길을 닦는 모습을 보고 있으면 참 재미있다. 부드럽게 쓱쓱, 쓱쓱, 그다음에는 옷을 들어서 요술쟁이처럼 팽팽하게 펴주고 마지막으로 잘 개킨다. 셔츠의 팔 부분은 경찰에 붙잡힌 범인에게 수갑을 채우듯 뒤쪽으로 접어준다. 그 모습을 지켜보노라니 눈물이 난다. 엄마가 돌아가시고 나면 나를 위해 저렇게 해줄 사람이 아무도 없겠지. 아무도 저렇게 정성을 쏟아가며 내 옷을 다려주진 않을 거야.

"눈 위쪽이 왜 그러니?"

"아무것도 아니에요."

엄마가 내 옆에 와서는 앞머리를 들어 올리고 습진을 자세히 들여다보고, 나는 눈을 깜박거리며 얼른 눈물을 밀어 넣는다.

"캐서린 레디, 네가 아무것도 아니라면 분명히 뭐가 있는 게지."

엄마가 웃는다.

"의사한테 크림 처방 받았니?"

"네."라고 대답하지만 사실이 아니다.

"딴 데도 습진이 생겼어?"

"아뇨."라고 대답하지만 허리선도, 귀 뒤도, 무릎 뒤도 가려워 죽을 지경이다.

주머니에서 핸드폰이 부르르 떨기 시작한다. 꺼내서 발신번호를 확인한다. 로드 태스크 부장이다. 핸드폰 전원을 꺼버린다.

"엄마가 너 자신을 돌보라고 했잖니? 어떻게 그렇게 일에만 매달려 사는지 모르겠다."

엄마가 손가락으로 내 핸드폰을 가리킨다.

"그리고 애들도 마찬가지야. 그러고는 못 산다, 애."

엄마는 다리미대로 돌아가면서 말한다.

"그런데 우리 사위는 잘 지내나?"

대충 둘러대서 대답한다. 사실은 엄마한테 리처드가 집을 나갔다는 말을 하려고 여기까지 왔다. 미국에서 돌아오자마자 폴라에게 애들을 맡겨놓고 나오기는 싫었지만 서두르면 오늘 중에 다시 런던 집으로 돌아갈 수 있으니까. 엄마에게 리처드랑 헤어졌다는 말을 전화로 하고 싶진 않았다. 그러나 여기 오니 뭐라고 말을 꺼내야 할지 모르겠다.

"아, 어쨌거나 남편이 절 버렸네요. 제가 1994년 이후로는 통 관심을 기울이지 않았다나요."

내가 이렇게 말하면 엄마는 농담인 줄 아시겠지.

"리처드는 참 좋은 사람이다."

엄마가 베갯잇을 다리미대의 곡선 부분에 씌우면서 말한다.

"남편한테 잘해라, 애. 리처드 같은 남편도 정말 드물다."

예전에는 엄마의 사위 칭찬이 꼭 나 들으라고 하는 소리처럼 들렸다. 엄마가 리처드의 빼어난 장점(간단한 끼니를 차릴 수 있다, 애들하고 잘 놀아준다)을 지적할 때마다 그에 상응하는 나의 단점(냉동식품에 의존해서 산다, 주말에도 밀라노 출장 중이다)을 꾸짖는 것처럼 생각되었기 때문이다. 이제 여기 엄마 집에 앉아서 엄마의 사위 칭찬을 듣고 있자니 알겠다. 실제로 내 남편은 자기보다 남을 더 생각할 줄 아는 어머니 같은 마음을 지닌 사람이었다.

내가 처음 리처드를 엄마에게 소개하던 날도 이 집 이 부엌에서 함께 차를 마셨다. 여기까지 오는 내내 무슨 일이 있어도 내 가족을 부끄러워하지 않겠노라 결심했었다. 덥고 끈끈한 날씨에 런던에서부터 차를 달리면서 나는 도전적 결의로 무장했다. 우리 집안을 있는 그대로 받아들여, 그렇잖음 끝장이야, 우리 집에 식기들도 다 짝짝이거든, 우리 엄마는 소파를 긴 의자라고 부르거든, 그런 걸로 걸고넘어지기만 해 봐. 두고 볼 거야, 알았어?

리처드는 내 결심을 무색하게 만들었다. 그이는 타고난 외교술의 화신처럼 엄청난 양의 빵과 버터를 덥석덥석 받아먹는 영웅적 행위로 예비 장모의 마음을 사로잡았다. 우리 집에서 그 사람이 얼마나 커 보였는지 기억난다. 가구들이 갑자기 인형의 집 가구처럼 작아 보였다. 게다가 얼마나 세심하게 우리 집안의 아픈 과거를 건드리지 않고 넘어가 주었던가(그때 아빠는 집을 나가 있었지만 그럼에도 같이 살 때 못지않게 우리 가족에게 영향을 미치고 있었다). 늘 준비가 너무 거창해서 문제였던 우리 엄마는 케이트 남자친구가 좋은 집안 도련님이라는 생각에 위축되었었는지 그때만 음식을 모자라게 준비했다. 그래도 리처드는 자기가 모퉁이 상점에 가서 우유를 사오겠다고 자원했고 잠시 후 두 가지 종류의 비스킷과 거리 끄트머리에서 보이는 언덕이 참 예쁘다는 찬사를 안고 돌아왔다.

"줄리한테 들었어요. 아빠 빚쟁이들이 여기까지 와서 행패를 부렸다면서요."

엄마가 한 손으로 회색 머리를 만지며 말한다.

"아무것도 아냐. 걔는 괜히 그런 얘기를 왜 해가지고. 이제 다 됐어. 네가 걱정하지 않아도 돼."

엄마가 "너희 아빠에게 너무 모질게 굴지 마라."라고 덧붙인 걸 봐서는 내가 어지간히 부루퉁한 얼굴을 했나 보다.

"왜 그러면 안 되는데요? 아빠도 우리에게 너무했잖아요."

쉬이이이. 쉬이이이. 다리미와 엄마가 동시에 부드러운 탄식 소리로 나를 나무란다.

"네 아빠도 사는 게 쉽지 않았잖니. 아빠도 똑똑한 사람인데 그 좋은 머리를 너처럼 쓸 수가 없었던 거야. 너희 아빠 집안에서 대학 진학은 꿈도 꾸지 못할 일이었어. 아빠는 항상 의학 공부를 하고 싶어 했지만 그렇게 오랫동안 돈이 드는 공부를 어떻게 할 수 있었겠니."

"아빠는 똑똑한데 왜 그렇게 계속 문제를 일으키시죠?"

엄마는 대답하기 어려운 질문을 받으면 늘 대화를 거기서 끝내버리곤 했다.

"음, 아빠는 항상 널 자랑스러워했단다, 케이트. 아빠가 동네방네 네 중등교육자격시험 성적을 자랑하고 다녀서 결국은 내가 말려야 할 정도였잖니."

엄마가 마지막 블라우스의 소매를 뒤로 접어 바구니에 담는다. 작년에 리버티 백화점에서 사드린 블라우스 두 벌과 내가 선물로 드린 그

밖의 옷들은 통 보이지 않는다.

"제가 사드린 빨간색 카디건은 입어보셨어요, 엄마?"

"그건 캐시미어잖니, 얘."

난 취직을 한 다음부터 엄마에게 좋은 옷을 종종 사드렸다. 엄마가 그 옷들을 갖기 바랐다. 아니, 엄마는 그래야만 했다. 엄마에게 잘해드리고 싶었다. 하지만 엄마는 내가 드리는 것들을 전부 다 나중에 좋은 날이 오면 입겠다고 아껴두신다. 좋은 날이 언제 올지 모르는데, 인생이 그런 날을 보장해줄 만큼 오래 계속되지 않을 수도 있는데 말이다.

"케이크 좀 줄까?"

아니, 먹고 싶지 않다.

"네, 맛있어 보여요."

소파 옆 탁자에는 25년 전에 산 그린 실드 스탬프가 찍힌 휴대용 시계 옆에 1950년대 말에 찍은 엄마 아빠 사진이 놓여 있다. 엄마 아빠가 바닷가에서 웃고 있고 그 뒤에는 갈매기들이 날아다닌다. 두 사람은 영화배우 같다. 아빠야 원래 타이런 파워를 닮은 사람이고, 엄마도 오드리 헵번처럼 새까만 눈을 하고 발목까지 오는 투우사 바지에 검정색 펌프스를 신었다. 어릴 적에는 저 사진 속의 행복한 모습이 날 조롱하는 것 같았다. 엄마가 사진 속의 모습으로 돌아가기를 얼마나 바랐던가. 내가 진득하게 기다리면 그렇게 될 줄 알았다. 엄마가 좋은 날을 기다리며 그런 모습을 아껴두고 있을 뿐이라고 생각했다. 그 사진 옆에는 에밀리가 두 살 때 찍은 사진이 은색 사진틀에 들어 있다. 에밀리는 케이크를 보고 좋아라 웃고 있다. 엄마가 내 시선이 향하는 곳을 바라본다.

"너무 예쁘지?"

기분 좋게 고개를 끄덕인다. 식구들끼리 아무리 부대끼고 힘들게 살았어도 아기는 그러한 관계를 새롭게 해준다. 에밀리를 낳았을 때 병원에 찾아온 엄마는 나이 들어 검버섯이 피기 시작한 손을 갓난아기의 손에 얹었다. 그때 나는 깨달았다. 딸이 생기면 자기 어머니의 죽음을 생각해도 견딜 수 있다는 것을. 차마 엄마에게 묻지는 못했지만, 엄마도 손녀를 봤으니 나와 줄리를 두고 먼저 떠날 수도 있다는 생각을 견딜 만한지 궁금했다.

부엌에서 프라이팬들이 부산스럽게 부딪치는 소리가 난다.

"엄마, 제발 여기 와서 좀 앉으세요."

"다리 올리고 편히 쉬어라, 얘."

"엄마가 앉았으면 좋겠다고요."

"금방 간다."

엄마에게 리처드 얘기는 도저히 할 수 없다. 그런 얘기를 어떻게 한단 말인가?

☙

줄리네 집은 엄마 집에서 차로 5분 거리다. 이런 거리에는 건설로 파괴되는 자연환경에 보상이라도 하고 싶은 듯 꼭 식물이나 나무 이름을 딴 이름을 붙인다. 하지만 이제 시멘트와 강화유리 천지에 과수원길, 느릅나무길, 벚나무 산책로 같은 전원풍 이름을 붙이는 게 더 잔인한 조롱처럼 보인다. 내 동생 집은 자작나무길에 있다. 한 벽을 이웃집과 공유하는 듀플렉스 타입의 1960년대 주택들, 편자 모양으로 둘러선 그 주택들이 도시계획가들의 재개발 아이디어에 따라 조심스럽게 파괴되고 재건되기를 반복하고 있다.

볼보를 주차시키자 길에서 공을 차며 놀던 아이들이 탄성을 지르며 놀란다. 하지만 내가 차에서 내리자 아이들을 잽싸게 달아나버린다. 하지만 어지간한 건달도 이 동네에선 어깨에 힘주지 못할 것 같다. 9번지 집의 앞뜰은 한가운데 동그랗게 흙이 파여 있고 중심에는 철쭉이, 가장자리에는 이름 모를 작고 하얀 꽃—내가 항상 에델바이스랑 비슷하다고 생각하는 꽃—들이 피어 있다. 마당 한쪽 콘크리트 바닥에 한쪽 바퀴를 올려놓은 채 세워져 있는 세발자전거는 아마 줄리네 아들이 어릴 때 타다가 버린 것 같다. 녹슨 노란색 안장에 낙엽과 빗자국이 시커멓게 내려앉았다.

문을 열어준 주인 여자는 이미 중년에 접어든 인상이다. 나보다 3년 하고도 1달 늦게 태어난 여동생이 무기력한 신문배달 소년 같은 머리를 하고 나온다. 부모님 방에 동생을 보러 간 순간이 나의 가장 오래된 기억으로 남아 있으니 내가 어떻게 잊겠는가. 그때 벽지는 초록색이었고, 아기는 온통 시뻘겠으며, 엄마가 레이번 오븐 앞에서 열심히 뜨개질하던 하얀색 숄이 그 아기를 감싸고 있었다. 아기는 웃기는 킁킁 소리를 내면서 사람 손가락을 잡고 놓아주지 않았다. 그 아기가 내 동생이라고 했다. 나는 내가 즐겨 보던 「블루 피터」 진행자 이름을 따서 발레리라는 이름을 붙여주자고 했다. 부모님은 내가 아기 이름 짓는 데 한몫을 하면 동생에게 샘을 좀 덜 내지 않을까 생각해서 아기의 세례명을 줄리 발레리 레디라고 지었다. 동생은 이 일을 두고두고 타박했기 때문에 나로서는 절대 잊을 수 없다.

"빨리 들어오지 뭐해. 그건 그렇고."

동생이 내 어깨 너머로 볼보를 보고 혀를 차더니 이렇게 말한다.

"애들이 타이어 펑크 낼지도 몰라. 마당 안에 댈래? 여긴 널린 건 금방 치워줄게."

"아냐, 정말 괜찮아."

좁아터진 현관 홀에는 하얀색 철사 스탠드에 덩굴식물들이 거미처럼 늘어져 있다.

"화분 잘 키웠다, 얘."

"조금만 신경 쓰면 저절로 자라는데, 뭐."

줄리가 어깨를 으쓱한다.

"티포트에 차가 남았는데 한 잔 줄까? 스티븐, 소파에서 발 내려. 캐스 이모가 런던에서 오셨잖니."

스티븐은 좀 맹하긴 해도 잘생긴 사내아이다. 스티븐이 껑충껑충 뛰어와 나에게 인사를 하는 동안 줄리는 컵을 가지러 간다:

남편에게 버림받았다는 소식을 동생에게 선물로 가져왔다. 줄리에겐 이 소식이 위로가 되겠지. 늘 언니 옷을 물려 입어야 했고, 선생님들에게 늘 케임브리지에 들어간 수재 언니와 비교당해야 했으며, 평생 단한 번도 언니보다 좋은 것을 가져보지 못했던 내 동생 줄리. 아, 하지만이제 언니는 남편도 붙잡아놓지 못한 여자가 됐으니 이 오랜 경쟁의 패배자는 결국 나라고 인정할 수 있겠다.

"집안이 쓰레기장 같지."

양해를 구하는 게 아니라 그냥 그렇다는 말투다. 줄리는 소파에서 잡지 몇 권을 치우고 아들의 축구 장비를 문 쪽으로 치운다.

줄리는 나에게 가스난로 옆 안락의자에 앉으라고 권한다.

"그런데 웬일이야, 무슨 일 있어?"

"너희 형부가 떠났어."

울음이 터진다. 폴라에게 전화로 그 소식을 들은 후로 처음이다. 에밀리에게 아빠가 당분간 다른 집에서 지낼 거라고 설명할 때에도 나는 울지 않았다. 남자는 「잠자는 숲속의 공주」에 나오는 왕자님으로 생각하는 여섯 살 꼬마가 엄마의 절망을 나누어 갖기를 바랄 수는 없었기 때문이다. 지난 밤 리처드와 문간에 서서 아이들 문제를 어떻게 할 건지 문명인답게 이성적으로 논의할 때조차도 나는 눈물을 보이지 않았다. 다만, 언제나 문간에서 대화를 마무리 짓고 이제 그만 가봐야 한다고 말하는 사람은 내 쪽이었는데 이번만은 리처드가 먼저 계단을 내려갔다. 그 순간에도 그이는 내가 2년 전 생일선물로 그의 눈동자 색깔에 맞춰서 고른 회색 스웨티를 입고 있었다.

"세상에, 형부도 결국 쓸모없는 사내놈이었던 거야? 언니가 그렇게 쌔빠지게 일했는데 훌쩍 달아나다니."

나도 모르는 사이에 줄리는 내 앞에 앉아 내 목을 두 팔로 감싸 안고 있다.

"내 잘못이야."

"퍽이나."

"아니, 내 잘못 맞아. 그 사람이 메모를 남겼어."

"메모? 아! 굉장하다, 진짜. 남자들은 별 수 없어. 너무 똑똑해서 감정이 메말랐거나 우리 남편 닐처럼 너무 무뎌서 느끼는 게 없거나 둘 중 하나지."

"닐은 무디지 않아."

줄리가 소리 내어 웃으니까 내가 예전에 알던 그 소녀로 돌아온 것 같다. 장난기 가득하고 두려움을 모르던 그 소녀로.

"맞아, 무딘 사람은 아냐. 하지만 언니는 솔직히 그이에 대해서 햄스터만큼도 모르잖아. 그건 그렇고, 형부에게 다른 여자가 있는 거야?"

그런 생각은 꿈에도 해보지 않았다.

"아니, 그런 것 같진 않아. 다른 여자가 있다면 그건 바로 나야. 그이가 결혼했던 케이트는 사라져버렸으니까. 나하고 잘해볼 수가 없었다고 그랬어. 내가 그이 말에 귀를 기울이지 않아서."

줄리가 내 머리를 쓰다듬는다.

"언니가 너무 열심히 일해서 형부가 위축됐나 봐."

"그이도 실력 있는 건축기사야."

"하지만 집안이 굴러가는 건 언니 덕분이잖아. 언니가 번 돈으로 이것저것 꾸려가잖아."

"그이에겐 그 점도 힘들었던 것 같아."

"나 참, 세상이 그렇게 남자들이 용납하기 힘든 일들을 봐주면서 돌아간다면 우린 아직도 정조대를 차고 다녀야 할 텐데? 설탕 필요해?"

아니, 필요 없다.

"응."

잠시 후 줄리와 나는 동네 꼭대기에 있는 공원을 거닌다. 길가에는 양치식물이 무성하게 자라고 캠프파이어라도 했는지 디기탈리스가 군데군데 타들어가 있다. 그네 쪽에 갔더니 벤치에 십대 미혼모 둘이 앉아 있다. 여기서 십대들의 임신이 발에 채일 만큼 흔한 일이다. 두 소녀는 전형적인 리틀맘들의 모습이다. 피곤에 찌든 얼굴에 두껍게 칠한 화장, 애들은 무릎에서 방방 뛰는데 어린 엄마들은 그러거나 말거나 시체처럼 맥이 없다. 인생의 혹독함이 고스란히 묻어난다.

줄리는 몇 달 전 아빠의 빚쟁이 두어 명이 엄마 아파트로 찾아오는 바람에 엄마가 호흡곤란과 가슴통증으로 고생을 했었다고 말해준다. 엄마는 조지프 레디와는 같이 살지 않은 지 오래됐다고 설명했지만 빚쟁이들은 집안으로 처들어와 가구, 휴대용 시계, 아이들 사진을 넣으라고 내가 선물로 보낸 은제 액자까지 홀딱 다 뒤집어놓았단다.

장남이나 장녀는 인정을 받고 싶어 안달하는 병이 있지만 줄리는 나와 달리 아버지에게 일찌감치 정을 떼어버렸다. 그동안 살아오면서 줄리는 대체로 아버지를 냉정하게 관찰하고 어떠한 부작용도 두려워하지 않는 태도로 대했다. 아빠가 우리 회사로 찾아왔었다는 얘기를 했더니 줄리는 그야말로 불같이 화를 낸다.

"누가 우리 아빠 아니랄까 봐. 직장 상사도 있는데 언니가 곤란해지거나 말거나 생각도 안 하나 보지? 도대체 거기는 뭐 하러 갔대?"

"아빠가 자연분해 기저귀를 개발했어."

"아빠가? 평생 아기 엉덩이를 들여다본 적도 없는 사람이?"

동생과 나는 폭소를 터뜨린다. 콧김이 킁킁 나올 정도로 한참을 웃었더니 나중에는 눈물까지 난다. 코트 주머니에 처박힌 손수건을 꺼낸다. 쓰던 손수건을 처박아놓았더니 딱딱해져 있다. 줄리도 피가 말라붙어 거의 비슷한 수준이 된 손수건을 꺼낸다.

"에밀리 크리스마스 발표회 때 썼던 거야."

"스티븐 럭비시합 때 썼던 거야."

우리는 고개를 돌려 마을을 바라본다. 지저분한 마을이지만 일류 디자이너가 뽑아낸 색상처럼 고운 붉은색 노을이 감싸주니 그래도 볼 만하다. 높다란 굴뚝들이 하늘로 뻗어 있지만 가동 중인 굴뚝은 그중 몇 개뿐인 듯하다. 그 몇몇 굴뚝들이 숨어서 몰래 담배를 피우듯 조급하게 연기를 뿜어내고 있다.

"아빠한테 뭘 또 쥐어준 건 아니겠지."

내가 대답을 못하자 줄리가 다시 말한다.

"아, 내가 언니 때문에 못 살아. 왜 그렇게 마음이 약해?"

나는 라디오 채널 4번 아나운서 말투로 대꾸한다.

"도시의 얼음 여왕님께 무슨 말씀을."

"무진장 빨리 녹는 얼음이라서 문제지."

줄리가 맞받아친다.

"언니는 아빠를 벗어나야 해. 알잖아. 아빠한테 잘할 필요 없어. 세상엔 아버지 같지도 않은 아버지들이 널렸다고. 우리만 그러고 산 거아냐. 그러니 잊어버려. 어릴 때 주인이 집세 받으러 오면 아빠는 언니를 내보냈지. 설마 그것도 잊었어?"

"기억 안 나."

"거짓말 하지 마. 어떻게 그걸 잊겠어. 언니, 자식들에게 그래서는 안 되는 거잖아. 자기 살겠다고 애들에게 거짓말을 시킬 수는 없잖아.

아빠는 일이 잘 안 풀리면 엄마에게 손까지 댔던 사람이야."

"아냐."

"아니긴 뭐가 아니야. 엄마 아빠가 너 죽고 나 죽자 싸울 때마다 아래층에 쪼르르 내려가 아빠를 말리던 사람이 누군데? 그 여자아이 이름이 아마 캐서린이었지? 그래도 생각 안 나?"

"줄리, 우리가 그때 죽고 못 살았던 그 아이스크림 이름이 뭐였지?"

"젠장, 말 돌리지 마."

"기억나?"

"당연하지. 팝스잖아. 하지만 언니는 한 번도 그걸 사지 않았지. 항상 용돈을 모아서 훨씬 더 비싸고 좋은 코니시 미비를 샀잖아. 엄마가 그랬어. 언니는 두 발로 일어설 때부터 늘 제일 좋은 것만 가지려고 했다고. '우리 딸내미는 돈은 없어도 좋은 건 귀신같이 안다니까.' 그래서 언니는 좋은 걸 살 수 있을 만큼 돈을 벌었잖아. 안 그래?"

"그게 그렇게 대단치도 않더라고."

나는 그렇게 말하며 내 결혼반지를 물끄러미 바라본다.

"거품이란 뜻이야?"

줄리가 정말로 궁금한 표정으로 묻는다.

돈이 내 삶을 격상시켜주긴 했지만 삶이 더 수월해지거나 의미 있게 변하진 않았다. 이 얘기를 동생에게 어떻게 전하면 좋을까?

"아, 돈을 벌기 위해서 꼭 지출해야만 하는 것들이 너무 많아. 그리고 돈이 있으니까 이런 것쯤은 있어야 한다고 생각해서 사들여야 하는 것들도 너무 많고."

"그렇겠지. 그래도 저렇게 사는 것보단 낫잖아."

줄리가 공원 저 건너편의 어린 미혼모들을 가리키며 말한다. 줄리는 화난 목소리로 내뱉었지만 다시 한 번 입을 열었을 때에는 축복을 기원하듯 따뜻한 음성으로 변해 있다.

"당연히 저렇게 사는 것보단 나아야지, 응?"

～～～

위피 아저씨의 소형트럭은 「그린슬리브스」라는 민요를 시끄럽게 틀고 동네를 돌았다. 하루는 여름방학 때였는데 존스 씨네 남매 아네트와 콜린이 그 트럭에서 아이스크림을 사먹으러 나왔다. 그런데 하필이면 그 집에서 기르는 새끼고양이가 남매를 따라 나왔다가 그 트럭에 치여 죽고 말았다. 우리는 고함을 질렀지만 운전수 아저씨는 우리 소리를 듣지 못하고 고양이를 완전히 깔아뭉개고 말았다. 내 기억에, 아스팔트가 녹아서 우리 샌들 밑에도 토끼 똥처럼 시커멓게 묻어날 정도로 무덥게 찌는 날씨였다. 그때 아네트의 끔찍한 비명소리, 그리고 트럭에서 흘러나오던 음악소리, 한없이 부드러운 것이 트럭 바퀴에 짓이겨지던 그 느낌이 아직도 생생하게 기억난다.

존스 씨네는 우리 집 다음다음 집에 살았다. 캐럴 아줌마는 우리가 아는 동네 엄마들 중에서 유일한 직장여성이었다. 처음에는 바에서 파트타임으로 일해서 푼돈이나 만지는 수준이었는데 나중에는 금속공장 경리과에 정식직원으로 취직했다. 우리 엄마와 프리다 데이비스 아줌마는 캐럴 아줌마가 돈을 벌어서 미용실에 갖다 바치거나 그밖에도 자기 인생을 즐기는 데 지출을 많이 한다고 흉을 보았다. 아네트가 만 11세에 치르는 중등학교 진학시험에 낙방하자 엄마와 데이비스 아줌마는 더할 나위 없이 고소해했다. 그래, 하지만 간식 차려줄 사람 한 명 없이 집에 방치된 가엾은 아이에게 어떻게 그 이상을 기대하겠는가?

내가 기억하는 캐럴 아줌마는 늘 립스틱을 바르고 잘 웃던 사람, 우리 엄마와 비슷한 나이였지만 훨씬 젊어 보이던 모습이다.

고양이 사건이 일어난 그날, 엄마는 비명소리를 듣고 놀라서 뛰어나와 우리를 모두 집 안으로 데리고 들어갔다. 위피 아저씨는 엉망이 된 고양이 사체를 치우려고 노력했다. 나는 딸기맛 코니시 미비 아이스크림을 도로에 떨어뜨렸다. 엄마는 아네트를 진정시키고 모두에게 오렌지주스를 만들어 나눠주고 콜린에게 줄 일회용 반창고를 찾았다(다치거나 긁힌 데는 없었지만 그 애에겐 일회용 반창고를 주어야만 했다). 우리 모두 캐럴 아줌마가 퇴근하고 집에 오기를 기다리는 동안 엄마는 아네트와 콜린에게 간식을 만들어주었다.

캐럴 아줌마는 쇼핑백을 바리바리 들고 아주 늦게야 돌아왔다. 엄마에게 전화를 받았지만 더 일찍 올 수 있는 상황이 아니었다고 했다. 우리 모두 포마이카 식탁에 앉아 있었고 아줌마가 부엌으로 들어오던 그 때를 돌이켜보니 젖은 수건처럼 부엌에 걸려 있던 열기와 콜린이 오렌지주스를 쏟았던 일, 아네트가 자기 엄마를 쳐다보지 않으려고 피하던 일이 또렷하게 기억난다. 하지만 우리 모두 마음속으로 생각하고 있던 그 말을 누군가 입 밖으로 내뱉었는지는 기억나지 않는다.

누가 말했었나? "엄마가 집에 있었으면 고양이는 죽지 않았을 거예요."라고?

대답하지 못하는 엄마

오후 6시 35분 "나아가 남녀 혼성 조직이 팀의 능률을 향상시키는 데 중요한 역할을 한다는 증거는 상당히 많이 있습니다."

"맙소사, 케이티. 당신이 그렇게 말할 줄은 정말 몰랐는데."

부장은 시큰둥하다. 부장만이 아니다. 다른 사람들도 새로운 다양성 관리자의 발언에 귀를 기울이느니 와인이나 한 잔 하러 갔으면 좋겠다는 표정이다. 도살장에 와 있는 채식주의자가 된 기분이다.

크리스 번스가 다리를 회의실 탁자에 올려놓고 의자에 뒤로 기댄다. 이쑤시개로 이를 쑤시면서 한다는 말이 "난 남녀가 같이 일하는 거 아주 좋아합니다."다.

"자, 이제 나가도 될까요?"

부장이 묻는다.

"아뇨. 시행 지침을 만들어야죠."

셀리아 함스워스가 말한다.

회의실에서 신음소리가 터져 나오는데 내 핸드폰이 주머니에서 진동을 한다. 폴라가 문자를 보냈다.

벤이 아파요. 빨리 오세요.

"제가 가봐야겠네요. 미국에서 긴급전화예요. 돌아오지 않을 테니까 기다리지 마세요."

집으로 가는 택시 안에서 폴라에게 전화를 한다. 폴라가 자초지종을 설명해준다. 벤이 계단에서 떨어졌다.

"계단 윗부분에 벤 침실 바로 옆쪽 있잖아요. 거기 카펫이 좀 위험하잖아요, 케이트?"

오, 하느님. 안 돼요.

"그래, 알아."

"오늘 아침에 거기에 발이 걸려서 계단 밑으로 굴러 떨어졌어요. 머리를 부딪쳤는데 혹이 좀 났지만 그때는 그냥 괜찮아 보이더라고요. 그런데 조금 전부터 애가 아파하면서 기운이 하나도 없이 축 늘어지는 거예요."

폴라에게 벤을 따뜻하게 해주라고 말한다. 아니, 차갑게 해주는 게 나을까? 리처드의 핸드폰으로 전화를 거는데 손가락에 감각이 하나도 없다. 그이가 전화를 받기를 간절히 기도하지만 음성을 남겨달라는 빌어먹을 안내메시지가 나올 뿐이다.

"안녕. 메시지를 남기고 싶지 않지만 당신이 꼭 와줬으면 좋겠어. 나 케이트야. 벤이 계단에서 떨어져서 애를 병원에 데려갈 거야. 핸드폰 가지고 갈 테니까 전화 줘."

그다음엔 페가수스 콜택시에 전화해서 윈스턴에게 우리 집 앞에서 대기해달라고 부탁한다. 벤을 빨리 병원에 데려가야 한다.

오후 8시 23분 아기가 진찰을 받는 데 도대체 얼마를 기다려야 하나? 응급실에 갔더니 회색 플라스틱 의자에 앉아서 기다리란다. 우리 옆에는 사립학교 학생들로 보이는 남자애들이 무엇 때문인지는 모르지만 정신을 못 차리고 늘어져 있다. 엑스터시라도 했나 보다. 한 명은 이유를 모르겠다고 시치미를 떼며 "손가락에 감각이 없어요." 소리만 되풀이한다. 상관없거든. 난 이 자식에게 어디서 왔는지 모르지만 당장 꺼지라고 말해주고 싶다. 이딴 자식들이 촌각을 다투는 응급실에서 시간을 잡아먹고 있다 생각하니 따귀라도 한 대 갈겨주고 싶다.

윈스턴이 택시를 세워놓고 응급실로 돌아오더니 접수창구로 걸어간다. 내 표정을 보고 단박에 알아채고는 강력하게 밀어붙인다.

"죄송합니다만 지금 상태가 몹시 위중한 아이가 있단 말입니다. 부디 상황 참작 좀 해주세요."

영원처럼 긴 시간—사실은 한 5분 정도—이 흐르고 벤과 나는 드디어 진료를 받으러 들어간다. 지난 목요일부터 면도를 못한 것 같은 젊은 당직의사가 진료실에 앉아 있다. 진료실이라고 해봤자 살구색 커튼으로 시끄러운 복도 쪽을 막아놓았을 뿐이다. 내가 증상을 설명하려는데 의사는 한 손을 들어 내 말을 막고 책상에 놓인 진료 차트부터 읽는다.

"음…… 알았습니다, 알았어요. 열이 난 지는 얼마나 됐죠, 새톡 부인?"

"확실히는 모르겠어요. 한 시간 전부터는 열이 굉장히 많이 나요."

"낮에는 어땠습니까?"

"모르겠어요."

의사가 손으로 벤의 이미를 짚는다. 아이는 내가 자기를 잡고 있던 손에서 힘을 빼자 칭얼대기 시작한다.

"지난 24시간 사이에 구토를 한 적은 없습니까?"

"어제 저녁에도 몸이 좀 좋지 않아 보였어요. 하지만 폴라 말로는, 그러니까 저희 집 도우미 말로는 그냥 배가 살살 아픈 것뿐이라고 그랬어요."

"그 후에 변은 봤습니까?"

"잘 모르겠네요."

"어제 아이를 한 번도 못 봤다는 뜻입니까?"

"봤어요. 아니, 못 봤어요. 그러니까, 아이가 자기 전에 집에 들어오려고 노력하긴 했는데 어젯밤에도 아이가 잠든 후에 들어왔거든요."

"그럼 그저께도 못 봤습니까?"

"그래요. 프랑크푸르트에 가야 했으니까요. 저기요, 지금 애가 아픈 건 오늘 아침에 계단에서 떨어져서 그런 거예요. 처음엔 괜찮아 보였는데 나중에 애가 축 처지니까 그제야 폴라가 걱정이⋯⋯."

"네, 알았습니다."

아니, 아는 것 같지 않다. 내가 좀 더 이 사람이 알아듣게끔 침착하고 차분하게 설명을 해야겠다.

"아이 옷 좀 벗겨주시겠습니까?"

나는 벤의 토머스 기차 잠옷을 벗긴다. 속옷의 똑딱 단추도 풀어서 머리 위로 잡아 뺀다. 살갗이 희다 못해 투명해서 갈비뼈 안쪽에서 헐떡이는 허파의 움직임까지 다 보이는 것 같다.

"아이 몸무게요? 지금 몇 킬로그램이나 나갑니까, 새톡 부인?"

"확실히는 몰라요. 10킬로그램에서 13킬로그램 사이일 거예요."

"마지막으로 몸무게를 잰 게 언제죠?"

"음, 생후 18개월 정기검진을 받았어요. 하지만 애는 둘째라서 별다른 이상이 있지 않는 한 몸무게 같은 걸 그렇게 신경 쓰지는 않았……."

"그래서 그 18개월 정기검진 때 몸무게가 얼마였냐고요."

"말씀드린 대로 확실히는 모르겠어요. 하지만 도우미가 아무 이상 없다고 했어요."

"그럼 아이의 생년월일은 어떻게 됩니까? 설마 그건 아시겠지요?"

이 모욕적인 공격에 눈물이 왈칵 솟는다. 눈밭으로 내몰린 것 같은 기분이다. 난 정말 시험에는 자신이 있다. 나는 늘 답을 안다. 하지만 지금 내가 알아야 하는 이 문제들의 답은 모른다. 그저 내가 마땅히 알고 있어야 한다는 것만 알 뿐이다.

벤은 1월 25일에 태어났어요. 매우 건강하고 순해서 좀체 울지 않는 아기예요. 젖니가 나서 몸살을 앓을 때 빼고는 울지도 않아요. 제일 좋아하는 책은 『새끼올빼미들 이야기』이고, 제일 좋아하는 노래는 「버스 바퀴들」이죠. 둘도 없는 내 아들, 내 소중한 아들이에요. 만약 애한테 무슨 일이 생긴다면 당신을 죽이고 이 병원에 불을 지른 다음 나도 따라 죽어버릴 거예요.

"1월 25일이에요."

"고맙군요, 섀톡 부인. 자, 꼬마야. 여기 가슴 한 번 보자."

오전 12시 17분 윈스턴이 없었으면 어떻게 됐을지. 그는 병원에서 계속 우리와 함께 있어주었다. 자판기에서 설탕이 잔뜩 든 차를 뽑아서 나에게 가져다주고, 내가 화장실을 갈 때면 대신 벤을 안고 있었다. 내가 영업시간을 빼앗았으니 사례를 하겠다고 말했을 때에만 유일하게 화를 냈다. 윈스턴이 우리 집 앞에서 내가 잠든 벤을 안고 택시에서 내릴 수 있도록 도와주는데 집 앞 계단에 누가 서성거리는 게 아닌가. 좀 도둑이면 나도 무슨 일을 저지를지 모른다고 이를 갈았지만 몇 발짝 더 가보니 그 사람은 모모였다. 회사 사람은 꼴도 보기 싫다. 지금 이 시각에는 못 참는다. 현관문에 열쇠를 꽂으며 말한다.

"무슨 일인지는 모르지만 내일 아침까지 기다려주겠어?"

"죄송해요, 케이트."

"죄송하다는 말로 넘어갈 문제가 아니라고 봐. 지금 병원에서 애를 데리고 들어오는 길이야. 난 애를 계속 잘 살펴봐야 한다고. 아주 길고 힘든 밤이 될 거야. 항생 지수가 10퍼센트 하락했다 해도 난 지금 꼼짝 못해. 부장에게 지금 내가 한 말 그대로 전해도 상관없어. 어머, 세상에. 왜, 왜 그러는 거야?"

현관문이 열리면서 집 안에서 새어나온 불빛에 모모의 얼굴이 비친다. 그제야 모모가 계속 울고 있었음을 퍼뜩 알아차렸다. 모모의 완벽한 얼굴이 고통으로 일그러진 모습을 보니 정신이 번쩍 든다.

"죄송해요."

모모는 그렇게 말하고 울음이 폭발하는 바람에 더 이상 말을 잇지 못한다. 모모를 데리고 들어와서 부엌에 앉아 있으라고 말하고 나는 위층으로 올라가 벤을 아기 침대에 눕힌다. 의사는 바이러스성 발진이라고 했다. 계단에서 떨어진 것과는 상관없다고, 24시간 동안 물을 자주 먹이고 열이 오르지 않는지 지켜보면 된다고 했다. 방에서 돌아서서 나오는데 애들 방으로 이어지는 계단의 낡아빠진 카펫, 벤이 걸려 넘어졌다는 바로 그 자리가 눈에 띈다. 저 빌어먹을 카펫이 싫다. 내가 아직도 새 카펫 견적을 뽑지 않았다는 사실이 싫다. 전화를 걸어 사람을 부르고 카펫 견적을 꼭 뽑았어야 했는데 그런 필수적인 시간조차 내겐 사치처럼 여겨졌다는 사실이 싫다. 트리아지. 긴급도를 요하는 순서. 나는 트리아지에 실패했다. 아이들에게 문제가 될 수 있는 사안을 가장 우선시하고 나머지는 뒤로 미뤘어야 했다. 에밀리 방에 가보니 아이는 폴라를 꼭 껴안고 잠들어 있다. 폴라도 깊은 잠에 빠져 있다. 나는 신데렐라 스탠드 불을 끄고 두 사람에게 이불을 덮어준다.

다시 부엌으로 내려와 박하차를 끓이고 모모가 무슨 말을 하는지 들어본다. 10분쯤 지난 후에야 모모가 왜 그렇게 상황설명을 잘 못하는지 이해할 수 있었다. 모모는 자기가 본 것을 묘사할 수 있는 천박한 단어들을 몰랐던 것이다.

모모는 퇴근 후에 미국에서 온 사람들과 리버풀 거리의 171바에 우르르 몰려갔었다. 한 잔 한 후였지만 다음번 최종 프레젠테이션 자료를 준비하려고 회사로 돌아갔다. 크리스 번스가 자기 자리에서 희희낙락하며 몇몇 남자직원들과 함께 컴퓨터 모니터를 들여다보고 있었다. 그들이 킬킬대는 웃음소리가 귀에 거슬렸다. 그중에는 모모의 입사동기 줄리언도 있었다. 그들은 모모가 사무실에 들어오는 줄도 몰랐다. 모모가 도대체 뭘 보고 있나 궁금해서 가까이 다가갔을 때까지도.

"그게 말이죠, 케이트. 벌거벗은 여자들 사진이었어요. 옷만 벗은 게 아니라 그보다 훨씬 더 추잡한 사진요."

"모모, 남자들은 원래 그런 거 다운받아서 보고 그래."

"케이트, 지금 그게 아니라니까요. 그 남자들은 '제가 찍힌' 사진들을 보고 있었다고요."

오전 2시 10분 모모를 데리고 가서 잠옷으로 입을 만한 옷을 꺼내주고 손님용 침실에 데려다준다. 닥스훈트가 그려진 초대형 갭 티셔츠를 입은 모모는 여덟 살 소녀 같다. 모모는 좀 진정이 된 후에야 자초지종을 자세히 말할 수 있었다. 모모는 모니터에서 자기 사진을 보고 그녀가 지를 수 있는 가장 큰 비명을 질렀다. 도대체 누가 이런 짓을 한 거냐고 사람들에게 따졌다.

번스는 뻔뻔하게 정면으로 나왔다. 그 자식이 모모를 돌아보면서 그랬단다.

"어, 이제 실물이 납시셨구먼. 자기가 할 수 있는 걸 우리한테 보여주고 싶은가 보지?"

남자 직원들은 왁자하게 웃음을 터뜨렸단다. 그러나 모모가 울기 시작하자 재빨리 사무실에서 도망쳤다. 입사동기 줄리언만 남아서 모모를 진정시키려고 애썼단다. 모모가 계속 소리를 지르자 줄리언이 결국 어떻게 된 일인지 설명하기 시작했다. 크리스 번스는 회사 웹사이트에 실려 있는 모모의 사진에서 얼굴 부분만 따냈다. 우리 회사는 다양성 추구라는 약속을 잘 지키고 있다고 과시하려고 일부러 모모의 사진을 회사 웹페이지에 올려놓았던 것이다. 번스 그 자식은 모모의 얼굴을 인터넷에서 얼마든지 구할 수 있는 여자들 알몸 사진에 붙여 합성사진을 만들었단다. 모모는 "실오라기 하나 걸치지 않은 몸"이라는 말을 되풀이한다. 워낙에 요조숙녀 같은 성격이라서 더욱 견디기 힘들 것이다.

모모는 다름 아닌 자기 얼굴이 남자의 물건을 빨아주는 사진을 보고 더 이상 모니터를 볼 수 없었단다. 게다가 사진들 밑에는 글씨도 쓰여 있었다고 했다. 하지만 모모가 너무 놀라서 안경을 바닥에 떨어뜨리는 바람에 그 글씨를 읽을 수는 없었다고 한다.

"아시아 계집, 뭐 그런 말이었던 거 같아요."

"그랬겠지."

"이제 우린 어떻게 해요?"

모모가 '우리'라고 하는 게 주제넘어 보이기도 하고 지극히 당연한 것 같기도 하다.

우리가 할 수 있는 게 뭐가 있어.

"생각을 좀 해봐야지."

247

나는 천장 등은 끄고 침대 옆 스탠드는 그대로 켜둔다. 스탠드 옆에는 지난번 시부모님이 오셨을 때 꽃병에 꽂아둔 골짜기의 백합이 시든 채 남아 있다.

"케이트, 전 정말 이해가 안 돼요. 왜 번스는 그런 짓을 하는 거죠? 아니, 누구든 간에 왜 그런 짓이 하고 싶은 걸까요?"

"음, 그건 모모가 예쁘고 여자이니까. 그리고 그 남자는 그런 짓을 할 수 있는 인간이니까. 복잡하게 생각하지 말아요."

모모는 잠깐이지만 화가 나서 흥분한다.

"지금 크리스 번스가 저에게 한 짓이 특별할 것도 없는 일이라는 뜻인가요?"

"그런 뜻 아니야. 하지만 그런 뜻도 되겠지."

갑자기 무시무시한 피곤이 몰려온다. 혈관에 흐르는 피가 모두 납처럼 굳어진 기분. 저녁 내내 벤에게 무슨 일이 생길까 봐 긴장을 늦추지 못했는데 이 시각까지 이러고 있어야 하다니. 왜 내가 가장 제정신으로 생각할 수 없을 때 이토록 중요한 일을 모모에게 설명해야 하나? 나는 내 손을 모모의 차가운 갈색 손에 얹고 생각나는 대로 말한다.

"내 말은, 인류의 역사라는 게 늘 그런 식이었고 우리도 그 역사의 일부라는 뜻이에요. 그 역사에서 지금까지는 우리 같은 여자들이 없었으니까. 모모, 아주 오랜 세월 동안 여자들은 늘 정해진 자리에서 살아왔잖아요. 그러다 지난 20년 사이에 여자들이 자기 자리를 과감히 벗어나기 시작했어요. 그래서 남자들은 두려운 거예요. 이건 굉장히 급격한 변화니까. 크리스 번스도 당신을 동등한 한 인간으로 대해야 한다는 것 정도는 알 거예요. 우리는 그 자식이 모모에게 바라는 게 있지만 결코 그럴 수 없다는 것도 알죠. 그러니까 그 자식은 모모의 사진을 합성해서 자기 하고 싶은 대로 하고 노는 거예요."

모모는 이불 속에서 몸을 부르르 떤다. 아직도 생생한 치욕에 떨면서 내 손가락을 힘주어 움켜잡는다.

"모모, 인류가 직립하는 데 얼마나 오래 걸렸는지 알아요?"

"얼마나 걸렸는데요?"

"200만 년에서 500만 년 사이라고 하더군요. 크리스 번스에게도 500만 년의 시간을 주면 여자랑 같이 일하면서 꼭 옷을 벗길 필요는 없다는 걸 깨달을지도 몰라요."

모모의 눈에 그렁그렁한 유백색 눈물이 보인다.

"케이트, 우리가 할 수 있는 일은 없다는 뜻인가요? 그렇죠? 번스를 혼내줄 수 없는 거죠? 남자들이 그런 걸 좋아하니까 내가 참아야 한다는 거군요. 바꾸려고 해봤자 소용없다 이거죠?"

그래, 그런 뜻 맞다.

"아니에요. 나라면 가만히 있지는 않을 거예요."

모모가 한숨을 쉬며 잠을 이루려고 뒤척이는 동안 나는 아래층으로 내려와 불을 끄고 문단속을 한다. 리처드는 늘 그리운 사람이지만 특히 이 순간은 못 견디게 보고 싶다. 문단속은 늘 그이가 맡았기 때문에 왠지 똑같은 문인데도 내가 잠그면 더 불안하고 창문 삐걱대는 소리도 음산하게 들린다. 덧창을 닫으면서 앞으로 며칠간 무슨 일이 벌어질까 곰곰이 생각한다. 아침이 되면 모모 구메라트네는 크리스토퍼 번스의 행동에 대한 공식항의서를 직속상관인 로드 태스크 부장에게 제출하겠지. 이 사안은 인사과로 넘어갈 것이고 내부조사가 이루어지는 동안 모모의 급여는 지불 유예될 테지. 나는 첫 번째 조사회에 참석을 요청받을 테고, 그 자리에서 모모 구메라트네는 흠잡을 데 없는 사원이라고 공식적으로 진술할 테지. 그렇지만 크리스 번스가 회사에 1000만 파운드나 벌어다준 유능한 사원이라는 점이 은근히 반영될 테지. 그래서 머지않아 모모에 대한 공격이 시작되면서 '불미스러운 일'이라느니 '번스 사건'이니 하는 말이 나돌겠지.

모모는 그렇게 출근도 못하고 석 달간 집에서 지내야 하겠지. 석 달이면 불안하고 우울해지기에 충분한 시간이잖아. 연락을 받고 회사로 나가보면 합의금을 받고 끝내라는 얘기나 듣겠지. 하지만 명문여고 출신 요조숙녀 기질이 어디 가겠어. 모모는 돈으로 합의할 수 없다고 법대로 해달라고 호소할 거야. 조사위원회는 깜짝 놀라겠지. 그들도 법대로 하고 싶기는 하지만 뭐라고 표현해야 하나, 사안의 성격이 애매하다고 할까. 아무도 모르게 모모의 시티 생활이 막을 내릴 수도 있다는 뜻

250

이지. 모모는 아주 전도유망한 젊은 여성이지만 이런 일들은 왜곡되기 십상이잖아. 아니 땐 굴뚝에 연기 나겠냐는 식으로 나오면 끝장이지. 행여 미디어에서 모모의 포르노그래피 사진 사건을 다루기라도 했다간…….

이틀 후, 모모 구메라트네는 액수는 비밀에 붙인 채 합의금을 받고 이 일을 법정까지 끌고 가지 않기로 결심하겠지. 모모가 마지막으로 우리 회사 사옥 계단을 내려올 때 텔레비전 뉴스의 여성 리포터가 마이크를 들이밀고 무슨 일이 있었는지 자세히 말해달라고 하겠지. 회사 동료들이 당신을 아시아 계집이라고 부르고 당신의 포르노 사진을 돌려봤다는데, 사실인가요? 모모는 고개를 우아하게 숙이며 아무 말도 안 할 거야. 하지만 다음날 4대 일간지는 모모 얘기를 3면에 실을걸. 헤드라인은 '금융계를 강타한 포르노 폭풍에 휘말린 아시아 아가씨'가 되겠지. 모모의 노코멘트는 마지막에서 두 번째 문장에나 보일락 말락 언급되겠지. 머지않아 모모는 해외에 새 직장을 구하고 이 사건이 잊히기만을 기도할 거야. 번스는 여전히 직장에서 자리를 보전하고 그에게 남은 더러운 오점은 꾸준한 실적이 덮어주겠지. 그렇게 아무것도 변하지 않을 거야. 안 봐도 비디오라고.

불을 끄려는 순간, 냉장고 문짝에서 보라돌이 자석으로 붙여놓은 새로운 그림을 보았다. 노란 머리 여자가 갈색 줄무늬 정장을 입고 굽이 엄청나게 높은 구두를 신고 있다. 빛이 반사되어 연필로 아래에 써놓은 글씨는 얼른 알아보지 못한다. 좀 더 가까이 가본다. 에밀리의 작품이다. 글씨는 선생님의 도움을 받아서 쓴 것 같다.

"우리 엄마는 회사에 다니지만 하루 종일 내 생각을 한다."

내가 정말 에밀리에게 그런 말을 했었나? 그랬을 거다. 난 기억이 나지 않지만 에밀리는 뭐든지 잊어버리지 않으니까. 냉장고 문을 여니 얼굴에 한기가 밀려온다. 그대로 안에 들어가 하염없이 걸어보고 싶다는 충동이 일어난다. 정말로 얼굴을 들이밀어 본다. 잠시 그러고 있었나보다.

위층으로 돌아가 모모를 살펴본다. 눈꺼풀은 닫혀 있지만 그 안에서 눈동자가 나방처럼 꿈틀대는 것을 볼 수 있다. 가엾은 것, 꿈이라도 꾸는 건지. 스탠드 스위치를 돌려 끄는데 모모가 눈을 번쩍 뜨고 속삭인다.

"무슨 생각해요, 케이트?"

"음, 모모를 처음 만난 날 내가 했던 말을 생각하고 있어요."

"죄송하다는 말을 쓰지 말라고 그랬잖아요."

"제발 좀 그렇게 해줘요. 그리고 또 뭐라고 했더라?"

모모는 신뢰 가득한 충견의 눈으로 나를 쳐다본다. 벌써 까마득하게만 생각되는 지난번 최종 프레젠테이션 때 나를 바라보던 그 눈빛이다.

"동정심은 값비싼 대가를 치를 수 있지만 늘 낭비를 초래하는 것은 아니라고 했죠."

"내가 그런 말을 했을 리가 없는데."

"아뇨, 그렇게 말했어요."

"세상에, 소름이 다 끼치네? 내가 그렇게 감상적인 여자였나? 그리고 또 뭐라고 했어요?"

"돈은 성별을 따지지 않는다고 했죠."

"바로 그거예요."

"바로 그거?"

모모는 무슨 말인가 싶어 내 말을 멍하니 따라한다.

"그들에게 가장 큰 타격이 뭘까요, 모모? 그 사람들을 진짜 혼내주려면 어떻게 해야 할까요?"

그날 밤은 전혀 눈을 붙일 수 없었다. 수시로 벤의 방에 올라가 아이의 숨소리를 확인했다. 갓 태어난 에밀리를 처음에 집에 데려왔을 때에도 아기가 영영 깨어나지 않으면 어쩌나 걱정이 돼서 이렇게 뜬눈으로 밤을 지새곤 했다. 벤은 계속 잠만 잤지만 걱정할 필요는 없어 보였다. 그 애는 아기처럼 곤하게 잘만 자고 있었다.

리처드가 새벽 2시쯤 전화를 했다. 노던 아트센터 건립에 대한 유럽연합의 허가를 받아야 해서 브뤼셀로 출장을 갔었다고, 내 메시지를 방금 전에야 들었다고 했다. 나보고 괜찮은 거냐고 묻기에 괜찮지 못하다고 했다. 얘기를 좀 하자고 하기에 그러자고 했다.

5시 30분쯤 캔디에게 전화를 걸었다. 요즘 태동이 심해서 새벽잠을 설친다는 얘기를 들었기 때문에 일찍 전화를 해도 괜찮았다. 캔디에게 번스가 회사 컴퓨터 시스템에 올린 모모 사진 얘기를 했다. 우리가 뭘 할 수 있을지는 몰랐지만 캔디는 기술적인 지식도 있고 인터넷 업계에 몸담은 경험도 있기 때문에 도움이 될 것 같았다. 캔디는 5시 50분에서 6시 30분 사이에 모모 구메라트네 사진 자료가 든 파일을 모조리 찾아서 파괴할 수 있는 프로그램을 만들었다.

"이미 우리 회사 밖으로 나간 건 추적하기가 힘들어. 하지만 사내 시스템에 아직 남아 있는 건 모조리 지울 수 있어."

우리는 증거자료가 필요한 경우를 대비해서 사본 하나만 남기기로 합의를 보았다.

아침 6시에 모모가 부엌으로 들어오더니 뭔가를 번쩍 들어 보여준다.

"침대에서 찾았어요. 이게 누구 거예요?"

나는 부랴부랴 모모에게 달려가 그녀를 껴안았다.

"루를 찾았군요. 우리 가족이나 다름없는 인형이에요."

나는 모모에게 차를 한 잔 주고 침대로 돌아가라고 권했다. 그러고는 모모와 함께 벤의 방에 올라갔다. 우리 아들은 아직도 곤히 자고 있었다. 나는 벤의 얼굴 바로 옆에 루를 놓아두었다. 이제 조금 있으면 우리 아들은 크리스마스 때보다 더 기뻐할 것이다.

침실로 가서 옷장 문을 열고 옷걸이를 쭉 훑다가 내 옷 중에서 가장 좋은 아르마니 전투복을 골랐다. 까마귀처럼 새까맣고 잘 빠진 정장.

그 아래 신발장에서 앞코에 뱀피 무늬가 있는 번들거리는 구두를 골랐다. 굽이 너무 높아서 걷기도 힘들지만 오늘은 걷는 게 문제가 아니다. 복장을 갖추면서 내가 동원할 수 있는 모든 능력과 기운을 쥐어짰다. 난 남편이 돌아오기를 바라고, 그렇게 하기 위해서라면 무슨 일이라도 할 수 있었다. 하지만 그보다 먼저 '엄마로서' 끝장을 봐야 할 일이 있었다.

꼭 기억할 것 번스를 부숴버린다.

I don't know how she does it

희대의 사기극

전반적으로 파워의 자연분해 기저귀 사업계획서가 보기 드물게 훌륭하다는 데 동의했다. A4 용지 30매를 꽉 채운 사업계획서는 획기적인 이 기저귀의 표적시장과 예상 성장률을 자세하게 설명하고 있었다. 사업 경쟁력, 환경에 끼치는 이점 그리고 자세한 실행 계획도 대단히 인상적이었다. 지나치게 낙관적이지 않은 예상 수치들도 잘 먹혀들었다. 경영진의 이력서는 모두 일급이라고 할 수 있었고, 특히 발명가 조지프 R. 파워에 대해서는 아폴로 우주선 발사 프로그램과 그에 따른 경제적 파급 효과에 관심이 많았다는 기록이 적혀 있었다. 자연분해 기저귀는 아직 특허 출원 중이었지만 이렇게 결정적이고 상세한 상품 설명을 보고 특허를 주지 않을 리가 없었다. 안타까운 것은, 이 탁월한 문건

256

을 오직 한 사람만 보게 된다는 사실이었다. 파워의 자연분해 기저귀의 표적시장은 수십억 오줌싸개, 똥싸개 아기들이 아니라 크리스토퍼 번스 씨였다.

번스는 최근에 우리 회사의 모험자본 팀장이 되었다. 이건 두 가지 면에서 희소식이었다. 첫째, 번스가 우리 아빠의 허술한 기저귀 사업에 엄청난 돈을 쏟아 붓는 결정을 내리기가 쉬워질 것이다. 다른 사람들보다 한 발 먼저 유망한 신상품에 판돈을 거는 것이 모험자본 팀장의 업무 아닌가. 둘째, 모험자본 팀장으로 유력했지만 결국 2인자로 만족해야 하는 베로니카 픽이 신임상사의 분별력 있는 판단을 돕지 않을 가능성이 높았다. 아니, 실제로는 친절한 미소로 오판을 유도할지도 모를 일이었다.

금요일 정오, 서클링 클럽.

"좋아, 그럼 한 번만 더 확인할게."

캔디는 조소를 감추려는 기미조차 보이지 않는다.

"자기 자식들 이름도 가물가물한 너희 아빠가, 애들 기저귀 한 번 갈아준 적 없는 너희 아빠가 전 세계 기저귀 시장을 뒤집어놓을 만한 신상품을 발명했다 이거지? 단, 우리는 네가 벤에게 그 견본품을 써봤기 때문에 그 기저귀가 허섭스레기라는 걸 알고 있고 말이야. 벤이 응가를……."

"캔디, 제발."

"좋아, 그러니까 벤이 실례를 해야 했는데 기저귀는 망가져버렸다 이거지. 그래서 우린 지금 그 기저귀 사업안을 우리 회사 모험자본 팀장에게 팔 거야. 그 팀장이란 작자는 시건방진 개새끼에다가 아기들에 대해서는 너희 아버지보다 더 모르는 인간인데 이 위대한 기저귀 사업에 거금을 투자해서 쪽박을 차게 될 테지. 왜냐하면…… 그 다음은 뭐더라, 케이트?"

"왜냐하면 우리 아빠 회사는 빚더미에 올라앉아 있거든. 우리 회사의 투자금은 빚쟁이들에게 고스란히 넘어가게 될 거고 기저귀 회사는 즉시 도산할 거야. 결과적으로 번스는 팬티 한 장 남기지 못하고 모든 것을 잃게 되고 더러운 기회주의자로 찍히겠지. 이 계획에 이의 있어, 캔디?"

"아니, 아주 마음에 드는데."

캔디는 새 향수를 시험해보듯 킁킁대며 숨을 들이마신다.

"난 다만 우리가 어떻게 우리 자리를 보전할 수 있을지 확인해두고 싶어. 난 곧 싱글맘이 될 거고 만만디 리처드가 레디 목장으로 돌아올 때까지는 너 역시 '사실상' 싱글맘으로 살아야 하잖아."

"캔디, 이건 원칙의 문제야."

캔디가 순간적으로 뭔가 깨달았다는 표정을 짓는다.

"아, 알았어. 우리들의 친구 오츠로군."

"누구?"

"눈보라 속으로 사라진 탐험대장. 네가 부장한테 말했었잖아? 잠깐 나갔다 오겠어요. 나중에 봅시다. 시간이 좀 걸릴지도 모르겠군요. 케이트, 그건 전략도 아니야. 고결한 행동이지만 결국은 무의미한 자기희생이지. 영국에선 그런 게 통하겠지만 우리 미국인들은 착한 사람은 영화가 끝날 때까지 절대로 죽으면 안 된다고 철석같이 믿는단다."

"자기희생이 전부 무의미한 건 아냐, 캔디."

내 친구의 호쾌한 웃음소리가 터지자 클럽에 있던 다른 손님들이 일제히 정신 나간 임신부에게 시선을 고정한다.

"와우, 진짜. 너는 그렇게 반듯하게 굴 때 멋지단 말이야."

"잘 들어, 기저귀 사업 때문에 네가 피해보는 일은 없을 거야. 내가 약속해."

"모든 길은 레디로 통한다? 너 혼자 책임진다고? 이 일이 끝나면 아무도 널 고용하지 않을 거야, 케이트. 아무도. 팩스 용지 가는 일조차도 너에겐 맡기지 않을 거란 말이야."

캔디는 이 심각한 경고를 날리고는 내 손을 잡아채서 자기 배에 올려놓는다. 북에 씌운 가죽처럼 팽팽한 배 속에서 힘찬 발길질을 확실히 느낄 수 있다. 캔디는 태동을 느끼고 나서야 비로소 태아는 자신이 처분할 수 없는 영원하고 엄연한 존재임을 깨달았다고 했다. 나는 너무 감상적으로 굴지 않는 게 좋겠다는 생각이 든다.

"자주 차니?"

"으응, 내가 목욕할 때에는 요 계집애가 얼마나 난리를 부리는지 몰라. 돌고래 쇼가 생각날 정도라니까."

"꼭 딸이라는 보장은 없어, 캔디."

"이봐, 난 여자야. 그러니까 얘도 여자라고. 알았어?"

캔디는 나의 미소에 쑥스러워졌는지 얼른 이 말을 덧붙인다.

"물론 입양도 여전히 고려하고 있어."

"물론 그렇겠지."

내 기억에, 시티에서 일곱 명의 여자가 비밀회동을 갖기에는 점잖은 옷차림의 손님들이 들끓는 식당보다 랩 댄싱 클럽이 덜 수상해 보일 거라고 제안한 사람이 캔디였다. 하지만 여기 앉아서 내 친구들이 한 명 한 명 들어올 때마다 놀라는 손님들의 표정을 폴라로이드로 찍어놓지 못하는 게 애석할 따름이다. 남다른 가정교육을 받고 자란 모모는 즉시 충격을 극복하고 금발의 데스크 직원에게 다정하게 질문을 건넨다.

"어머, 이 일을 하신 지 얼마나 오래되셨나요?"

서클링 클럽에 우리 말고 다른 여자들이 없는 건 아니다. 이 클럽은 남자들을 위한 유흥업소, 그것도 세계 최고의 금융가에서 언제라도 금세 찾아갈 수 있는 위치에 있다. 하지만 여기서 가슴을 훤히 내놓지 않은 여자들은 우리뿐이다. 점심시간에 이곳에 나타난 사람들은 저마다 중요한 임무를 띠고 있다. 크리스 번스가 팀원에게도 알리지 않고 독자적으로 투자결정을 내릴 만큼 탐욕과 야망에 찌든 인간인 줄은 이미 알고 있었다. 자기 혼자 회사의 신임을 독식할 수 있는데 왜 팀원들하고 공을 나누겠는가?

하지만 크리스 번스를 자연분해 기저귀 사업에 혹하게 하려면 고도의 전문적인 사업기획서가 필요하다는 점도 간파했다. 아빠의 날개 달린 돼지 그림을 한참 업그레이드해야 했다. 제대로 된 브로슈어, 시장과 생산에 대한 지식, 게다가 일급 상법 전문 변호사의 투입도 필요했다. 데브라에게 전화를 걸면서 거절을 당하면 어쩌나 두려웠다. 지난 1년간 수없이 취소된 점심약속 때문에 우리의 우정에 금이 가기 시작했다고 생각했기 때문이다. 하지만 데브라는 자초지종을 듣자마자 단번에 승낙했다. 데브라는 크리스 번스를 만나거나 얘기를 들어본 적이 한번도 없었지만 즉각적으로 그가 어떤 부류의 남자인지, 우리가 그 인간을 어떻게 혼내줘야 하는지 알아차렸다.

그리하여 우리들의 유쾌한 패거리에는 캔디, 나, 데브라, 모모가 주축이 되고 내가 초보맘 모임에서 사귄 주디스, 캐럴라인까지 합류했다. 앨리스가 아직 도착하지 않아서 기다리는 중이다(TV 프로듀서로 일하는 앨리스의 역할이 절대적으로 중요했다. 하지만 응답전화가 오지 않아 앨리스는 참여할 생각이 없는 줄 알았다. 하늘이 도왔는지 오늘 아침에 전화가 왔다. 앨리스는 후반작업 때문에 출장 중이었다고, 자기도 비록 늦었지만 기꺼이 한몫하고 싶다고 했다).

전업주부가 되기 전에 특허변리사로 일했던 주디스가 기저귀 특허 출원서를 작성해왔다. 어찌나 설득력이 넘치는지 나도 당장 자연분해 기저귀를 한 트럭 주문하고 싶은 마음이 든다. 전문지식과 전문용어를 똑 부러지게 구사한 특허출원서를 보니 주디스의 새로운 면모가 보인다. 그래픽 디자이너인 캐럴라인은 기저귀의 친환경성을 강조하고 엄마 마음을 확 사로잡는 사진을 넣은 브로슈어를 만들어왔다. 캐럴라인의 아들 오토가 양상추잎으로 만들어진 변기에 앉아 있는 그 이미지는 깨물어주고 싶을 만큼 귀여웠다.

데브라의 말에 따르면 EMF는 우리 아빠를 고소할 수 없다고 한다.

"이건 사기가 아니야. 비열한 짓이긴 하지만 불법적인 요소는 없어. '매수자 위험부담 원칙'의 명백한 예라고 할까. 무슨 말이냐 하면, 구매 상품의 하자 여부를 매수자가 확인하지 않았다면 그 하자로 인한 손실은 매수자가 짊어져야 한다는 뜻이야."

데브라는 우리 아빠가 크리스 번스와 만날 때 아빠의 변호사 역도 맡아줄 것이다. 이미 그 만남이 곧 성사되도록 손을 써놓았다.

"넌 내가 이쪽으로 얼마나 유능한 사람인지 모를걸."

데브라는 나에게 서류를 설명해주면서 자화자찬을 한다.

"그런데 우리 모임을 뭐라고 부를까? '칠공주파'는 어때?"

"데브, 이건 심각한 일이야."

"알아. 하지만 에니드 블라이턴의 동화책에 푹 빠졌던 때 이후로는 재미라는 걸 모르고 살았던 것 같아. 케이트, 난 이제 재미있게 살고 싶어. 너도 그렇지 않니?"

모모는 전 세계 기저귀시장 조사 임무를 맡았다. 불과 며칠 만에 모모는 소변의 분산과 냄새 차단 연구에 진저리를 쳤다.

"죄송해요, 케이트. 하지만 기저귀 한 장이 평균 몇 회까지 소변을 감당할 수 있는지 아세요?"

"난 그 문제는 집에서도 충분히 알 수 있으니 됐어요."

나의 어시스턴트 표정이 불안하다.

"안 통할 거예요, 그렇죠?"

"우리 작전?"

"아뇨, 기저귀 말이에요."

"당연히 실패작이죠."

"어떻게 그렇게 확신하세요, 케이트? 행여 번스가 이 기저귀로 대박을 터뜨리기라도 한다면 전 도저히 참을 수 없을 거예요."

"음, 일단 우리 아빠가 만든 이상 실패는 예약되어 있어요. 게다가 내가 견본품을 집에 가져가서 벤에게 채워봤어요."

"어떻게 됐어요?"

"자연분해력이 너무 강해서 응가 한 번에 기저귀가 막 부서져버렸어요."

앨리스가 화이트 시티에서 BBC 방송국과의 회의를 마치고 클럽에 뒤늦게 합류한다. 음악이 쩌렁쩌렁하게 울려 퍼지는데 앨리스는 무대 위의 여자들을 가리키며 입 모양으로 벙긋벙긋 묻는다.

"우리 오디션 보는 거야?"

앨리스의 역할은 번스가 기저귀 사업에 투자한 다음부터 시작된다. 내가 대학에 들어가려고 열심히 외웠던 전투들에서 장교들이 구사했던 일종의 양면 공격 작전이다. 이쪽에서 치고 들어가되 저쪽으로 달아나지 못하도록 탈출구를 봉쇄해야 한다. 우리 회사는 번스가 허섭스레기 같은 상품에 거금을 투자했다는 이유만으로 그를 해고할 수 없다. 하지만 인터뷰에서 뭔가 곤란한 발언을 했다면 사정이 달라진다. 앨리스는 그 인터뷰를 기록하고 활자화할 것이다. 그러면 번스는 고객들에게 거짓말을 한 셈이 되어 결과적으로 도살장에 걸린 고깃덩어리 신세로 전락할 것이다.

앨리스는 음악이 저음부로 넘어갈 때를 틈타서 큰소리로 보고한다. 이미 번스에게 BBC 제2채널의 「머니메이커—시티의 섹시 킹카 인터뷰」에 출연해달라고 섭외전화를 했다는 것이다.

"번스가 수락했어요?"

모모가 누구보다 조바심을 내며 묻는다.

앨리스가 씩 웃는다.

"전화선을 타고서라도 당장 달려올 기세던데요. 별로 힘들이지 않아도 알아서 함부로 떠들어줄 것 같아요."

나는 지시사항을 확실히 짚고 넘어가려고 애쓰지만 스피커에서 울려 퍼지는 「맘마 미아」 때문에 무슨 말을 할 수가 없다. 그래서 우리 모두 알아야 할 사항을 적어서 복사한 종이와 캔디가 회사 웹페이지에서 따낸 크리스 번스의 사진을 친구들에게 죽 돌렸다. 그다음에 잠깐 실례하겠다고 말하고 여자화장실로 걸어간다.

비상구 옆 뒤쪽 구석자리에 앉아 있는 검은 머리 남자가 왠지 낯익다. 좀 더 가까이 다가가보니 과연 내가 아는 사람이 맞다.

"제레미! 제레미 브라우닝 씨!"

나는 나의 고객이 영원히 잊지 못할 정도로 우렁차고 다정하게 아는 체를 한다.

"어머, 제레미. 이런 데서 뵙게 될 줄은 몰랐지 뭐예요."

나는 열광적으로 반가워하며 한술 더 뜬다.

"이쪽은 아마도…… 부인 되시죠? 애너벨 맞죠?"

내 고객의 왼쪽 허벅지에 앉아 있던 여자가 뻔뻔하고도 냉소적인 미소를 짓는다. 이 미소는 자기가 브라우닝 부인이 아니라서 안타깝지만 혹시 그런 기회가 주어지면 마다하진 않겠다는 뜻이다.

나는 호의 넘치는 손을 그 여자에게 내밀지만 내 손을 덥석 움켜잡은 사람은 제레미다.

"세상에, 케이트. 나도 여기서 만날 줄은 몰랐소만."

"네, 레저산업 쪽으로 포트폴리오를 확장하려고 조사를 좀 하는 중이에요. 저한테 좋은 조언을 해주실 수 있겠네요. 저로서는 완전히 새로운 분야다 보니. 매력적인 분야 아닌가요? 아, 그만 가봐야겠어요. 만나서 반가웠어요, 성함이……?"

"셰릴이에요."

"만나서 반가웠어요, 셰릴. 저를 봐서라도 이 분에게 잘해드리세요."

그들을 두고 걸어가는데 최소한 한 남자는 나에게 영원히 약점을 잡혔다는 확신이 든다. 다시 자리에 돌아와 보니 캔디는 무대에서 춤추는 여자들을 가리키며 누구는 분명히 가슴수술을 받았느니, 수술이 정말 잘 됐느니 떠드느라 여념이 없다.

"맙소사, 저 가엾은 빨간 머리 좀 봐. 저게 가슴이니, 핵무기니?"

주디스는 마이타이를 세 잔째 홀짝거리며 한 마디 한다.

"쌍둥이 임신했을 때 내 가슴도 정말 죽여줬어. 봤으면 좋았을 텐데."

나는 문제의 댄서가 무대에서 내려와 검사해야 할 강아지를 안고 가는 개 사육사처럼 자기 가슴을 감싸며 우리 쪽으로 다가오는 모습을 경악하며 바라본다.

"와, 저게 내가 저글링이라고 부르는 건데."

앨리스가 소리친다.

"직장과 가정의 균형, 케이트는 어떻게 생각해?"

캐럴라인이 그 옛날 위피 아저씨가 아이스크림을 만들 때 취하던 동작을 하고 있는 다른 댄서를 가리키며 한 마디 한다.

"저 여자 골반저 근육은 아주 탄탄하겠지."

캔디와 모모가 동시에 묻는다.

"골반저 근육이 뭐예요?"

내가 설명을 해주었더니 캔디는 역겹다는 표정을 숨기려고 하지도 않는다. 캔디는 산모교실은 죄다 공산주의자들이 운영한다고 생각하는 친구니까.

"하지만 그 골반 뭐시기는 애 낳고 나면 원상 복귀되잖아?"

댄스플로어가 흔들리고 우리는 배를 잡고 웃고 또 웃는다. 클럽 안의 남자들이 여자들의 웃음을 불편해할 때 특유의 표정을 짓고 있다.

나는 잔을 높이 든다.

"우리의 용기를 쥐어짜 발붙일 만한 곳에 쏟으면 실패하지 않으리!"

"「다이 하드2」의 대사인가요?"

모모가 묻는다.

"아니, 레이디 맥베스의 대사야."

요즘은 학교에서 도대체 뭘 가르치는 거야?

국장과의 점심식사

로빈 쿠퍼클락 국장은 마음이 불편할 때 꼭 자기 자신을 체포하려는 사람 같다. 한 팔로 가슴 위를 꼭 잡고 다른 팔은 목에 걸치는 자세 때문이다. 서클링 클럽에서 비밀회동을 가진 지도 사흘이 지난 오늘, 나와 함께 스위팅스에 점심을 먹으러 가는 국장의 자세가 딱 그렇다. 스위팅스는 우리 회사에서 거리가 좀 있는데도 국장은 꼭 거기에서 점심을 먹어야 한다고 고집을 부렸다. 국장이 한 걸음에 몇 리를 갈 것처럼 성큼성큼 가는 동안, 나는 국장이 한 걸음 뗄 때 세 걸음을 떼며 정신없이 따라가기 바쁘다.

스위팅스는 시티에 속한 기관이나 다름없다. 수산시장 분위기를 연출한 생선요리 전문점이다. 기운찬 고함소리, 북적거림, 널빤지를 대신

하는 대리석판—돈깨나 있는 사람들을 상대하는 수산시장이라고나 할까. 입구 쪽에 카운터들이 마련되어 있는데 손님이 높은 의자에 앉아 직접 게를 고를 수 있다. 안쪽으로는 학교 급식소에서 흔히 볼 수 있는 긴 탁자가 마련되어 있다. 특권층은 별개의 나라에서 산다고 치자면, 스위팅스는 그 별개의 나라에 존재하는 길모퉁이 카페쯤 되겠다.

국장과 나는 기다란 탁자들 중 하나를 골라 가장 끝에 자리를 잡는다. 국장이 메뉴를 들여다보며 중얼거린다.

"불미스러운 사건이오, 번스 일은."

"음, 그렇죠……."

"모모 구메라트네는 사람이 참하더군요."

"참한 걸로는 일등이죠."

"번스는?"

"환자죠."

"그렇군. 자, 뭘 먹을까요?"

웨이터가 주문을 받아 적으려고 펜을 들고 대기 중이다. 처음으로 국장이 얼마나 흐트러졌는지 깨닫는다. 셔츠 오른쪽 목깃이 이마의 주름살처럼 꼬깃꼬깃하고 귀에는 면도거품 자국이 남아 있다. 질이 살아 있다면 절대 남편을 저런 모습으로 밖에 내보내지 않을 텐데.

"아, 좋소. 그럼 이 숙녀분께는 이빨 달린 사나운 것으로 하고 나는 멸종 위기에 처한 걸 먹어볼까. 거북이스프? 아니면 스페인 사람들이 너무 많이 잡아서 씨가 말라간다는 대구 요리를 할까? 케이트, 어떻게 생각해요?"

내가 웃음을 거두지 못하는 동안 국장이 일격을 날린다.

"케이트, 나 재혼해요."

그 말에 음성 스위치가 꺼지기라도 한 것처럼 식당 안의 소음이 하나도 들리지 않는다. 주위의 손님들도 그들이 먹으려는 물고기처럼 소리 없이 입만 벙긋벙긋하는 것 같다.

문득 국장이 왜 나를 여기에, 하필이면 이 식당 이 방으로 데려왔는지 알 것 같다. 여기는 화가 나도 소리 지를 수 없고 괴로워도 울부짖을 수 없는 자리다. 여기는 스위팅스 아닌가. 점잖은 친교의 자리, 최악의 경우라 해도 가볍게 꾸짖고 넘어갈 자리, 전형적인 남자들의 공간이 아닌가. 얼마나 많은 이들이 이 탁자에서 속이 뒤틀리는 얘기를 미소로 넘겨야 했을까? 얼마나 많은 이들이 점잖게 백포도주를 나누며 '물러나 주세요.', '꺼져주세요.' 하는 소리를 들어야 했을까? 질 쿠퍼클락이 버림받는데 내가 그녀 대신 점잖게 행동해야 할 것 같은 기분이 든다. 식탁을 확 뒤엎고 냅킨과 생선뼈를 붙잡고 있는 사내들이 입을 떡 벌리고 쳐다보거나 말거나 이 자리를 박차고 나가는 대신, 국장의 말에 관심을 보이는 표정, 심지어 참 잘됐다는 표정을 지어야 하나 보다. 질이 죽은 지 6개월밖에 안 됐는데.

국장이 샐리라는 여자 이야기를 하고 있다는 걸 이제야 깨닫는다.

사랑스럽고, 참으로 친절하고, 아들이 둘 있어서 사내아이들을 다루는 요령도 있는 여자라고 한다. 질에게 비교할 수는 없지만…… 질 같은 사람이 어디 있겠느냐고 한다. 샐리도 여러 가지 장점이 많은 사람이고 아이들은…… 그래, 알렉스는 고작 열 살이니까…… 엄마가 있어야 한다는 것이다.

"국장님은요."

나는 바짝 마른 입 속에서 뭔가 적당한 말을 고르려고 애쓴다.

"국장님도 그 여자가 필요하세요?"

"으음, 그래요. 나도 아내가 필요하오, 케이트. 우리 남자들은 자기 앞가림을 잘 하지 못해서…… 케이트가 무슨 생각을 할지는 알지만 그렇소."

국장이 자기가 좋아하는 타르타르 소스를 손을 흔들어 사양한다.

"제가 무슨 생각을 하는데요?"

"약해빠진 사람이라고 생각할 거 아니오."

국장이 잔을 내려놓고 자기 콧날을 만지작거린다.

"아무도 내 아내를 대신할 순 없소. 그게 케이트가 생각하는 거라면."

그럼 왜 대신할 수 없는 사람을 대신하려고 하는데요? 난 그 생각을 하고 있다고요. 나는 질의 장례식 날과 똑같은 슬픔에 빠져든다. 난 항상 어디 가면 로빈 국장을 찾을 수 있는지 알고 있었다. 그만큼 굳건하고 믿음직한 사람은 달리 없다고 생각했다. 하지만 지금 내 맞은편에 앉아 있는 로빈은 가엾은 미아처럼 보인다. 아내 없는 남자들은 엄마 없는 아이들과 마찬가지다. 그들은 홀아비라기보다는 고아에 가깝다. 아내 없는 남자들은 나사가 빠진 듯 세상을 꿋꿋이 헤치고 나아가지 못하고, 심지어 귀에 묻은 면도거품 닦는 것도 잊어버린다. 여자가 남자를 필요로 하는 것보다 남자는 훨씬 더 절박하게 여자를 필요로 한다. 이것이 공공연히 거론되지 않는 세상의 비밀인가?

"정말 잘됐어요. 질도 진심으로 기뻐할 거예요. 국장님이 흐트러지는 건 절대로 용납 못할 사람이잖아요."

국장이 고개를 끄덕인다. 전하기 힘든 소식을 겨우 전했기에, 겨우 한 시름을 덜었기에 안도하는 기색이 역력하다. 우리는 접시를 깨끗하게 비우고 시험지 들여다보듯 신중하게 다시 한 번 메뉴를 살피며 후식을 고른다.

"당밀타르트 하나를 둘이서 나눠 먹을까? 그런데 이 식당에서 '스포티드 딕spotted dick *'을 대신할 새 이름을 공모한다는 얘기 들었어요?"

"크리스 번스군요."

"뭐요?"

"스포티드 딕을 대신할 이름 말이에요. 번스가 우리 회사에서 성병 랭킹 1위일 거예요. 여자비서들 중에서 아무나 붙잡고 물어보세요."

로빈 국장이 냅킨으로 입을 닦는다.

"그 일 때문에 화가 많이 났군요?"

"네, 진짜로 열 받았어요."

잠깐이지만 국장에게 우리 계획을 털어놓을까 생각해본다. 하지만 국장은 직장 상사라는 입장에서 내 계획을 반드시 좌절시켜야 할 것이고 친구이자 멘토라는 입장에서도 내 계획에 동조하지 않을 가능성이 농후하다. 그래서 나는 좀 다른 얘기를 한다.

"번스를 통제하기가 쉽지 않다는 이유로 애꿎은 누군가가 더러운 꼴을 봐서는 안 된다고 생각해요."

국장은 웨이터에게 계산서를 가져오라고 손짓하며 말한다.

"질은 항상 남자를 조종할 수 있다고 말했었지. 단, 남자가 자기가 조종당하고 있다는 걸 눈치 채지 못하는 한에서 말이오."

"질이 국장님도 조종했나요?"

"내 눈치로는 모르겠더라고."

오후 3시 13분 칩사이트 모퉁이에서 국장과 헤어진다. 그다음에 핸드폰으로 가이에게 전화를 걸어서 외근 후에 회사에 돌아가지 않고 바로 퇴근하겠다고 전한다. '콘커스conkers**'와 긴급회의가 있다고 둘러댄다.

---

* 건포도가 점점이 박힌 푸딩. 'dick'이 남성의 성기를 가리키기 때문에 이 음식 이름이 남자에 대한 욕설로 변질되어 쓰이기도 한다.
**마로니에 열매.

"정복자들conquers과 회의가 있다고요?"

"내가 대규모 투자를 고려하고 있는 레저사업이에요. 소비자 관점을 확인해봐야겠어요."

집으로 갔더니 애들이 너무 놀라서 처음에는 아무 반응도 보이지 않는다. 폴라에게 오늘은 일찍 들어가 쉬라고 하고 에밀리와 벤에게 옷을 입혀서 공원으로 데리고 나간다. 적어도 에밀리와 나는 공원을 거니는 중이라고 말할 수 있다. 벤은 넘어질 때까지 들입다 뛰어다니기만 하지, 절대로 천천히 걷지를 않는다. 가을이지만 봄날처럼 반짝 날씨가 좋은 하루다. 나뭇잎도 살굿빛 반점들이 나타나긴 했지만 아직 변함없는 초록색이다. 땅에 떨어진 나뭇잎들은 자기들도 왜 떨어졌는지 슬쩍 놀라는 것 같다. 우리는 낙엽을 발로 차면서 논다. 솔직히 말해 얼마나 오래 그러고 놀았는지도 모르겠다.

벤은 바스락대는 낙엽 소리가 재미있는지 한참을 뒹굴뒹굴하면서 논다. 에밀리는 벤에게 그러면 안 된다고 타이르지만 그런 동생이 귀여워 못 견디겠나 보다. 누나가 착한 딸 역할을 즐기는 동안은 동생이 아무리 심한 장난을 쳐도 상관없다는 거래가 성립되어 있는 모양이다. 에밀리와 벤이 서로 소리 지르는 모습을 지켜보노라니 남녀 사이의 게임이란 항상 이런 식이 아닐까 생각된다.

오솔길을 따라 좀 더 거닐어보니 마로니에 나무 열매들이 보인다. 떨어질 때 땅에 부딪혀 껍질이 깨진 열매를 주워서 그 안의 반들반들한 열매를 꺼낸다.

"이 열매를 더 단단하게 만들 수 있단다."

에밀리에게 내가 말해준다.

"어떻게요?"

"엄마도 확실히는 몰라. 아빠한테 물어봐야지."

이런, 아빠 얘기를 꺼내는 게 아닌데.

에밀리가 기대에 벅찬 표정으로 나를 쳐다본다.

"엄마, 아빠는 언제 집에 돌아와요?"

"아빠."

벤이 재잘댄다.

"아빠."

집으로 돌아와 벤을 낮잠재우고 에밀리에게 보고 싶은 비디오를 고르라고 한다. 그사이에 나는 저녁으로 먹을 스파게티의 볼로네즈 소스를 만들기 시작한다. 마늘다지개가 안 보인다. 강판은 또 어디 있담? 나는 에밀리가 어렸을 때 가장 좋아했던 「잠자는 숲속의 공주」 비디오를 권했지만 그건 이미 옛날 얘기가 된 지 오래다. 에밀리는 내가 처음 듣는 투사 공주님 이야기를 늘어놓는다.

"엄마, 그런데 투사가 뭐예요?"

"투사는 용감하게 싸우는 사람이야."

"엄마는 『해리 포터』 이야기 알아요?"

"아니, 몰라."

"해리 포터는 용기와 마법에 대한 이야기예요."

"그거 재미있겠구나. 비디오는 다 골랐니?"

"「메리 포핀스」요."

"또?"

"아이, 엄마. 제발요."

내가 에밀리 나이였을 때에는 영화는 1년에 한두 번 보는 게 다였다. 크리스마스에 한 편, 여름방학에 또 한 편. 우리 아이들이 자라면 만화나 영화가 어린 시절의 추억을 떠올리는 견인차 노릇을 할 것 같다.

"저 아줌마는 서퍼 젯이에요."

"누구?"

"제인과 마이클 엄마는 서퍼 젯이라고요."

「메리 포핀스」에 나오는 뱅크스 부인이 여성참정권자(서프러제트)였다는 걸 잊고 있었다. 내 기억 속의 「메리 포핀스」와는 상당히 다르다. 소스를 약한 불에 올려놓고 소파에 가서 에밀리와 함께 쪼그리고 앉아 영화를 본다. 사랑스러운 글리니스 존스가 백악관 앞에서 여권신장 가두시위를 하고 돌아와 노래를 부른다.

"우리의 딸들의 딸들이 우리를 존경할 테지요, 그들은 한 목소리로 감사의 노래를 부를 거예요, 잘하셨습니다! 잘하셨어요, 서프러제트 동지여!"

"서퍼 젯이 뭐예요?"

그래, 그렇게 물어볼 줄 알았어.

"에밀리, 서프러제트는 100년 전에 런던 거리를 행진하면서 여성들에게도 투표권을 달라고 목소리를 높이던 여자들이란다."

에밀리는 내 품에 다시 폭 안기며 내 가슴 아래서 고개를 끄덕거린다. 메리와 버트와 아이들이 포장도로 위에 분필로 그린 그림 속으로 뛰어 들어가는 장면에서야 비로소 에밀리가 다시 묻는다.

"엄마, 왜 여자들은 투표권이 없었는대요?"

아, 왜 척척박사 요정님은 필요할 때마다 나타나주지 않을까?

"왜냐하면 그때만 해도 옛날이라서 여성과 남성이…… 그러니까 여자는 남자보다 덜 중요하니까 집에만 있어야 한다고 생각했단다."

에밀리는 깜짝 놀라고 화난 얼굴로 나를 쳐다본다.

"바보 같아요."

우리는 함께 뒤로 기댄다. 에밀리는 영화에 나오는 노래를 줄줄 외운다. 숨 쉬는 대목까지 그대로 따라서 숨을 쉴 수 있을 정도다. 어른의 눈으로 다시 본 「메리 포핀스」는 전혀 다른 느낌이다. 나는 잊고 있었다. 여성들을 위해 더 나은 세상을 만들고 싶어 했던 뱅크스 부인이 정작 자기 자식들에게는 무심한 엄마였다는 것을. 제인과 마이클이 메리 포핀스가 와서 한결같은 정과 짜릿한 흥분을 안겨주기 전까지는 우울하고 반항적인 아이들이었다는 것을. 자기 이름이 무색하지 않게 하루 종일 은행에서 열심히 일만 했던 뱅크스 씨도 해고를 당하고 자기 집 거실에서 굴뚝청소부 버트를 만나기 전까지는 자기 부인과 자식들에게 낯선 존재였다는 것을. 그 장면에서 버트는 뱅크스 씨에게 경고라도 하듯 이 노래를 불러준다.

맷돌을 빙빙빙 돌려야 해요,

소중한 어린 시절이 체에 걸러진 모래처럼 흘러나가도,

아이들은 눈 깜짝할 사이에 어른이 되어도,

그래서 다른 곳으로 날아가 버려도,

그때는…… 주고 싶어도 너무 늦어버릴 거예요…… 그저……

"…… 설탕 한 숟가락이 쓴 약을 잘 삼키게 도와주지요."

에밀리와 함께 노래를 따라 부른다. 우리의 목소리가 은빛 소용돌이가 되어 서로를 감싸 안는다. 문득 이 영화가 꼭 나한테 뭐라고 하는 것 같아서 마음이 불편하다. 아니나 다를까, 에밀리 입에서 이 소리가 나오고 만다.

"엄마, 난 나중에 아기를 낳으면 어른이 될 때까지 내가 키울 거예요. 도우미는 필요없어요."

에밀리는 이 말을 하고 싶어서 나에게 「메리 포핀스」를 보여줬을까?

엄마 들으라고 하는 얘기인가? 아이의 얼굴을 살펴보니 일부러 계산하고 하는 행동은 아닌 것 같다. 에밀리는 내 반응을 살피는 기색도 없다.

"마아아, 마아아."

번쩍 정신이 들며 아기 생각이 난다. 벤이 깼나 보다. 나는 위층으로 올라가기 전에 에밀리를 무릎에 앉히고 말한다.

"우리 언제 특별한 여행을 다녀올까? 어떻게 생각해?"

에밀리는 코를 찡그린다. 모모가 흥분할 때 짓는 표정이랑 똑같다.

"어디 가는데요?"

"에그파이스네이크 빌딩."

"어디라고요?"

"에그파이스네이크 빌딩이라니까. 네가 엠파이어스테이트 빌딩을 그렇게 불렀잖니. 기억 안 나?"

"나 안 그랬어요."

"아뇨, 분명히 그러셨습니다."

에밀리는 내가 빈정댈 때의 말투를 그대로 흉내 내어 쏘아붙인다.

"엄마, 아기들이나 그렇게 말하는 거예요. 난 이제 아기 아니거든요."

"그래, 우리 딸은 이제 아기가 아니지."

애들은 참 빨리도 크지 않는가? 어디 적어두어야겠다 싶을 정도로 기발하고 우스운 말을 쏟아내던 애들이 갑자기 빠삭하게 알 거 다 안다는 듯 말하질 않나, 더 심하게는 자기 엄마를 빼다 박은 듯 말하질 않

나. 내 아이들은 이제 점점 더 빨리 자랄 테지. 난 내가 놓친 아이들의 어린 시절을 매순간 아쉬워하며 슬퍼할 테고.

아이들에게 저녁을 먹이고 목욕을 시킨 후 머리를 말려주고 『새끼올빼미들 이야기』를 읽어주고 에밀리에게 물을 한 잔 줬다. 그러고 나서야 겨우 아래층으로 내려와 어둠 속에 홀로 앉아 두 번 다시 붙잡을 수 없는 그 시간에 대해 생각한다.

보내는 사람: 케이트 레디

받는 사람: 데브라 리처드슨

오늘 오후에는 엄마로서의 시간을 불법적으로 가졌어. 잠깐이지만 금융계에 입사한 이후로 가장 유익한 시간이었지. 낙엽을 발로 차고 「메리 포핀스」를 시청한 대가로 고객들에게 시간당 얼마를 청구해야 할까?

몰래 애들을 만나는 거나 바람을 피우는 거나 기분은 비슷하네. 약속장소로 빠져나가기 위해 거짓말을 하고, 서로 얼굴을 보면 엄청난 충족감이 들고, 물론 죄의식도 덤으로 따라오고 말이야.

난 그동안 시간을 낭비하는 법을 잊어버렸나 봐. 아이들한테 다시 배워야겠어.

내가 직장을 그만두더라도 날 싫어하진 않을 거지? 우린 항상 언제라도 그만둘 수 있다는 걸 증명하기 위해 일을 계속 붙잡고 있어야 한다고 말했었잖아. 난 어쩌면 일 때문에 내가 죽어가고 있는지 모른다고 생각하곤 했어. 그런데 지금은 난 이미 죽어 있었는데 다만 그걸 모르고 있었던 게 아닌가 두려워져.

우리의 딸들의 딸들이 우리를 존경할 테지요, 그들은 한 목소리로 감사의 노래를 부를 거예요. 잘하셨습니다! 잘하셨어요, 서프러제트 동지여!

내 사랑을 가득 담아서, K. xxxxxxxxxx.

폭포

오전 7시 54분 현관문을 두드리는 소리가 나기를 기다리면서 윈스턴에게 우리의 계획을 털어놓고 싶은 절박한 충동을 느끼고 있다. 마침내 페가수스 택시회사에 당당하게 보여줄 수 있게 되지 않았나. 내가 자본주의의 맹목적인 시녀가 아니라는 증거를. 하지만 내가 우리 아빠의 기저귀 사업과 앨리스의 인터뷰 음모를 죄다 불었는데도 윈스턴의 반응은 퉁명스럽기 짝이 없다.

"애 둘을 먹여 살려야 한다는 것만 잊지 말아요."

그래도 5분 후, 평소와 다름없는 정체 구간에 막혀 있을 때 윈스턴은 스키피오 이야기를 아느냐고 묻는다. 나는 고개를 가로젓는다.

"좋아요, 스키피오는 로마의 장수였는데 하루는 꿈을 꿨대요. 꿈속에 아주 거대한 폭포 옆에 있는 마을이 나왔죠. 그런데 폭포소리가 어찌나 요란한지 그 마을사람들은 늘 고래고래 소리를 질러야만 서로 하는 말을 알아들을 수 있었어요. 스키피오가 마을 촌장에게 물었죠. "어떻게 이 소리를 하루 종일 듣고 살아요?" 그랬더니 촌장이 "무슨 소리 말입니까?"라고 되레 물어보더래요."

페가수스가 부르르 떨며 앞으로 조금 전진한다. 윈스턴이 브레이크를 밟자 다 죽어가는 소 울음소리가 난다.

"그래서 그 이야기의 교훈은 무엇인가요, 선생님?"

백미러에 비친 윈스턴의 웃는 얼굴이 보인다. 다 안다는 듯 장난기 가득한 얼굴이다.

"음, 우리 모두 그렇게 소란스럽고 부대끼는 환경에서 살아가지만 너무 익숙해서 잘 느끼지 못한다는 거 아니겠어요? 하지만 좀 멀찍이 벗어나 보면 다시 그 소리를 들을 수 있죠. 그제야 비로소 '맙소사. 폭포 소리가 이렇게 지독했나, 내가 어떻게 저러고 살았담.' 하고 깨닫기도 하고요."

"그러니까 나한테도 폭포가 있다?"

윈스턴이 내가 좋아하는 걸걸하면서도 깊이 울리는 웃음소리를 낸다.

"케이트, 당신 폭포에는 나이아가라도 울고 갈걸요."

"윈스턴, 사적인 질문 하나 해도 괜찮겠어요?"

윈스턴이 고개를 끄덕이자 택시 안에 다시 한 번 금빛 먼지가 일어난다.

"내가 당신 회사의 주 고객인가요?"

"유일한 고객이죠."

"그렇군요. 페가수스 콜택시에는 운전수가 몇 명이나 있어요? 내가 맞춰볼까요? 윈스턴 한 사람뿐이죠?"

"맞아요. 나도 곧 택시운전을 그만두겠지만요. 시험을 봐야 해요."

"기계공학?"

"철학인데요."

"그럼 어쨌거나 당신이 내 전용 운전수, 나의 날개 달린 말이로군요."

윈스턴이 내 말을 인정한다는 듯이 경쾌하게 경적을 한 번 울려준다.

"운전수 월급은 세금 공제가 되지만 육아비용은 세금 공제도 안 돼요. 그거 알고 있었어요, 윈스턴?"

다시 한 번 울리는 경적 소리에 도로에 앉아 있던 새들이 화들짝 놀라 달아난다.

"세상이 미쳐 돌아가는군요."

"아뇨, 미친 남자들의 세상이라서 그런 거예요. 잔돈 있어요?"

택시에서 내려 걷다가 등 뒤에서 윈스턴이 "어이, 이봐요. 도주차량 필요하지 않아요?"라고 외치는 소리를 듣고 그가 몹시 그리울 거라는 생각에 잠긴다.

오전 10시 8분 안내데스크에서 전화가 왔다. 아벨해머라는 남자분이 기다리고 있다는 전갈을 받자 심장이 가슴에서 튀어나올 것처럼 극성을 부린다. 아래층에 내려갔더니 잭이 씩 웃으며 스케이트 두 컬레를 들어 보인다.

난 고개를 저으면서도 그에게로 걸어간다.

"안 돼요, 난 스케이트 못 탄다고요."

"그렇겠죠, 하지만 난 탈 줄 알아요. 둘 중 한 명만 탈 줄 알아도 충분해요."

"절대 그렇지 않아요."

나중에, 링크를 네 바퀴째 돌다가 잭에게 이런 말을 듣는다.

"케이트, 그냥 나한테 기대면 돼요. 그게 그렇게 어려운가요?"

"네, 어려워요."

"맙소사, 하여간 할 수 없는 여자라니까. 여기선 그냥 나한테 기대요. 존 던John Donne의 시詩 기억해요? 우리의 영혼이 비록 둘일지라도 컴퍼스에 딸린 한 쌍의 다리 같은 둘이라고 그랬죠. 우리도 컴퍼스라고 생각해봐요. 내가 버티고 있을 테니까 당신은 내 주위를 돌기만 하면 돼요. 알았죠? 넘어지지 않을 거예요. 내가 잡아줄 테니까. 긴장하지 말고 편하게 해요."

그래서 힘을 빼고 되는 대로 해봤다. 그렇게 한 시간쯤 스케이트를 탔다. 우리가 빙판 위에 뭐라고 썼는지는 잘 모르겠다. 내 자리 창밖의 비둘기처럼 새가 되든가, 상사의 자리만큼 높이 올라가봐야 우리가 그날 뭐라고 썼는지 볼 수 있을 것 같다. 사랑? 안녕? 아니면 그 둘 다였던가?

잭이 나에게 따뜻한 코코아를 사고 싶다고 했지만 나는 가봐야겠다고 했다.

그의 미소는 흔들리지 않았다.

"중요한 데이트인가요?"

"맞아요, 옛날에 잘 알던 남자랑요."

❦

사람을 껴안는 법을 얼마나 빨리 잊어버릴 수 있는지 놀랍기도 해라. 더구나 상대가 자기 남편인데. 아니, 남편이니까 더 빨리 잊게 되는지도 모른다. 포옹의 기하학을 온전히 파악하려면 잠시 서로를 건드리지 않는 공백기가 필요하다. 이 사람을 껴안을 때에 고개를 딱 얼마만큼 틀어주는 게 좋을까? 비둘기처럼 그의 목덜미 밑에 내 고개를 묻어야 할까, 아니면 그의 가슴팍에 내 코를 비벼대야 할까? 손은 어떻게 처리할까? 가볍게 구부려서 상대의 등짝에 올려놓을까, 아니면 손바닥으로 허벅지를 짚을까? 점심시간에 리처드와 나는 스타벅스 앞에서 만나 서로의 뺨에 가볍게 뽀뽀를 하려다가 왠지 바보 같다는 생각을 했다. 그런 포옹은 이모나 고모를 만났을 때에나 하는 것 아닌가. 그래서 우린 팔을 쫙 벌리고 서로 어색하게 껴안았다. 옛날에 아빠가 나를 처음으로 정찬 무도회에 데려갔을 때처럼 당황스럽고 모두 나만 쳐다보는 것 같은 기분이 들었다. 리처드의 몸이 비로소 하나의 몸으로 느껴지는 데 충격을 받았다. 그이의 머리칼과 그 냄새, 점퍼 속의 떡 벌어진 어깨. 우리는 열정이 완전히 말라버린 사람들처럼 건조하게 뼈와 뼈를 맞대지는 않았다. 그보다는 스크린 위에서 펼쳐지는 그림자들의 춤 같다고나 할까. 나는 여전히 그를 원했고 그이도 마찬가지겠지만 우리는 아주 오랫동안 그럴 수 없는 사이였다.

"얼굴이 상기됐는데."

리처드가 말을 건넨다.

"스케이트를 탔거든."

"얼음판에서? 오늘 회사 안 갔어?"

"고객과의 만남이었어. 새로운 접근법이랄까."

리처드와 나는 해야 할 이야기들을 하기 위해 약속을 잡은 터였다. 리처드가 집을 나간 후에도 우리는 거의 매일 만났다. 그이는 약속대로 에밀리를 유치원에서 집으로 데려오는 일을 맡았고 종종 집에서 두 아이와 간식도 함께했다. 스타벅스는 평화협상에 안성맞춤인 장소 같다. 현대적인 무인지대, 우리 둘 다 너무 바빠서 진짜 집에는 들어갈 수 없으니 여기를 그렇고 그런 일을 논의하는 집처럼 여길 만하다. 이곳은 놀랄 만큼 조용하지만 첫 데이트 같은 긴장이 흐른다. 첫 데이트 때에는 저 사람이 나하고 사귈 것인가 말 것인가 조바심을 냈지만 지금은 이혼을 할 것인가 말 것인가의 문제가 되어버렸을 뿐이다.

우리는 넉넉하고 푹신한 벨벳 의자가 있는 구석자리를 잡는다. 리처드가 음료를 가지러 갔다. 나는 저지방 라테를 사다달라고 했다. 하지만 리처드는 내가 사실 먹고 싶었던 따뜻한 코코아를 들고 온다.

자질구레한 얘기들이 참을 수 없이 자질구레하게 느껴진다. 난 빨리 중요한 얘기로 들어가고 싶어 조바심이 난다. 어떤 식으로든 얼른 끝장을 봤으면 좋겠다.

"회사 일은 어때, 케이트?"

"아, 괜찮아. 아니, 사실은 조만간 회사를 그만둘까 봐. 뭐, 어쩌면 회사가 날 버릴지도 모르지."

리처드가 고개를 절레절레 흔들며 미소를 짓는다.

"회사가 당신을 해고하는 일은 없을걸."

"음, 상황에 따라서는 충분히 그럴 수 있어."

리처드가 하얀 가운을 입은 의사처럼 근엄한 표정으로 나를 바라보며 말한다.

"우린 지금 무의미한 자기희생 이야기를 하고 있는 게 아닙니다, 새톡 부인. 혹시라도 그런 겁니까?"

"왜 그런 걸 물어봐?"

"난 당신이 핵폭탄 반대 자전거 시위에 가담했었다는 걸 기억할 만큼 나이를 먹었거든."

"난 회사에 모든 것을 바쳤어, 리치. 당신과 아이들 몫의 시간까지도."

"당신 자신의 시간까지도 바쳤지, 케이트."

한때는 그의 표정을 책 읽듯 확실하게 읽어낼 수 있었다. 이제 그 책은 다른 나라 말로 번역되어버렸다.

"리치, 난 당신이 인정해줄 거라 생각했어. 제도와 선 긋고 사는 거."

남편은 집을 나간 이후로 더 젊어진 것 같다.

"어머님은 내가 내 멋대로 살아왔다고 생각하셔."

"우리 어머니는 그레이스 켈리도 제멋대로 살았다고 생각하시는 분이야."

우리는 둘 다 웃음을 터뜨린다. 잠시나마 스타벅스가 '우리'의 소리로 가득하다.

나는 윈스턴에게 들은 이야기를 리처드에게 꺼낸다.

"윈스턴이 누구야?"

"페가수스 콜택시 기사야. 그런데 그 사람이 철학자라는 사실이 밝혀졌지."

"콜택시를 모는 철학자라, 꽤 그럴싸하군."

"아니, 그 사람은 진국이야. 정말 괜찮은 사람이라고. 어쨌거나 윈스턴이 폭포 옆에 사는 부족을 만난 장수 이야기를 해줬는데, 그 부족의 촌장이……."

"키케로 이야기군."

"아닌데……."

"키케로가 맞아."

남편은 쿠키를 반으로 잘라서 한쪽을 나에게 준다.

"내가 말해볼까. 난 별 볼일 없는 학교 출신이라서 들어본 적도 없는 그 옛날 사람이 문명인의 교육에서는 아주 중요한 인물이었나 봐?"

"사랑해."

"음, 그래서 난 폭포에서 멀찍이 벗어나봐야겠다는 생각을 하는 중이야. 멀리 가면 내가 폭포 소리를 들을 수 있을지 알아보려고."

"케이트?"

리처드가 오른손을 탁자에서 옮겨 내 손 가까이 가져간다. 아이가 손 모양 따라 그리기를 할 수 있게 기다려주듯 우리의 두 손이 그렇게 나란히 놓여 있다.

"리치, 사랑할 여력이 하나도 남지 않았어. 난 완전히 비어버렸어. 케이트는 이제 더 이상 존재하지 않아."

이제 그이의 손이 내 손을 잡고 있다.

"당신, 폭포에서 벗어날 생각을 하고 있다고 그랬어?"

"내가 멀리 가보면, 그러니까 '우리'가 폭포에서 멀찍이 벗어나보면 폭포 소리를 들을 수 있을 거고, 그때에는 확실히 알 수 있을 거야."

"서로의 말에 귀를 기울일 수 없었던 것이 폭포 때문이었는지, 아니면 더 이상 할 말이 없어서였는지?"

그런 순간을 아는가? 내가 생각하고 있는 것을 누군가가 자기 생각처럼 정확하게 짚어내는 순간을? 마음이 푹 놓이면서 더없이 고마워지는 그런 순간을? 나는 감격해서 고개를 끄덕인다.

"내 이름은 케이트 레디, 난 일중독자입니다. 그런 종류의 상담을 받으러 가면 분명히 그런 말을 들을걸."

"난 당신이 일중독자라고 말한 적 없어."

"왜? 사실인데 뭐가 어때? 난 일을 '포기' 하지 못하잖아. 그래서 일중독자가 됐잖아?"

"우리에겐 우리 자신을 위한 시간이 조금 필요할 뿐이야."

"리치, 에밀리가 잠자는 숲속의 공주를 구하려고 했던 거 기억나? 난 계속 그때를 생각하고 있어."

리처드가 씩 웃는다. 자식을 낳고 가장 좋은 점 중 하나는 애정이 넘치는 기억을 배우자와 나눌 수 있다는 것이다. 부부는 똑같은 기억을 불러낼 수 있다. 회상에 잠기는 사람은 둘이지만 그들이 떠올리는 이미지는 하나다. 하나처럼 뛰는 두 개의 심장처럼 그 얼마나 좋은가?

"애는 애라니까. 에밀리는 텔레비전 속의 바보 같은 공주에게 갈 수 없어서 약이 바짝 올랐었지."

누가 팔불출 아니랄까 봐 리처드는 에밀리 생각만 하면 자랑스러운가 보다.

"에밀리가 아빠를 많이 기다려."

"그럼 당신은? 당신은 어떤데?"

하고 싶은 말을 도전적으로 당당하게 할 수 있는 기회가 누군가의 손길을 기다리는 잘 익은 과실처럼 내 앞에 드리워져 있다. 하지만 난 그 과실을 따지 않고 그저 이렇게만 말한다.

"나도 집으로 돌아가고 싶어."

「잠자는 숲속의 공주」는 늘 에밀리가 제일 좋아하는 비디오이자 태어나서 맨 처음 관심을 갖게 된 비디오였다. 만 두 살 즈음에는 그 비디오 없이는 하루도 못 사는 지경이 되어 텔레비전 앞에 서서 "감아줘, 감아줘."를 외치곤 했다.

에밀리는 늘 오로라 공주가 인형처럼 무표정한 얼굴로 까마귀 그림자와 사악한 울음소리를 따라 다락방으로 이어지는 긴 계단을 오르는 장면에서 고함을 지르곤 했다. 리처드와 나는 왜 에밀리가 그렇게 날뛰는지 오랫동안 이해를 못했지만 나중에 깨달았다. 에밀리는 엄마 아빠가 비디오테이프를 되감아서 공주가 다락방에 올라가지 못하게 해주기를 바랐던 것이다. 공주가 영원히 마녀의 물레에 손가락을 찔리지 않도록.

292

하루는 에밀리가 정말로 텔레비전 속에 들어가려고 용을 쓰기도 했다. 아이는 의자에 올라가서 빨간 구두를 신은 발을 화면에 밀어 넣으려고 낑낑댔다. 에밀리는 가엾은 공주를 붙잡아 그녀의 운명을 바꿔놓고 싶은 듯했다. 우리는 만화영화의 줄거리를 그냥 있는 그대로 받아들이는 문제에 대해 장시간 대화를 나누었다(대화라고는 하지만 내가 말하고 에밀리는 듣기만 했다). 네가 아무리 무서워해도 이야기는 이미 다 정해져 있으니 멈추게 하고 싶어도 그럴 수가 없단다. 게다가 맨 끝에는 모두 행복해진다는 걸 알면서 왜 그러니.

하지만 에밀리는 서럽게 도리질을 하며 말했다.

"안 돼, 감아줘. 엄마, 감아줘!"

그 후 오래지 않아 우리 딸의 관심비디오는 「공룡 바니」가 되었다. 그 비디오에는 사악한 마법 따위가 나오지 않았으므로 에밀리도 자기가 나서서 뭘 막아야 한다는 생각은 하지 않았다.

어른들도 인생을 되감고 싶어 한다. 다만 인생을 사는 동안 큰소리로 외칠 수 있는 능력을 잃어버릴 뿐이다. "감아줘, 감아줘."라고 외칠 수 있는 능력을.

I don't know how she does it

게임의 끝

『인사이드 파이낸스』11월호에 실린 기사.

시티에서 가장 오랜 역사를 지닌 금융기관으로 손꼽히는 에드윈 모건 포스터 사가 지난 화요일 저녁에 있었던 제5회 이퀄리티 나우Equality Now 시상식에서 다양성에 대한 헌신도를 가장 크게 끌어올린 기업으로 선정되었다.

이 회사는 '이퀄리티 예스Equality Yes!'가 실시한 연례 벤치마킹 조사에서 가장 높은 점수를 받았다. '이퀄리티 예스!'는 성차별 개선을 도모하는 기관으로서 FTSE 지수 100위 권 내의 기업들의 81퍼센트가 회원으로 가입되어 있다.

심사위원들은 특히 EMF의 가장 젊은 여성 펀드매니저 캐서린 레디와 런던경제대학을 졸업한 24세의 스리랑카 출신 여사원 모모 구메라트네의 활발한 활동에 깊은 인상을 받았다. 안타깝게도 두 사람 모두 시상식에는 참석하지 않았으나 EMF의 마케팅 부장 로드 태스크가 참석하여 수상소감을 대신했다.

"남녀 혼성 조직이 팀의 능률을 향상시키는 데 중요한 역할을 한다는 증거는 상당히 많이 있습니다. 우리 회사는 금융계에서 여성들이 핵심적인 역할을 맡을 수 있는 기회를 제공하고 지원하는 데 앞장서고 있습니다."

그러나 이날 시상식에 대해서 '여성경영인회'의 회장 캐서린 멀로이드는 그리 낙관적이지 않은 견해를 밝혔다.

"이런 시상식들이 속사정까지 얘기해주진 않습니다. 여성이 자기 커리어를 걸고서라도 현재의 기업문화를 비판하는 목소리를 내지 않으면 런던 금융권에서 여성이 실질적인 영향력을 떨칠 수 있는 지위까지 올라서기는 어려울 것입니다. 아직도 대부분의 시티 기업들은 남녀의 기회균등을 사소한 문제로 치부하고 있습니다. 금융권이 여성 신입사원들을 교육하는 데 지출하는 비용을 감안하면 여사원들이 출산 후 엄마로서의 역할 때문에 예전만큼 직장에 전적으로 헌신하지 못한다는 그 이유 하나만으로 내치는 것도 효율적인 처사는 아니겠지요."

로드 태스크에게 남성중심의 패거리문화가 이제 구습에 지나지 않는지 묻자 자신은 오스트레일리아 출신이고 신세대남성에 가깝다고 대답했다.

"올해 우리 회사 여성들은 정말로 잘해줬고 저는 그들이 무척 자랑스럽습니다."

✺

크리스 번스에게 자연분해 기저귀 프레젠테이션을 하는 동안 우리 아빠는 일생일대의 명연기를 펼쳤다. 법률적인 조언을 하는 자격으로 프레젠테이션에 동반 참석했던 데브라는 아빠가 그럭저럭 해낸 정도가 아니라 개성 넘치는 발명가 역할을 기막히게 소화했다고 전했다. 아빠는 번스가 당장 수표를 써주겠다고 나서자 자기와 자기 변호사는 이 사업에 관심을 보이는 다른 회사들과도 접촉을 해봐야 하기 때문에 나중에 결정을 내리는 대로 EMF에 통보하겠다고 오히려 뒤로 살짝 빠지는 고단수 기술을 걸었단다. 평생 감언이설로 다른 사람들에게 수표를 쓰게 했던 우리 아빠가 말이다.

난 아빠에게 미리 설명을 해두었다. 아빠 발명품에 투자할 만한 모험자본을 드디어 찾았다고. 하지만 그 돈을 받으려면 아빠가 다른 사람이 되어야 하고 진실도 약간 날조해야 한다고. 일반적인 부녀관계에서는 괴상망측한 거래겠지만 우리 부녀는 오랜 세월 쌓아온 수완이 드디어 정점을 찍는구나 싶었다. 레디 가의 DNA는 파란 눈, 뛰어난 숫자 감각, 그리고 탁월한 위조 능력을 물려준다고 솔직히 인정하는 기분이었다.

"정말 똑똑한 분이시더군요. 아버님 말이에요."

윈스턴이 한 말이다. 윈스턴은 삼촌이라는 사람에게 빌려왔다면서 차창을 짙게 선팅한 검정색 BMW를 몰고 와서 기저귀 사업가의 개인 운전수 역할을 맡아주었다.

"팁 한 번 화끈하게 주시던데요."

"맞아요, 제 주머니에서 나간 돈이지만요."

사흘 후, 번스는 현금을 건네고 계약서에 사인했다. 그날 오후에 점심식사를 하고 돌아온 번스가 팀 내 서열 2위 베로니카 픽에게 자기가 곧 대박을 칠 테니 잘 보라고 했단다. 여자들은 이런 점에서 절대 남자들을 따라잡을 수 없다고, 대박 냄새가 나면 세세한 부분은 따지지 않고 과감하게 붙잡고 봐야 한다고 큰소리를 쳤단다.

"어머, 그래도 실사는 거쳤겠지요?"

베로니카가 부드럽게 물었다.

"무슨 소리죠?"

번스가 되물었다.

"기업실사 말이에요. 있잖아요, 경영자의 신임도를 조사하고 공장과 상품의 실질적 상태, 은행 신용조회 등을 확인해봐야죠…… 하지만 다 아는 거니까 굳이 말씀드릴 필요도 없겠죠."

"조언이 필요하면 그때 가서 부탁할게요."

다음날 오전에 회의실로 모일 때 번스는 한 손으로 알라딘의 램프 문지르듯 자기 물건을 주물러대면서도 나한테 자랑을 하고 싶은 충동을 이기지 못했다.

"케이트, 끝내주는 기저귀 상품을 찾았소. 우리 회사가 돈을 쓸어 모으게 생겼다고요. 초대박, 알아들었어요? 당신 같은 애 엄마가 환장할 물건이죠. 뭐, 내가 먼저 찜했으니 별 수 없어요."

나는 어머니처럼 자애로운 미소를 그에게 보내주었다.

번스가 투자한 돈은 아빠의 사업부채를 해결하기에 충분했다. 그야말로 J. R. 파워의 은행계좌를 잠시 스치고 빚쟁이들에게로 다 빠져나갔다. 내가 예언한 대로 이 일과 성희롱에 대한 모모의 공식항의서만으로는 번스를 영원히 EMF에서 매장시키기에 역부족이었다.

며칠 후에는 사정이 달라졌다. 에드윈 모건 포스터 사의 모험자본 팀장과 TV 저널리스트 앨리스 로이드의 인터뷰가 싸구려 일간지에 실렸기 때문이다. 헤드라인은 '포르노 없이는 못 살아!―시티맨의 고질적 문제' 였다.

앨리스는 번스를 미디어에 자주 오르내리는 소호의 명소로 데려갔다. 합법적 약물과 비합법적 약물을 다량 복용한 번스는 대단히 적극적으로 변했다. 게다가 요즘 뜨는 젊은 탤런트까지 등장하자 완전히 이성을 잃고 말았다. 그는 앨리스에게 이런 소리까지 했다.

"저 여자도 내 웹사이트에 올려놓고 싶군요. 아니, 좋다고만 하면 어디든 올려놓고 싶은데요."

대박을 족집게처럼 집어낸다고 떠벌리고 싶었던 번스는 최근에 투자한 자연분해 기저귀 이야기도 빼놓지 않았다. 그는 비아그라보다 더 대박을 터뜨릴 거라고 호언장담했다.

시티는 시티 안에서의 악취는 대충 무마하고 넘어가지만 일단 그 악취가 시티를 넘어가 고객과 여론의 민감한 코까지 자극할 경우 신속하고 가차 없이 선고를 내린다.

인터뷰 기사가 난 다음날, 캔디와 나는 크리스 번스가 로빈 쿠퍼클락 국장에게 불려갔다가 두 명의 경비원에게 감시를 받으면서 3분 만에 짐을 챙겨 우리 회사를 영원히 떠나는 현장을 지켜보았다.

"누구 매 부리는 사람 전화번호 알아요? 거리에 쥐새끼가 나타났어요!"

캔디는 큰소리로 외쳤다.

몇 분 후, 여자화장실에서 눈물을 흘리는 모모 구메라트네를 보았다. 그녀는 두루마리 화장지에 얼굴을 파묻고 울었다. 모모는 우느라 딸꾹질을 하면서 겨우 대답했다.

"기뻐서 우는 거예요."

나는 어땠냐고? 물론 번스가 꺼지니 속이 시원했다. 하지만 어느새 나도 모르게 번스가 나쁜 놈이라기보다는 불쌍한 놈이라고 생각하고 있었다.

점심시간에 모모와 나는 택시를 타고 본드 스트리트에 갔다. 모모에게는 아주 중요한 업무 관련 일이라고 설명했다. 사실 그렇기도 했다.

나의 어시스턴트는 당혹해했다.

"케이트, 구두 가게에서 뭘 하는데요?"

"음, 우리는 아무리 강한 압력에도 부서지지 않고 한밤중에도 벗겨지지 않는 유리구두를 찾고 있어요. 그걸 못 찾으면 이거랑 저걸 사도록 하죠. 아, 저 갈색 부츠도 괜찮네요. 실례합니다만 이 구두 사이즈 4 있어요?"

"케이트가 사이즈 4를 신어요?"

모모가 의아해한다.

"아뇨, 하지만 모모 사이즈는 4 맞잖아요."

"하지만 전 이런 구두는 못 신어요."

20분 후, 우리는 계산대에 4개의 구두상자를 올려놓고 있었다. 황갈색 낮은 굽 구두와 남색 슬링백을 두고 고민하다가 둘 다 사기로 했다. 검정색 스틸레토 힐은 너무 예뻐서 사지 않을 수 없었고, 갈색 부츠가 엄청 싸게 나왔기에 그것도 사버렸다.

"검정색 구두가 제일 예뻐요. 하지만 도저히 저걸 신고 걸을 수는 없겠어요."

"걷고 말고가 중요한 게 아니에요, 모모. 키가 커 보이는 게 핵심이죠. 최악의 최악까지 몰리더라도 이 뾰족한 굽으로 가이의 경동맥을 찔

러버릴 수 있을 거예요."

모모의 미소가 흐려진다.

"어디 떠나기라도 해요?"

"잠시 떠나 있을 거예요."

"안 돼요. 이별 선물은 싫어요."

"괜찮아질 거예요."

"어떻게 알아요?"

"어이, 누구한테 훈련을 받았죠? ……어쨌거나 이제 죄송하다는 말은 하지 않게 됐잖아요. 이제 모모가 준비ready가 됐다는 걸 난 알아요."

"아뇨."

모모는 그렇게 대꾸하고는 나를 흘겨본다.

"우리 중에서 레디Reddy가 될 수 있는 사람은 단 한 명뿐이에요, 케이트."

모모는 그렇게 말하고는 한 손을 내 어깨에 얹고 내 뺨에 재빨리 키스를 했다.

구두상자를 산처럼 쌓아놓고 회사로 돌아오는 택시 안에서 모모는 나에게 떠나는 이유를 물었다. 나는 거짓말을 했다. 엄마가 편찮으셔서 그 근처로 이사를 가야 한다고 해두었다. 아끼고 좋아하는 여자들에게조차 할 수 없는 이야기가 있는 법이다. 아니, 자기 자신에게조차도.

직장을 그만두어야 하는 이유

1. 두 개의 삶을 살면서 그중 어느 하나도 제대로 즐길 시간이 없으므로

2. 하루 24시간이 너무 짧아서

3. 아이들이 아이들로 있어줄 시간이 얼마 안 남아서

4. 내 남편이 옛날에 우리 엄마가 아빠를 바라보던 눈으로 나를 보고 있기 때문에

5. 남자처럼 살려니 여자로서의 삶이 망가져서

6. 또 다른 이유를 생각해낼 수 없을 정도로 지쳤기 때문에

໑໑໑

이튿날 아침 사표를 제출하기 전에 정리해야 할 일들이 좀 있었다. 비둘기가족은 오래전에 떠났다. 봄에서 여름으로 넘어갈 무렵 새끼비둘기 두 마리 모두 날아갔다. 하지만 시티의 매가 어미와 새끼를 해치지 못하게끔 내가 쌓아둔 책들은 여전히 남아 있었다. 이번에는 직접 난간을 기어 다니지 않았다. 경비실의 제럴드를 불러서 잠겨 있는 창문을 열어달라고 했다. 『성공적 시간 관리와 인생경영을 위한 10가지 자연법칙: 생산성 향상과 마음의 평화를 보장하는 검증된 전략』을 제외하면 책들의 상태는 양호했다. 그 책은 비둘기 똥이 표지 군데군데 묻어서 무슨 동굴바닥처럼 지저분해 보였다.

부장실에 들어가 보니 부장이 앉아 있는 책상 위에 이퀄리티 나우

트로피가 떡하니 놓여 있었다. 트로피는 저울 모양인데 한쪽 접시에는 아주 작은 여자의 청동상이 있었다. 다른 한쪽 접시에는 부장이 젤리를 한 줌 올려놓았다.

부장은 내 사표에 충격을 받았다. 얼마나 심하게 충격을 받았냐 하면 옆방의 로빈 쿠퍼클락 국장에게 다 들릴 만큼 큰소리로 고함을 쳤을 정도다.

로빈 국장이 괴성을 듣고 놀라서 달려왔더니 부장은 선언했다.

"케이티가 지금 내빼려고 하네요."

내 예상대로 국장은 나를 자기 방으로 불렀다.

"내가 케이트의 결심을 바꿀 수 있는 방법이 있을까요?"

당신이 몸담은 세계를 바꾸는 것 말고는 없습니다.

"아뇨, 없어요."

"파트타임 근무는 어떻소?"

국장이 희미한 미소를 띠고 내 속을 떠본다.

"로빈, 저는 파트타임 근무라도 하면서 끈을 놓지 않으려고 애쓰던 여자들을 많이 봤어요. 회사에선 그런 사람들은 하는 일도 없다고 뭐라고 하죠. 그다음엔 중요한 일에서 배제시키고요. 그 후에는 펀드를 하나씩 회수하죠. 모두들 돈 굴리는 일은 하루 종일 일해도 시간이 부족하다는 걸 잘 아니까요."

"주 5일 이하 근무로 증권업계에서 버티기란 하늘의 별 따기요."

난 아무 말도 하지 않는다. 국장은 다른 전략을 구사해본다.

"혹시 연봉이 낮다고 생각해서 그러는 거요?"

"아뇨, 시간이 문제예요."

"아, 그러는 사이에도 시간은 돌이킬 수 없이 흘러가나니*."

"하루에 14시간 모니터를 들여다보고 살아서는 안 된다는 뜻이라면 그 말이 맞아요."

로빈이 일어나 내 쪽으로 나오더니 소위 위엄 있다고 하는 어색한 자세로 이렇게 말한다.

"당신이 그리울 거요, 케이트."

나는 대답 대신 국장을 한 번 껴안는다. 아마도 에드윈 모건 포스터 사옥 내에서 국장에게 이런 행동을 한 사람은 아무도 없었을 것이다.

그 후 일부러 잔디밭을 밟아주면서 집으로 돌아간다.

---

*Sed fugit interea, fugit inreparabile tempus. 베르길리우스의 시구.

모성법정 III

그녀는 이제 법정이 두렵지 않았다. 이제 그들이 던질 돌은 없었다. 여자는 수천 번 자신을 책망했기 때문에 더 이상 그들이 책망할 거리도 남아 있지 않았다. 그래서 여자는 자신만만해졌다. 그러자 법정에서 다음 증인의 이름을 불렀다. 불현듯 여자는 이제 다 끝났구나 생각했다. 이제 끝장이었다. 여자는 쓰러질 것 같은 기분에 비틀거리며 떡갈나무로 만든 피고석 가장자리를 손으로 움켜잡았다. 이제 세상에서 그녀를 가장 잘 아는 그 한 사람이 등장할 것이었다.

"본 법정은 진 레디 부인을 증인으로 요청합니다."

피고는 자기 어머니가 자기에게 불리한 증언을 하려고 증인석에 앉는 모습을 보고 화가 났지만 노부인의 모습을 본 순간 왠지 짠해지면서

305

기운이 불끈 솟았다. 잠시 후, 그 이유를 알아차렸다. 어머니는 빨간 캐시미어 카디건에 리버티 꽃무늬 블라우스를 받쳐 입고 있었다. 케이트가 크리스마스 선물로 사드린 카디건과 재작년 생일선물로 사드린 블라우스였다. 좋은 날 입겠다고 고이 간직해두기만 했던 옷들을 오늘 개시하신 게다.

"증인은 본명을 말씀해주십시오."

"진 캐서린 레디입니다."

"피고와는 어떤 관계이신지요?"

"캐스, 아니 캐서린은 제 딸입니다. 제가 엄마 되는 사람입니다."

검사가 좋아서 방방 뜨는 것 같다. 흥분해서 까치발을 하고 서 있다.

"레디 부인, 따님은 아이들의 안녕보다 일을 우선시한 죄로 기소되었습니다. 증인께서 직접 살펴보신 바로는 실제로 그러한 상황이라고 볼 수 있다고 생각하십니까?"

"아닙니다."

"크게 말씀해주십시오."

재판장이 고함친다.

엄마는 다시 크게 말한다. 팔찌를 잡아당기는 걸로 봐서 엄마도 잔뜩 긴장한 게 분명하다.

"아닙니다. 캐서린은 아이들에게 헌신적이고 열심히 일하는 엄마입니다. 항상 그런 아이였습니다. 성공해서 더 나은 삶을 살려고 노력했습니다."

"네, 네."

검사가 말을 가로챈다.

"하지만 제가 알기로 피고는 현재 남편 리처드 새톡과 함께 살고 있지 않습니다. 남편은 피고가 '남편을 투명인간 보듯 한다.'는 말을 남기고 집을 나갔지요?"

피고석의 여인이 낮은 신음소리를 토한다. 친정엄마는 사위가 집을 나갔다는 사실을 아직 모르고 있기 때문이다.

그러나 진 레디 여사는 펀치를 맞고도 멋지게 되받아치는 권투선수처럼 이 소식을 의연하게 받아들인다.

"누구는 그러고 싶어서 그러겠습니까. 남자들은 보살핌을 받고 싶어 하지만 직장에 다니는 여자들은 그것도 힘듭니다. 케이트는 여기저기 시간을 빼앗기는 곳이 너무 많습니다. 그래서 저 애도 때때로 힘들어 죽을 지경이라고요."

"레디 부인, 잭 아벨해머라는 사람을 잘 아시는지요?"

"안 돼! 그만둬요!"

닥스훈트 그림이 들어간 초대형 갭 티셔츠 차림의 피고인이 피고석을 훌쩍 뛰어넘어 재판장 앞에 우뚝 섰다.

"좋아요, 내가 무슨 말을 하면 되나요? 유죄라고 인정하면 돼요? 그게 당신들이 원하는 건가요? 내가 인생을 똑바로 살지 못했다는 증거를 잡겠다고 이것저것 들출 필요는 없잖아요? 그렇지 않나요?"

"정숙!"

재판장이 호령한다.

"새톡 부인, 한 번만 더 방해하면 법정모독죄를 추가 적용하겠습니다."

"아, 그거 좋네요. 어차피 난 이 법정과 여기 있는 남자들을 죽도록 경멸하고 있으니까요."

이 말을 마치고 피고는 울음을 터뜨린다. 그러면서도 결국 눈물을 보이고 만 자신의 나약함을 자책한다.

"진 레디 씨."

증인 심문이 재개되려 하지만 증인은 귀를 기울이지 않고 있다. 증인도 이미 증인석에서 나와 있다. 그녀는 눈물 흘리는 여자에게 다가가 자신의 품에 끌어안는다. 어머니가 재판장에게 시선을 돌린다.

"존경하는 재판장님은 어떠신가요? 오늘 저녁밥은 누가 차려주나요? 어차피 손수 차려 드시진 않지요?"

"세상에."

재판장이 길길이 뛴다.

"재판장님 같은 사람들은 캐서린 같은 여자들에 대해 아무것도 몰라요. 그런 주제에 심판을 내릴 수 있다고 생각하지요. 부끄러운 줄 아세요."

진 레디는 조용하지만 운동장에서 말썽 피우는 아이들을 꾸짖을 때처럼 따끔하게 말한다.

I don't know how she does it

아가야, 너로구나

시모어 트로이 스트래턴이 세상에 태어난 날, 카타르에서 쿠데타가 일어나 국제유가가 치솟고 주식시장은 하락했다. 전능하신 연방은행의 예상치 못했던 금리인상은 불난 집에 부채질을 한 격이었다. 영국에서만 FTSE 지수 상위 100위 권 내 기업들의 시가총액이 200억 파운드 증발했다. 교토 인근에서 일어난 가벼운 지진도 이미 흔들리고 있던 글로벌 증시에 일격을 먹였다. 그러나 그중 어떤 일도 가워 스트리트에 있는 산부인과 병동 3층의 작은 방에 있던 산모와 아기에는 부정적 영향을 미치지 않았다.

캔디와 아기를 보러 병원 복도를 걸어가는데 문득 이곳에 얽힌 추억이 생생하게 떠오른다. 파란 옷을 입은 분만실 간호사들, 회색 문 너머에서 일어나는 위대한 생명의 첫 몸짓, 키 큰 여자들, 키 작은 여자들, 그리고 점심시간에 은행 엘리베이터에서 양수가 터진 어떤 여자. 고통과 환희의 장소. 살과 피의 장소. 날것 그대로 터져 나오는 아기들의 울음소리. 짜디짠 기쁨의 눈물을 맛보는 엄마들. 여기에 오면 무엇이 진짜로 중요한지 알 것 같다. 그 앎은 제대로다. 잠시 고통을 달래주는 위로가 아니라 신의 섭리를 깨닫는 것이다. 머지않아 우리는 다시 세상으로 나가야 하고 그 앎을 잊은 척, 세상에는 더 중요한 할 일이 많은 척할 것이다. 그러나 이보다 더 좋은 것은 없다. 엄마라면 모두들 안다. 마음의 문이 열리고 사랑이 그 마음으로 밀려들어오는 느낌이 어떤 것인지 엄마들은 안다. 그 밖의 것들은 다 소음과 사내 나부랭이에 불과하다..

"아기가 자꾸 보고 싶네."

캔디가 말한다. 나의 직장동료는 베개를 등에 받치고 내가 준 하얀 영국식 자수 잠옷의 앞섶을 풀어헤친다. 젖꼭지가 검은 과일 같다. 캔디는 젖을 열심히 빠는 아기 머리를 오른손 손바닥으로 받쳐준다.

"아무것도 안 하고 아기만 들여다보고 싶어. 이게 정상인 거니?"

"완벽하게 정상이지."

나는 아기 선물로 빨간 모자를 쓴 패딩턴 곰 인형을 가져왔다. 에밀리가 아주 좋아했던 인형이다. 산모 선물로는 아메리칸 머핀을 한 바구니 들고 왔다. 캔디는 당장 살을 빼야겠단다. 그러나 잠시 후 젖을 먹이느라 손을 쓸 수 없는 캔디에게 내가 머핀을 조금씩 뜯어서 먹여주니까 넙죽넙죽 잘만 받아먹는다.

"캔디, 뱃살의 지방이 몽땅 모유로 나올 테니까 걱정하지 마."

"와, 듣던 중 반가운 소리다. 그럼 모유는 얼마 동안 나오는 거야? 20년쯤?"

"안됐지만 아들한테 그렇게 오래 젖을 물렸다간 널 잡아서 끌고 갈 걸? 나도 가끔은 내가 벤을 얼마나 열렬히 사랑하는지 들통 나면 사회복지기관에서 잡으러 올지 모른다는 생각을 해."

캔디가 지친 얼굴에 미소를 띠고 나를 타박한다.

"그런 소린 한 번도 안 했잖아."

"하려고 했었어. 코니 앤드 바로에서 얘기하던 날. 하지만 이건 겪어보지 않으면 절대 모르는 일이거든."

캔디는 고개를 숙이고 아들의 머리 냄새를 맡는다.

"아들이야, 케이트. 내가 아들을 낳았어. 얼마나 멋지니."

갓 태어난 것들은 모두 그렇듯 시모어 스트래턴도 천 살을 먹은 것처럼 보인다. 쪼글쪼글한 이마는 지혜의 상징일까, 당혹감의 표현일까. 이 아기가 어떤 남자로 자랄지 아직은 알 수 없지만 여성의 품에 안겨 있는 그 모습에서 완벽한 행복이 묻어난다.

에필로그 **케이트의 후일담**

결말은 거론할 필요도 없다고 생각한다. 버스 바퀴들은 하루 종일 구르고 또 구르는 법이니까.

그래도 많은 일이 있었고 어떤 것들은 변하지 않았다. 시모어를 낳은 지 석 달 만에 캔디는 EMF에 복귀했다. 아기는 리버풀 스트리트 근처의 놀이방에 맡겼다. 거기는 도체스터의 놀이방보다 비쌌다. 캔디의 계산에 따르면 기저귀를 한 번 갈 때마다 20파운드를 내는 식이었다.

"똥 치우는 값으로 그렇게 뜯어내는 건 심하지 않냐?"

전화통화를 할 때면 변한 게 하나도 없는 내 친구 캔디였지만 나는 아이를 낳기 전의 캔디는 사라져버렸다는 것을 알고 있었다. 또한 성인이 된 이후로 불만 없이 따랐던 살인적인 근무시간을 비능률적이고 불

필요한 것으로 보게 되었다는 것도 충분히 이해할 수 있었다. 오후 5시 30분에서 회사에서 나가려는데 부장이 아직 '점심시간' 아니냐는 식으로 말하면 신경에 거슬렸다. 낮에는 아이를 전혀 볼 수 없다는 것도 마음이 쓰였다. 결국 시모어가 생후 7개월이 되었을 때 캔디는 부장실로 들어가 정말 미안하지만 부장과 결별해야겠다고 말했다. 부장이 회사에 대한 충성심의 수준을 너무 높게 잡아서 자기는 그 수준에 못 맞추겠다고 했단다.

캔디는 뉴저지로 돌아가 집을 구할 때까지 잠시 친정엄마와 함께 살았다. 캔디는 시모어를 낳고 나서 자기 엄마를 많이 이해하게 됐다고 했다. 얼마 지나지 않아 캔디는 한창 뜨는 인터넷쇼핑몰 사업에 뛰어들어 단기간에 자리를 잡았다. 『포춘』지가 뽑은 '주목할 만한 인물들'에 실릴 정도로 말이다. 캔디가 설립한 '올 워크 노 플레이All Work No Play'는 일하느라 즐길 시간도 없는 여성들을 위한 섹스토이 전문 쇼핑몰이다. 영국의 우리 집에도 샘플 박스가 날아왔다. 시부모님이 우리 집에 오셔서 함께 아침식사를 하던 중에 소포를 열어보지만 않았으면 좋았을 것을. 리처드는 우리의 결혼생활에서 가장 그럴듯해 보이던 30분을 보내다 말고 바이브레이터를 새로운 주방용품인 척 둘러대느라 쩔쩔맸다.

내 사랑 모모는 여전히 EMF에 남아 얼마 전에 승진도 했고 차근차근 출세가도를 달리고 있다. 처음 만났을 때부터 심지가 굳은 아이라고 느꼈고 그 점은 변하지 않았다. 고객의 요구에 귀 기울이고 수용하는 능력도 여전하다. 이따금 모모는 낮에 회사 여자화장실에서 나에게 전화를 걸곤 한다. 그럴 때마다 조곤조곤한 목소리 사이사이에 변기 물 내리는 소리가 들린다. 여름에 간신히 며칠 휴가를 내서 우리 집에서 지냈다. 그때 에밀리는 난생 처음으로 엄마가 대단한 사람이라는 생각을 했던 것 같다. 엄마가 드디어 진짜 공주를 데리고 온 줄 알았던 것이다.

"「알라딘」에 나오는 재스민 공주예요?"

에밀리의 물음에 모모는 이렇게 대답했다.

"아니, 사실은 잠자는 숲속의 공주라고 해야 하나. 잠들어 있던 나를 에밀리네 엄마가 깨워주셨단다."

데브라는 남편이 홍콩에 애인을 두고 있다는 사실을 알았다. 데브라는 이혼을 했고 로펌 근무는 주4일만 하기로 했다. 얼마 지나지 않아 거물고객들을 다 빼앗겼지만 데브라는 그냥 넘어갔다. 펠릭스와 루비가 조금만 더 크면 다시 한 번 실력 발휘를 하겠다고 다짐하면서. 데브라와 나는 함께 온천에 주말여행을 가기로 했는데 지금까지 네 번밖에 취소하지 않았다.

윈스턴은 이스트런던 대학에서 철학으로 학위를 받았다. 그의 논문 『우리는 정의를 어떻게 아는가?』는 그 해 최고의 점수를 받았다. 윈스턴은 마지막 학기 등록금을 내기 위해 페가수스를 팔았다. 페가수스는 엔진을 바꿔 달고 새로운 커리어를 쌓기 시작했다.

나는 폴라에게 정말 미안했다. 그래서 끝내주는 추천장을 써줬고 폴라는 그 추천장으로 B급 액션스타 아돌프 브룩과 미스 불가리아 출신 아내가 사는 집에 도우미로 들어갔다. 그 집은 뉴욕의 더 플라자에 살았는데 어느 날 폴라가 센트럴파크가 내려다보이는 자기 방이 갑갑하다고 불평하자 가족 전체가 군말 없이 메인 주로 이사했다.

함께 스케이트를 탔던 그날 아침 이후로 나는 잭 아벨해머를 다시는 만나지 않았다. 잭의 이메일을 받고도 답장을 보내지 않을 자신이 없어서 이메일주소 자체를 바꿔버렸다. 난 내 환상속의 연인을 보내야만 내 가정을 제대로 꾸릴 기회가 주어진다는 것을 알고 있었다. 내가 잭이랑 노닥거리는 걸 낙으로 삼는다면 내 남편은 뭐가 되는가? 그럼에도 이메일을 확인할 때마다 받은편지함에 그의 이름이 보이지 않을까 하는 기대를 접지 못한다. 세월이 다 해결해준다고들 한다. 대체 누가 그런 소리를 하는지 모르겠다. 그게 무슨 말이람? 살다 보면 더러는 영영 지워지지 않는 잉크로 아로새겨지는 감정들이 있다. 그저 세월이 그 잉크를 조금 퇴색시켜주기 바랄 뿐이다.

난 잭과 잠자리를 갖지 않았다. 그게 천추의 한이 될 때도 있다. 하지만 시나트라 인에서 함께했던 형편없는 음식과 근사한 음악은 내 인생 최고의 섹스였다. 몹시도 끌렸던 남자가 내 인생에서 사라져버렸을 때, 나 혼자 바보 같은 착각을 했고 그 사람은 상처 하나 없이 다 잊고 홀홀 떠났을 거라는 생각이 들기도 한다. 하지만 어쩌면 그 사람도 나와 같은 마음일지도.

난 아직도 잭이 마지막으로 보낸 이메일을 간직하고 있다.

보내는 사람: 잭 아벨해머

받는 사람: 케이트 레디

케이트,

오랫동안 소식을 듣지 못했군요. 그래서 난 당신이 마로니에 열매를 주우며 엄마로서의 삶에 매진하기로 했을 거라는 가정을 세워봅니다. 그래도 당신은 꼭 돌아올 거예요. 승리의 여주인공에게 환호를 보내며.

회사의 로드 씨가 당신이 런던에서 이사를 갔다고 그러더군요. 당신 아버지가 시나트라를 뭐라고 불렀는지 기억하나요? 짝사랑의 수호성인이라고 그랬잖아요.

짝사랑은 영원히 계속될 수 있다는 점에서 굉장한 사랑이죠.

영원한 당신의 사람, 잭.

리처드와 나는 해크니 집을 팔고 우리 친정식구들이 사는 더비셔로 이사했다. 장 서는 동네 끝자락에 전망 좋고 방목장이 딸린 집을 샀다 (난 항상 방목장을 꿈꾸어왔다. 이제 방목장이 생기긴 했는데 여기서 뭘 해야 하는지 모르겠다). 집은 손봐야 할 곳이 많지만 괜찮은 방이 몇 칸 있어서 당분간은 그냥 지내도 괜찮다. 애들은 마음껏 뛰어놀 수 있어서 좋아하고 리처드도 마음에 들어 한다. 새로운 아트센터 일을 하면서 틈이 날 때마다 조금씩 방목장에 돌담을 쌓고 있는데 5분에 한 번씩 나보고 와서 봐달라고 한다.

사표를 내고 얼마 지나지 않아 로빈 쿠퍼클락 국장의 전화를 받았다. 국장은 헤지펀드 쪽 일을 함께 해보자고 했다. 파트타임 근무 보장, 해외출장은 최소한으로 잡겠다고 했지만 나는 그 약속들이 흔적도 없이 사라지리라는 것을 잘 알고 있었다. 유혹적인 제의였다. 국장이 제시한 연봉이면 마을의 절반도 사들일 것 같았고 솔직히 리처드가 버는 돈만으로는 조금 빠듯했다. 하지만 에밀리는 내 입에서 국장 이름이 나오자마자 딱딱하게 굳은 얼굴로 말했다.

"제발 그 아저씨랑은 말하지 말아요."

에밀리는 쿠퍼클락이라는 이름을 원수처럼 여기고 있었다.

요즘은 내 딸에 대해 좀 더 잘 알게 됐다. 직장을 그만두고 몇 달을 지내보니 잠자리에 들기 전에 몇 마디 나누는 정도로는 내 딸의 머릿속에 든 생각을 알 수 없다는 것을 깨달았다. 아이의 생각은 자연스럽게 튀어나와야 아는 것이지, 강제로 끌어낼 수 없다. 그러니까 아이가 자기 생각을 말할 때 엄마가 옆에 있어야 한다. 남동생 쪽으로 말하자면, 장난기가 심해지는 만큼 사랑스러움도 더하고 있다. 요즘 들어 레고의 세계에 눈을 떴다. 레고로 벽을 쌓으면서 5분에 한 번씩 나보고 와서 봐달라고 한다.

리처드와 나는 아이들을 데리고 국장의 두 번째 아내를 만나러 갔었다. 샐리 쿠퍼클락은 국장이 말한 대로 친절하고 정이 많은 사람이었다. 덕분에 국장도 얼룩 하나 없는 깨끗한 셔츠는 물론, 과거의 편안하고 여유 있는 태도를 되찾은 듯 보였다. 집으로 돌아가는 길에 리처드와 아이들에게 10분만 노천카페에서 기다리라고 부탁하고 나 홀로 교회로 달려가 언덕기슭에 있는 질의 무덤을 찾았다.

참 희한하다. 누군가가 묻혀 있는 구체적 장소를 찾고 싶은 마음은 왜 드는 걸까? 이제 질이 어디에도 없다면, 그건 어디에나 있다는 뜻 아닐까? 그래도 나는 부드러운 회색 글씨가 새겨진 정갈한 흰색 묘비 앞에 서 있었다. 묘비 아래에는 '많은 사랑을 받았던 여인'이라고 쓰여 있었다.

질의 가족들이 여전히 살고 있는 서식스이니만큼, 나는 소리 내어 말하지 않았지만 질이 알았으면 하는 이야기들을 많이 했다. 여자들에겐 역할모델이 필요하다는 주장에는 나도 동의하지만 높은 자리에 올라간 사람들만 많은 것을 성취했다고 볼 수는 없다. EMF에서는 절대로 통용되지 않는 화폐가 있는데, 그 화폐의 가치로 따지자면 질보다 더 부유한 사람을 나는 본 적이 없다.

그래서 나는? 나한테 무슨 일이 일어났을까? 음, 나는 나 자신을 만나는 시간을 가질 수 있었다. 만족과는 거리가 멀지만 어쨌든 내가 지지고 볶아야 할 나 자신을 만났다. 에밀리를 동네 학교까지 걸어서 데려다주고, 수업 끝날 시각에 학교 앞에서 기다리는 것도 좋았다. 이 계절에는 물웅덩이가 얼어붙는데 우리는 얼음판 위에 올라가서 쩍쩍 갈라지는 소리를 듣곤 한다. 에밀리가 학교에 있는 동안은 벤이랑 집 근처를 산책하거나 벤처럼 어린 아이를 키우는 다른 엄마들하고 커피라도 한 잔 마셨다. 지루하다 못해 살의를 느낄 지경이었다. 나의 습진은 깨끗하게 나았지만 상냥한 척, 상대의 말에 관심 있는 척하느라 얼굴 근육이 땅겼다. 동네 은행에 줄을 서서도 습관적으로 환율 전광판을 몰래몰래 노려보곤 했다. 은행강도 사건을 꾸미려고 온 여자처럼 보일 것 같았다.

그러다 며칠 전에 줄리에게 전화를 받았다. 잡음이 심한 핸드폰으로도 줄리의 울음소리는 알 수 있었다. 나는 순간적으로 생각했다. 엄마한테 뭔 일이 생겼나. 갑자기 위장이 뚝 떨어지는 느낌이 들었지만 엄마 문제는 아니었다. 줄리가 부업을 하는 공장이 도산했다는 소식이었다. 공장장은 튀었고 인수자들이 나타났다. 그들이 공장 문에 자물쇠를 채웠다고 했다. 그때까지도 기계를 붙잡고 일하던 여자들은 마당에 나와 벌벌 떨고 있다고 했다. 언니, 지금 와줄 수 있어?

나는 안 된다고 했다. 벤에게 점심을 먹여야 했다. 그건 둘째 치고, 내가 뭘 도와줄 수 있다는 건지 몰랐다. 줄리가 대꾸하는 순간, 어릴 적 내 동생의 목소리, 엄마 아빠가 아래층에서 싸우는 소리가 들릴 때 언니랑 같이 자도 되느냐고 묻던 그 목소리를 들었다.

"하지만 사람들에게 언니는 사업을 잘 아는 사람이라고 말했어. 그래도 언니는 우리에게 뭐가 어떻게 된 건지는 말해줄 수 있잖아."

나는 머리를 빗고 립스틱을 발랐다. 안 쓰는 방 옷장에 모셔둔 아르마니 정장을 꺼내서 입었다. 줄리가 공장 사람들에게 묘사한 바로 그런 모습의 여자로 보이고 싶었다. 재킷을 걸치면서 제복을 입는 기분이 들었다. 회색 모직 정장에는 권력의 냄새, 내가 벌어들인 돈과 내가 해낸 일의 냄새가 배어 있었다. 벤을 유아용 카시트에 앉혔다. 유아용 카시트가 작아져서 새 카시트를 사야겠다는 생각이 들었다. 나는 공장지대로 차를 몰았다. 줄리네 공장을 찾기는 쉬웠다. '영국 전통 인형의 집'이라는 붙어 있는 울타리 푯말 위에 '파산처분: 전품목 염가판매!'라는 스티커가 붙어 있었기 때문이다. 마당에는 40여 명의 여자들이 모여 있었다. 재봉사로 일하는 여자들로서, 대부분 사리sari*를 입고 있었다. 내가 도착하자 여자들은 양옆으로 비켜서는데 꼭 알록달록한 열대의 새들 사이를 걸어가는 기분이 들었다. 옆문을 지키고 있는 사내에게 옛날에 쓰던 플래티넘 신용카드를 흔들어 보이며 런던에서 물건을 사러 왔다고 했다. 안에 들어가 보니 인형의 집들이 손톱만한 소파, 발받침대, 벨벳 커튼덮개, 푹신한 나무 무늬 커버를 씌울 도자기 변기, 파우더 콤팩트 크기의 그랜드피아노 따위의 정교한 소품들과 함께 나뒹굴고 있었다.

"언니, 우리가 뭘 할 수 있어?"

---

*인도 여성들이 입는 민속 의상. 한 장의 기다란 견포나 면포를 허리에 감고 어깨에 두르거나 머리에 덮어씌워 입는 옷.

내가 공장에서 나오자 줄리가 그렇게 물었다.

할 수 있는 게 뭐가 있어.

"내가 어떻게 된 일인지 좀 알아볼게."

다음날 나는 에밀리를 학교에 데려다주고 잔뜩 들뜬 벤을 손자 못지않게 들떠 있는 외할머니에게 맡긴 후 런던행 기차를 탔다. 택시를 타고 영국 기업등록소로 갔다. 지난 5년간의 인형의 집 운영자들의 거래 내역을 찾아보고 상황을 확인하기까지 그리 오랜 시간이 걸리진 않았다. 그걸 보여줬어야 되는 건데. 경영은 형편없었다. 이윤은 실종되고, 투자는 전혀 없고, 빚만 쌓여가고, 말 그대로 최악이었다.

북부로 돌아가는 기차에서 나는 신문을 읽으려고 했지만 글자가 흔들려서 집중할 수 없었다. 여성들만 일하는 사업장에 대한 투자가이드에 이런저런 윤리기금들이 소개되어 있었다. 윤리기금에 대해서라면 누구보다 잘 안다. 윤리기금은 거저 가져가는 돈이나 마찬가지다. 하지만 기차가 부르르 떨며 체스터필드에 정차했을 때, 어떤 생각이 번쩍하고 떠올랐다.

케이트 레디, 네가 설마 그 생각을 실행에 옮기진 않겠지? 진짜로 해보겠다고? 정신 차려, 이 여자야. 그 따위 생각은 집어치워.

⟅⟅⟅

오후 7시 37분 잠자리에 들 시간. 양치질. 『모자 속의 고양이』를 두 번 읽어주고 『달님 안녕』을 네 번 외웠으며 『새끼올빼미들 이야기』를 세 번 읽어줌. 화장실(4회)과 변기에 앉히기(2회). 불을 *끄기*까지의 소요시간 48분. 개선 요망.

오후 8시 37분 뉴저지에 있는 캔디 스트래턴과 통화. 인형의 집 사업으로 인터넷쇼핑몰을 창업할 경우 시장 동향과 유통 문제에 대해서 자문을 구한다.

"그럴 줄 알았어."

캔디가 환호한다.

"친구 부탁으로 알아보는 것뿐이야."

"그래, 그렇겠지. 그 친구에게 사업자금 융자를 받으러 갈 때 그 빨간색 브라를 하라고 전해줘."

오후 9시 11분 뉴욕 디킨슨 비숍 사의 게리에게 전화를 걸다. 여성들만으로 운영되는 회사에 투자하는 윤리기금에 대해서 알아본다. 게리 말로는 거저먹기나 다름없단다.

"윤리기금은 새로운 돌파구예요. 새로 나온 비아그라라고나 할까요, 케이트."

오후 10시 27분 벤이 침대에서 사고를 친다. 침대 시트를 갈아준다. 팬티형 기저귀를 채워야겠다. 그런데 기저귀가 어디 있더라?

오후 11시 48분 집에서 자고 있던 모모 구메라트네를 깨워서 그녀가 도움을 주고 있는 스리랑카원조단체에 고용된 노동자들이 인형의 집 목재 틀을 만들어줄 수 있을지 물어본다.

"케이트, 저도 같이 하면 안 될까요?"

"내가 뭘 한다고 그래. 이제 잠이나 마저 자요."

자정 물을 잔에 따라서 에밀리에게 가져다준다. 커다란 회색 눈동자가 어둠속에서 날 뚫어져라 쳐다본다.

"엄마, 뭔가 생각하고 있지요."

따지는 듯한 말투다.

"그래, 우리 딸. 엄마가 생각도 못하니? 엄마가 궁전을 만든다면 에밀리가 도와줄 거야?"

"좋아요, 하지만 잠자는 공주가 올라갈 탑도 만들어야 해요."

"당연하지."

오전 1시 1분 아직도 공장에 대한 생각으로 주판알을 튕겨보고 있다. 이 사업이 굴러가려면 제대로 된 마케팅 계획과 상품의 다각화가 필요하다. 전통적인 조지안 양식 타운하우스 대신 다양한 건물들을 만들어볼까? 뉴욕의 브라운스톤 건물은 어떨까? 자그마한 시골집, 사무실, 성, 선박, 에밀리가 말한 것 같은 궁전. 리처드가 디자인을 맡아줄 수 있을 거다.

오전 1시 37분 "케이트, 뭘 하려고 그래? 지금 새벽 2시거든."

내 남편 리처드가 주방 문간에 서 있다. 영국인다운 상식과 지치지도 않는 친절로 무장한 리처드.

"여보, 밤이 깊었잖아."

"곧 갈게."

"뭐하는데?"

"아무것도 아냐."

리처드는 불빛 속의 나를 의아한 눈으로 바라본다.

"글쎄, 그 아무것도 아닌 게 뭐냐고."

"아, 난 그냥 집을 어떻게 꾸밀까 생각하는 거야."

리처드의 눈썹이 치켜 올라간다.

"걱정하지 마. 침대에 가서 내 자리까지 잘 덥혀놔. 진짜 금방 들어갈 거야."

리처드가 내 이마에 키스를 한다. 잘 자라는 의미도 있지만 묻고 싶은 게 많은 듯한 키스다.

이층으로 올라가는 남편을 보니 나도 따라가고 싶다. 하지만 부엌을 이 꼴로 두고 갈 순 없었다. 그냥, 난 그러질 못한다. 부엌은 한바탕 전쟁이라도 치른 것 같다. 작은 성벽을 쌓는 중인가 보다. 그래서 온 천지에 레고 블록이 널브러져 있다. 내가 외출한 동안 커다란 유리그릇에 사과 세 개와 귤 세 개가 새로 담겼다. 하지만 그릇 바닥의 상한 과일을 버리고 새 과일을 담아야 한다는 생각은 아무도 못하나 보다. 맨 밑에 있는 배에서 이미 찐득찐득한 황갈색 즙이 배어나오고 있다. 배를 하나하나 쓰레기통에 버리면서 이게 다 돈인데 아깝다는 생각이 든다. 유리그릇을 씻어 말리고, 사과에 들러붙은 과즙을 조심스레 닦아내어 다시 하나씩 그릇에 담는다. 이제 아침에 가져갈 에밀리 도시락을 준비하고, 벤의 병원 예약을 확인하기만 하면 된다. 병원에서 나오는 길에 은행에 들러 지점장과 얘기하고, 공장 노동자들을 만나보고, 공장인수자들에게 전화를 걸고, 그러고도 에밀리 학교 끝나는 시간에 맞출 수 있을지 알아봐야겠다. 닭고기를 냉장고에서 꺼내놓아야 한다. 에밀리네 학교 사친회에 닭고기요리를 만들어갈 생각이다. 에밀리가 말을 갖고 싶단다. 힘들어 죽겠는데 별걸 다 조른다. 말이 생기면 마구간은 누가 청소할 건데? 리처드 생일에는 깜짝파티라도 할까? 빵, 우유, 꿀. 그리고 뭐가 또 있더라. 분명히 뭐가 있었는데.

그게 뭐지?

〈끝〉

미란다 리처드가 없었더라면 이 책은 나올 수 없었을 것이다. 미란다 덕분에 나는 다우존스 지수나 그 밖의 것들을 겁내지 않게 되었다.

내 생활이 케이트의 생활과 유사하게 흘러갈 때마다 커다란 웃음을 주었던 이메일 친구 힐러리 로젠에게 고마움을 전하고 싶다. 자기가 부딪혔던 기막힌 난관을 놀라운 유머감각으로 승화시킨 수많은 케이트 레디들이 있었다. 내가 누구 얘기를 하는지 당사자들은 알 것이다. 그들에게 진심으로 감사한다.

이 책 속의 일화들은 원래 『데일리 텔레그래프』에 실렸었다. 케이트의 대장정이 시작될 수 있도록 기회를 준 새라 샌즈와 친절하게 나를 배려해준 찰스 무어에게 큰 신세를 졌다.

런던의 팻 캐바나, 뉴욕의 조이 해리스 같은 에이전트들과 앨리슨 새뮤얼, 캐럴라인 미셸, 조던 패블린 같은 편집자들을 만난 것은 크나큰 행운이었다. 영화투자배급을 맡고 있는 노먼 노스, 미라맥스 영화사의 롤라 버보시는 장차 케이트가 스크린에서 다시 한 번 태어날 수 있도록 도와주었으며 ILA의 니키 케네디는 대단한 열정으로 케이트를 전 세계에 홍보했다. 그 밖에도 마음으로 지지하고 구체적인 비평을 보태준 이들이 너무나 많다. 니콜라 질, 애덤 고프닉, 마사 파커, 앤 맥엘보이, 캐스린 로이드, 클래어윈 제임스, 필리파 로소프, 프루 쇼, 탐신 샐터, 저스틴 저릿, 나오미 벤슨, 리처드 프레스턴, 퀜틴 커티스, 니암 오브라이언에게 감사를 표한다.

어머니를 이야기하는 책에는 작가 자신의 어머니상이 자연스럽게 반영된다. 내 어머니가 바친 귀중한 시간에 감사한다. 이 딸은 이제 겨우 그 시간의 가치에 눈을 뜨기 시작했다.

벤이라는 캐릭터는 사랑스러운 방해꾼 토머스 레인이 없었더라면 결코 나오지 못했을 것이다. 에밀리에 대한 묘사는 내 딸 에블린 레인, 이자벨과 매들린 어번 자매, 폴리와 아멜리아와 시오도라 리처즈 자매의 재치와 깜찍함에서 많은 영감을 받았다.

마지막으로, 남편 앤서니 레인에게 한없는 사랑과 감사를 보낸다. 남편은 이 책에 찍힌 대부분의 쉼표와 모든 쌍반점이 올바르게 사용되었는지 검토해주었다. 죽도록 힘든 워킹맘의 이야기가 탄생한 곳은 우리 집이지만 앤서니는 세탁기를 돌렸고, 저녁을 차려주었으며, 아이들에게 『새끼올빼미들 이야기』를 삼백 번도 넘게 읽어주었다. 그런 와중에 짬짬이 괴상한 영화평론까지 쓰는 사람이다. 그이가 그걸 어떻게 다해내는지 모르겠다.

런던에서

앨리슨 피어슨

하이힐을 신고 달리는 여자 2

초판 1쇄 발행 2012년 1월 3일
초판 2쇄 발행 2012년 1월 16일

글 앨리슨 피어슨
옮김 이세진

발행인 박효상
책임편집 강현옥
디자인 윤주열

발행처 사람in
출판등록 제10-1835호
주소 121-894 서울시 마포구 서교동 378-16번지 강화빌딩 4F
문의전화 02)338-3555
팩스 02)338-3545
Homepage www.saramin.com
e-mail school@saramin.com

:: 책값은 뒤표지에 있습니다.
:: 파본은 바꿔 드립니다.

ISBN 978-89-6049-281-3 04840
      978-89-6049-279-0 (set)

사람이 중심이 되는 세상, 세상과 소통하는 책 사람in